新潮文庫

直観を磨くもの

—小林秀雄対話集—

小林秀雄ほか著

新潮社版

9855

目次

直観を磨くもの

小林秀雄対話集

三木清

実験的精神

三木　清（みき・きよし）

一八九七―一九四五。哲学者。兵庫県揖保《いぼ》郡平井村小神（後の龍野市、現・たつの市揖西《いっさい》町）生まれ。京都帝大で西田幾多郎に学んだ後、ドイツに留学。リッケルト、ハイデガーの教えを受け、帰国後、『パスカルに於《お》ける人間の研究』で日本の哲学界に衝撃を与えた。一九二七（昭和二）年、法政大学教授となってからは、唯物《ゆいぶつ》史観の人間学的基礎づけを試みるも、三〇年、治安維持法違反で逮捕、転向を余儀なくされ、教職を失う。以降は活発な著作活動に入るが、四五年再び投獄され、敗戦直後の同年九月、獄死した。主な著書に『唯物史観と現代の意識』『史的観念論の諸問題』『アリストテレス形而上學《けいじじょうがく》』『ソクラテス』『哲学入門』『哲学ノート』『人生論ノート』などがあり、中でも『人生論ノート』は累計《るいけい》発行部数が二百万部を超えるベストセラーとなっている。

実験的精神

◆昭和一六年（一九四一）八月、『文藝』に掲載。

小林　三木さんは昔、パスカル*の事を書いたね。
三木　うン、今もパスカルは離れられないね。
小林　僕も昔あれを読んで、こんど読み返そうと思ったが、本がなくて読まなかったけれど、……モンテーニュ*は段々つまらなくなる。パスカルは段々面白くなる。
三木　モンテーニュは昔は愛読したけれど、このごろ読んでみると案外詰らないね。
小林　詰らないね。
三木　あれは西洋のああいう教養の系統の中で読めば面白いので、われわれがじかに読むとそれほどでない。

パスカル　Blaise Pascal　フランスの哲学者、科学者。一六二三〜一六六二年。三木清は大正一五年（一九二六）六月、岩波書店から「パスカルに於ける人間の研究」を刊行した。
モンテーニュ　Michel de Montaigne　フランスの思想家、モラリスト。一五三三〜一五九二年。著作に「エセー」など。

小林　やはりずいぶん洒落《しゃ》れたところがあるんだね。僕等にはよく解《わか》らないが……。

三木　つまりモンテーニュは「教養」の上で書いているのだ。ところがその「教養」というものが問題になる時があるね。

小林　そういう点では、パスカルは、ものを考える原始人みたいなところがある。何かに率直に驚いて、すぐそこから真っすぐに考えはじめるというようなところがある。いろいろなことを気にしないで……。だけど、三木さんの文章はちっとも変らないね。

三木　そうかね。

小林　僕が、あなたの書いたのを最近読んだのは「中央公論」の「学問論*」だけれども、変らないね。

三木　君、このごろはドストエフスキイ*はやらない？

小林　やる、この夏。

三木　あれは面白かったね。「ドストエフスキイの生活*」

学問論　三木清の論文。この年、昭和一六年（一九四一）六月、『中央公論』に発表した。

ドストエフスキイ　ここは「ドストエフスキー論」の意。ドストエフスキー Fyodor Mikhailovich Dostoevskii はロシアの小説家。一八二一～一八八一年。

ドストエフスキイの生活　小林秀雄が昭和一〇年一月から一二年三月まで、『文學界』に連載した長篇評伝。

というのは。君の書いたものの中で傑作だと思うね。

小林 しかし、やっぱりむつかしいな。僕は、続きも殆《ほとん》どもう書いて了《しま》ってあるのですよ。だが段々考えが変って来るでしょう。僕みたいなものは殊《こと》にそうだけれど、そうすると、段々昔書いたものが駄目になって来たりなんかして巧《うま》く書けないのだよ。

三木 今に、またドストエフスキイなんかが流行《はや》る時代が来るかも知れないね。

小林 うン、どうもやっぱり、ああいう人の困った問題というものは永遠の問題だから。

三木 人生の謎《なぞ》というものはいつも同じだね。

小林 やはり同じ処《ところ》に立ちかえって来るのだな。

三木 人間というものは進歩しないね。科学が発達すれば戦争が無くなるとよく人が言っていたが、そんなことは嘘《うそ》だということは、今度の戦争で証明されたわけだ。何しろそういうものだな。進歩の思想は人間を浅薄にする危険があるね。

小林　だから僕なんか、パスカルをまた読み直してみて、とても新鮮で面白いというのはそうなんだよ。つまり人間が正直で率直でいればいつも起す疑問というものだけを考えておる。つねにそこから考えているのだよ。その処が実に新鮮だね。まアえらい思想家というのは、だいたいそういうものかも知れないが。

三木　うン。教養とか文化とかいっているものが無意味になって来るぎりぎりのところがあると思う。

小林　つまりあなたの言う形而上学《けいじじょうがく》*でしょう。

三木　ところが現在そういう問題をつかまえている文学者は少いのじゃないか、そうでもないか？

小林　少いね。やはりどうも惰性で書くのだ。考えてみれば何も小説を書く必要も必然もないのだよ。おかしいことだ。人間と生れて小説家になるなんということは、ずいぶん不思議なことなんで、それをなんの不思議でなく書いて

形而上学　三木清は、論文「形而上学の将来性について」（昭和七年）などにおいて、存在の根源を思惟する学問である形而上学は、エンゲルスの言うような弁証法的唯物論として諸科学のうちに解消されてしまうものではなく、人間が存在と無との、知と無知との、主体と客体との中間者である限り、超越的なものへの問いかけとして、必然的に存続すると述べていた。

いるということは実際不思議だよ。会社員でもなんでもなればいいじゃないか。

三木 というのは、今日教養といっているもので本を沢山読んでいるとか、ものを沢山知っているということが特別のことでなくて、なんでもない当りまえのことになってこなければならん。そういうものがほんとの知識人でないということがわかってこなければならんと思う。ところが、今ではまだそれが何か特別のことのように考えられているんだね。

小林 そうだな。だけど、青年というものは皆そういうものは持っているという気がする。真の教養なり思想なりの芽生えというようなものを持っている。持っているが、それが育たない。芽が伸びないところがある。大人になるといろいろなことで摘んでしまうね。小説家になって摘んでしまう。評論家になって摘んで了う。哲学者になって摘んでしまう。それからまた俗人になって摘んでしまう。そういうところがあるよ。

三木　結局、一番欠乏しているのは実験的精神だと思う。

小林　実験的？

三木　うン。というのは、つまり本を読むことが学問することであるといった考え方を破ったものが近代科学なんだ。

小林　ああそう。

三木　近代の科学者は教養人というものと違う。読書が学問であるという伝統を変革したところに近代科学の豪《えら》さがある。その精神は教養というものとは違うもっと原始的なものなんだな。そういう精神を、科学ばかりでなしに、ほかのものにおいてももっと摑《つか》まなければならないのじゃないかと思う。

小林　原始的という言葉は面白い。

三木　それが君のさっき言った原始人的な驚きとか、その驚きからじかにものを考えてゆくことなので、そういう精神が今日の文化人には失われているね。

小林　僕もそう思うけれどね、だけど、そういうふうな病弊はどういうところから来たのかね。
三木　それはいろいろあるだろうが……。
小林　そういう病弊を日本独特なものと考えるかね。
三木　日本独特のものではない。近代の文化人に共通のものだろうね。
小林　近代人の全体にある弱さかね。
三木　近代人の弱さというのは、新聞を読むね。新聞に出ていることで自分に関することはたいてい嘘が書いてある。それだのに、ひとの事が出ていると誰でもそれを信ずる。そういうところに近代人の欠陥がある。ものにぶつかって究めるということが少いわけなんだね。
小林　どういうところからそういう論を立てるかね。
三木　それは今言ったように世界共通のものだが、特に日本人の欠陥でもあると思う。というのは本を読むことが学問だというような観念がなかなかぬけきらないのだね。昔から支那*のことをやるにしても、支那へ行かないで支那の本を読んでやる。全然西洋を観たことのない人間が西洋の本を読むだけで西洋について論じる。アメリカへ行ったことのない人間がアメリカ文学の専門家で通る。そういうところがあるね。知識というのはそういうものだという考えがあるから、逆に言えば日本の現実について研究しなくても済む。つまり知識は主として読書から得られるので、事実にぶつかってそこから出てくるものでないのだね。学者が日本の研究を怠っていたということも、一つはそういうことに原因があると思う。

小林 感覚の鈍りだ。はっきりものを見ないのが根本だ。

三木 その見ているところから、ものを考えるということが実験的精神というものじゃないかね。

小林 そうなんだよ。

三木 ところがその実験的精神というようなことでも本でやるのだな。西洋でこういうことを言っているが、これが

＊**支那** 当時、中国に対して用いられた呼称。

実験的精神だというふうに、ひとごとになってしまって、自分のことにならない。そういうことが今日の*インテリゲンチャの欠陥だと思う。

小林　*僕も前に*福沢諭吉の事を書いたことがあるけれども、福沢諭吉は「*文明論之概略」の序文でこういう事を言っている。現代の日本文明というものは、一人にして両身あるがごとき文明だ、つまり過去の文明と新しい文明を一つの身にもっておる、一生にして二生を持つが如《ごと》き事をやっている、そういう経験は西洋人にはわからん、現代の日本人だけがもっている実際の経験だというのだよ。そういう経験をもったということは、われわれのチャンスであるというのだ。そういうチャンスは利用しなくちゃいかん。だから俺はそれを利用し、文明論を書く、と言うのだ。西洋人が日本を見る時にはどうしても空想的に見るけれども、日本人は一身で西洋文明と自分の過去の文明と二つ実験している。だから、議論は、西洋人より確実たらざるを得ない。

インテリゲンチャ　intelligentsiya（露）知識人、知識人階級の意。

僕も前に…　昭和一六年（一九四一）一月、『日本評論』に発表した「感想」の中で書いた。

福沢諭吉　教育家、啓蒙思想家。天保五年〜明治三四年（一八三五〜一九〇一）。慶応義塾の創立者。著作に「西洋事情」「学問のすすめ」など。

文明論之概略　福沢諭吉の著作。明治八年（一八七五）刊。文明の本質を歴史的にあとづけ、文明開化に急だった日本のあるべき方向性を示した。

そういうチャンスを利用して俺は「文明論」というものを論じる。そういう立場から論じているだろう。あの人は……。そういうのが実証精神だろう。

三木　そうだ。

小林　実証精神というのは、そういうものだと思うのだがね。何もある対象に向って実証的方法を使うということが実証精神でないよ。自分が現に生きている立場、自分の特殊の立場が学問をやる時に先《ま》ず見えていなくちゃならぬ。俺は現にこういう特殊な立場に立っているんだということが学問の切掛けにならなければいけないのじゃないか。そういうふうな処が今の学者にないことが駄目なのだ。日本の今の現状というようなものをある方法で照明する。そうでないのだ。西洋人にはできないある経験を現に僕等しているわけだろう。そういう西洋人ができない経験、僕等でなければやれない経験をしているという、そういう実際の生活の切掛けから学問が起らなければいけないのだよ。そういうものが土台になって学問が起らなければいけない。そういうものを僕は実証的方法というのだよ。

三木　その通りだ。精神とか態度とかの問題だね。誰でも自分だけがぶつかっている特殊な問題がある。そういうものを究めてゆくことが学問だ。ところが学問というものは何かきまったものがあるように考えられている。それは大衆文学というものはそういうものでないかね。つまり何かある一つの気持なり、考え方なりにきまったものがあって、それを書いているのだね。

小林　うン、そう。

三木　ところが、純文学にはそういうきまったものがない。だから自分の仮説を実証してゆくということになる。

小林　結局言ってみると、学問が社会に揉《も》まれていないというところがあるのかな。

三木　そう。独善は官僚ばかりでない、学者独善であり、文学者独善なんだよ。社会に揉まれるというのは実証的になることだ。

小林　ああいう福沢諭吉のやった様な真摯《しんし》な、物に即した学問の方法が何処《どこ》に行って了ったかという事が不思議でならない。あなたは、ああいう実学の方法がカント流のヒューマニズム*に蔽《おお》われてしまったというようなことを書いておったろう。それはどういうことですか、もう少し説明して下さい。

三木　大正時代に出て来た教養という思想だね。それが実証的な精神を失わせて、観念的に教養というものを作り上げたね、そうしてものに対して或《あ》るポーズをすることが教養だということになったんじゃないかね。

小林　そういう事になると、やっぱりどうもただ考えの問題というよりも人間の問題だね。どうもやっぱり福沢諭吉という人間が豪かったというふうに考える。教養というようなものを、そういうふうに解釈してゆくというのも、要は人間が貧しいからそう解釈してゆくわけでしょう。何も

カント流のヒューマニズム　カントに代表されるドイツ理想主義哲学の人間観。人間理性の自律性を基盤とし、個人の人格的成長、完成を重視する立場。

カントがそういう男であったわけでないからね。それにもう堪えられないのだね。

三木　厳しさに堪えられないのだね。

記者　（三木氏に）河出書房の「人間主義*」という本のおしまいの方に、工作的人間ということを書いてありますね。あれはアメリカの*行動主義《ビヘービアリズム》といったようなものとは違うわけでしょう。

三木　もっと広いわけです。人間の本質はものを造るにあるという考えなので、ものを造るということは、産業だけではない。すべての文化がそうだし、また人間そのものも造られるものだね。僕は人間というものは小説的動物だと書いたことがあるが、すべての人間は人生に関して小説家だね。そういう意味まで含めて、工作的人間というものを考えなければならぬと思う。

小林　そういうふうなことは三木さんのこのごろの思想の中心だね。あなたの言う技術とか、構想力*とか、このごろ

人間主義　昭和一三年（一九三八）五月、河出書房刊「廿世紀思想」第七巻「人間主義」のこと。三木清は「人間主義」を寄稿している。

行動主義　behaviorism（英）一九一〇年代にアメリカの心理学者ジョン・B・ワトソン（一八七八〜一九五八）によって提唱された研究上の立場。心理学を純粋に客観的科学にするため、意識の内省法を排除し、パブロフの条件反射学にのっとり、あらゆる行動を刺激に対する反応として捉え、そこに法則性を見出そうとした。

構想力　Einbildungskraft（独）の訳語。元来は、想像力と同義。三木清の著書に「構想力の論理」（昭和一四年に第一部、死

の三木さんのそういうものはよくわかるよ。非常によくわかるんだ。あなたに貰《もら》った本もみな読んだし、——そこで僕は非常に大きな疑問があるのだよ。それはこういうところで喋《しゃべ》って喋れるかどうかわからないが、あなたは、あすこまで考えて来たわけでしょう。そうしてあんな文章を書いてはいけないのだよ。そういうことだ、非常に簡単にいうと。非常に乱暴な言い方をしているらしいが、わかってくれるでしょう。

三木　うン。

小林　論証するには論理でよいが、実証するには文章が要る。哲学というものを創《つく》るという技術は、建築家が建築するように、言葉というものを尽くす必要がある。それを言うのですよ。考えるとは、或《あるい》は見るとは創ることだという命題は、ただ*ディアレクティックではとけないのだと思う。

三木　君の言うことはよくわかるよ。自分でもそのことに気附いている。

後の昭和二一年に第二部刊行）がある。

＊ディアレクティック　Dialektik（独）弁証法。相互に対立する意見や事柄の双方を媒介にして、より高い水準の真理に迫ろうとする態度、あるいは手続きをいう。

小林　素人《しろうと》考えから言うのだけれども、ヘーゲル*という人もそういう人だと思うのだ。読み方がいけないのだよ。凡《およ》そ思索というものが行くところまで行ってしまった形式というものを論証してみせた、そういう風に彼を読むのは、彼をまるでさか様に読んでいる様なものだと思うね。やっぱり、彼は眼の前の物をはっきり見て、凡そ見のこしということをしない自分の眼力と、凡そ自由自在な考える力とを信じてやって行ったのだね。その揚句《あげく》ああいうディアレクティックの体系が出来上って了《しま》った。逆に這入《はい》って行くから彼のディアレクティックの網の中にまるめられて了う。

三木　それをどう切り開いてゆくかが今の僕の大きな問題だ。

小林　実践的でなければいかんということが、論理的に読者にわかったって仕方がないからね。僕はあなたの「人生論ノート*」が面白いということを以前から言っているだろう。あれは面白い。

ヘーゲル　Georg Wilhelm Friedrich Hegel　ドイツの哲学者。一七七〇～一八三一年。自然・歴史・人間の精神を絶対精神（神的理性）の弁証法的展開のプロセスとして表現した。著作に「精神現象学」など。

人生論ノート　三木清が昭和一三年から『文學界』に断続連載していた哲学的小品群の題名。この年、昭和一六年八月、単行本化されて創元社から刊行された。

三木　うン。

小林　話は違うが、どの位人間というものは、いろいろ夢を見たがるかということが、僕は近頃何となく判《わか》って来た。齢《とし》をとると――そんな事言う齢ではないんだが……死期が近付くと……。やはり死期というのは確かに近づいておるのだね。妙な事だ。そんなことは別に考えないけれど、やっぱり死期というものはちゃんと近づいておるのだね。

三木　テスタメント*を書く、遺言状だね、遺言状を書くという気持は、今の作家にもないね。

小林　ないね。

三木　これを一つ書いて了えば死んでもいいという。

小林　実際ないのだよ。

三木　僕なんかもこの頃よくそういうことを考えるね。これ一つだけ書いておけば死んでもいいという気持で書かなければ駄目だね。実際いつ死ぬかわからんのだからね。というのは、総《す》べてのものが現象的になって、形而上学的《メタフィジカル》な

テスタメント　testament（英）遺言、遺書。

ものが失われてしまったのだ。永遠というものを考えなくなっている。

小林 そうだ。僕なんかそう思っているのだけれど。永遠の観念というものがなければ、芸術もなければ道徳もないと思っているのだ。そういうような考えは青年時代に懐《いだ》いたけれども、僕はいろいろなことで自信がつかなかった。段々自信がついて来た。そういうものが一番本当だということが……。一番そういうものが確かだ。本当に空想じゃなく確かだな。そういうことに段々自信がついて来た。

三木 進歩の思想に立つと、どんなことでも少しずつやればいいということになる。十あるもののうち今日は一つ書いておいて、明日また一つ書けばいいというような考え方が毒していると思う。これで畢《おわ》りということになれば、十もっておれば十出さなくちゃならぬ。これは生活態度においてもそうだと思う。

小林 そうだよ。例えば弾圧ということを言う。どうしてそんなことを考えて、自分が十五年先に死ぬということを考えないのだ。十五年先に死ぬということは大弾圧でないか。そんな大弾圧が必ず十五年先に来るのを知らないで、政府が何を弾圧したということの刺戟《しげき》で何かの思想が起っているのだよ。まあ言ってみれば、そういう風な思想の浅薄な起り方、それがいやだね。現代の思想は、一たん石器時代に戻って、又そこから出直す必要があるとさえ言いたいくらいだよ。

三木　ある人がいて、弾圧されるかも知れないと考えるだろう。その場合に、これ一つ書いておけば弾圧されてもいいと思って書くか、或はまだまだ弾圧されないかも知れないというような気持が底にあって書くか、その点だね。弾圧されるということを本当に身近かに感じておれば、これ一つしか書けないと命懸けでものを書く。そういう気持になって来れば日本の文化も立派になるというのだろう。

小林　文学者や思想家が政治的関心を持つことは結構だが、

関心を持つと考え方まで政治的になるということは馬鹿々々しい。政治家が差当り大切な事だけを考えるのはよいが、思想家が凡そ思想上の問題で差当り大切なものは何かなぞと考えるのは止《や》めたがよい。話がお目出度《めでた》くなって、議論がこんがらかる以外に何の益も断じてない。

三木　結局便宜主義ではほんとの文化は創られない。

小林　あのディアレクティックというものは、やはり非常に害毒を流しているな、哲学界に……。

三木　あれは探求心をなくさせてしまう危険がある。なんでもあれで一応片附いてしまうから、追求してゆく精神を失わせる。だから本当のところはディアレクティックかも知れないけれども、そこまでゆく苦労というものがなければ意味をなさないものだと思う。

小林　道元*をこのごろ読んでいるが、実に面白いのだよ。そうすると、道元の思想を、哲学者がね、ディアレクティックに翻訳するのだ、全く偽物《にせもの》なのだ。嫌になっちゃうよ

道元　鎌倉初期の禅僧。正治二～建長五年（一二〇〇～一二五三）。日本曹洞宗の開祖。寛元二年（一二四四）、越前の国（現福井県）に永平寺を開いた。著作に「正法眼蔵」など。

うな偽物だよ。ぼかんと金槌《かなづち》を持っていって壊したいような偽物だよ。手応《てごた》えがない。手応えというものは道元にある。道元は独立している、蟇《がま》みたいに。偽物は違うんだよ、その感じがね。ディアレクティックというものは人に解《わか》らせるものだ。道元の思想はこういうものだということを解らせるものだ。処《ところ》がそうでないのだ、思想というものは。やはり解らせる事の出来ない独立した形ある美なんだね。思想というものも実地に経験しなければいけないのだ。此処《ここ》に蟇がいるということを経験しなければいかん。

三木　哲学というものがただの職業になっている。

小林　哲学者というのは文章軽蔑《けいべつ》派なのだ。ヘーゲルなんかは……。

三木　スタイルで考えている。スタイルを抜きにして考えられない、ヘーゲルの哲学というものは……。

小林　なんて巧《うま》いんだろうという様な文章があるね。三木さんなんていろいろな形式で書いてくれるといいと思うな。

三木　うン。これから大いにやりたい。

横光利一

近代の毒

横光利一（よこみつ・りいち）

一八九八―一九四七。作家。本名は同じ字のまま「としかず」と読む。福島県東山温泉に生まれる。父親の仕事の関係で、居住地が転々と変わる。小学校入学以降は、母親、姉とともに母親の郷里、三重県阿山《あやま》郡東柘植《つげ》村および、伊賀上野、大津などで過ごした。一六（大正五）年、早大高等予科文科に入学したが、長期欠席による除籍、復籍、転科などを経て次第に学校を遠のくも、窮乏生活に耐えつつ多数の習作をものした。二一年、同人雑誌「街」、二二年同人雑誌「塔」を創刊する。二三年、菊池寛の「文藝春秋」創刊にともなってその同人に加わった。この年、「蠅《はえ》」「日輪」を発表し、注目を浴びる。二八（昭和三）年から三年にわたって執筆した『上海《シャンハイ》』までは新感覚派的作風とされ、三〇年発表の『機械』以降は新心理主義へと展開する。他に『愛の挨拶《あいさつ》』『寝園』『紋章』『家族会議』『欧洲旅行』『旅愁』等著書多数。

近代の毒

◆昭和二二年（一九四七）一月、『夕刊新大阪』に掲載。

小林　横光さんの病気*はながかったね。

横光　まだ半年かかるよ。病気をあまりしたことがなかったので病気というものは捨てたものでないと思った。先日寝ているとき、あなたが京都に行ったと聞いて羨《うらや》ましかったよ。その時の話を伺いたい。

小林　あれは春の話です。

横光　正倉院じゃなかったのか。

小林　ただ、大和に遊びに行ったんです。時に、例の横光さんの文学と科学*はまた話題を賑《にぎ》わしているそうですね。

横光　あれは、随分誤解されて伝わった。新聞の報道が間

横光さんの病気　横光利一は昭和二一年（一九四六）六月、軽い脳溢血の発作にみまわれ、食餌療法などを続けていた。

文学と科学　横光利一は、近代文学は科学の精神や方法に押され、服従しがちであるとして文学の立場を説く発言を昭和一〇年代から行い、特に一七年一一月、大東亜文学者会議において力説した。

違っていたのだ。僕は科学を否定せよといったのではない。文学者は科学の行う人間の機械化と闘争しているので自分なりにこれを克服しようとする、否定したり肯定したりして人間性を守ってゆくのでむずかしいのだ。文学は何といっても直観の論理にしたがうんだから、これが科学かどうかは未知なものだ、未知だから面白い。

小林　西洋の十九世紀の文学者は、科学から非常な利益を蒙《こうむ》ったと同時に科学からひどい目にあったので科学と文学の問題は深刻だった。科学の毒に当るのには、もっとうんとお蔭《かげ》を蒙ってみなければね。

横光　僕なんかのは憧憬《どうけい》しているから否定してみるのも良いが、小林君が近代の毒*ということを言い出した。あれは人によくわかっていない、ああいうことを説明して貰《もら》うとよいと思う。北原*（武夫）君が毒ということがわからない、それさえわかればよいということを書いていた。

小林　近頃とんと雑誌を読まないので文壇のことは少しも

近代の毒　小林秀雄は、昭和一六年（一九四一）三、四月、『改造』に発表した「歴史と文学」において、一九世紀の後半、ヨーロッパ文学は合理主義、実証主義、社会主義が飽和状態にあり、これがさらに商業主義に乗って通俗化する危機にあった、この危機を予感した少数の文学者、ボードレール、ドストエフスキーなどが行った苛酷な自他の批判、分析、解剖、それらをさして毒と呼んでいる。

北原武夫　小説家。明治四〇年（一九〇七）神奈川県生れ。作品に「妻」など。昭和四八年没。

知りません。今日は久しぶりで横光さんに会いたいと思ったので来たのです、この機会を利用してやろうと思ってね。何しろ二十年もジャーナリズムに利用されて来たからね。

横光　僕もそうだ。話は違うがジャーナリズムにも毒がありますよ。

小林　それはジャーナリズムが非常に大きな精神の消費面であるにかかわらず、文化の活潑《かっぱつ》な生産面だと錯覚する処《ところ》から来るのだ。横光さん、戦争がすんでから書きましたか。

横光　書かないよ、世間も自分もどこまで新しくなるのか面白いので、うまく言葉が見つからないのです。

小林　御病気のせいでしょう。

横光　年のせいかも知れませんよ。初めて年とった価値が分って来た、非常に新しくなって来た、年とるのも新しさだ。

小林　体を大事にしていいものを書いて下さいよ。無理をしてはいかん、ジャーナリズムの毒にあたらんようにね。

僕は戦争後、映画も芝居も見ないが、先日*諏訪根自子《すわねじこ》の演奏をきいて大変面白かった、感動した。そして色々な事が考えられたよ。よくあれまでやったものだ、まるでヴァイオリンの犠牲者と言ったような顔つきをしている。お辞儀をしてとってつけたような笑顔をするが、笑う事ももう忘れて了《しま》ったようなあんばいだね。ヴァイオリンの為に何も彼《か》も失ってしまったのだ。あの人から楽器を取上げたら何が残るかね。僕はあの人が自動人形だといっているのではない。確かに間違いのない*センチメントを持っている、実に純粋な。聞いていてそれがよくわかる。然《しか》しそのセンチメントは、*カメンスキイならカメンスキイという先生の着物をちゃんと着ているものだ。あの人は、自分の人間性をこれから回復しなければならんところにいる、しかも日本ではそれが恐らく出来ないよ。恐らく悪い環境が、あの人を汚して了うよ、今が一番美しいのだろう。そんなことを考えていると、実に気の毒な気がした、他人事ではない気

諏訪根自子　ヴァイオリニスト。大正九年（一九二〇）東京生れ。昭和六年にデビュー、海外で活動後、昭和二〇年に帰国。平成二四年（二〇一二）没。

センチメント　sentiment（英）　感情、情緒、感傷。

カメンスキイ　Boris Kamenski　ユダヤ系ロシア人のヴァイオリニスト。諏訪根自子はパリのカメンスキー宅に下宿して、その訓導を受けた。

もしたね。ともかくあの人の演奏には西洋文化にぶつかった日本文化の象徴的な意味合いがある。

横光　ききたかったな。僕は子供がピアノをやってるものだから子供をやったが……、子供は汗だけ見てきた。

小林　だがあのヴァイオリンは偽物《にせもの》だと思うね、ストラデ*ィバリウスからあんな固い音が出て来るわけがない。腕が悪いとは思えぬ。十八世紀のヴァイオリンの音は少しも出ていない、イミテーションを貰ったと思う。新しい木の音だ、可哀そうな楽器だよ。

横光　日本の環境は芸術を育てない、殊《こと》に伝統のない外国芸術は美術だって同じだ。日本の悪い環境と戦って自分を推し進めてゆくことは大変なことだ。パリで日本人が勉強するには、まず遊ぶより手はないと思う。諏訪根自子は遊んだことがあるのかね。詩でも文でもそうだが、永井荷風*が芸にならないところを芸に吸い込んでやっているのはなかなかできないことだと思う。コチコチのものになってし

ストラディバリウス　Stradivarius（ラテン）イタリアの弦楽器作者ストラディヴァリ（一六四四頃〜一七三七）の作ったヴァイオリンの名器の総称。諏訪根自子は一九四三年二月、当時のナチス・ドイツ宣伝相ゲッベルスから、ストラディヴァリウス一丁を贈呈されている。

永井荷風　小説家。明治一二年（一八七九）東京生れ。明治四〇〜四一年、フランスに滞在した。作品に「あめりか物語」など。昭和三四年（一九五九）没。

まうのを、うまくとかし込んでいる。しかしあの溶かし方は過去へ行っていて賛成できない。ああすると後の僕らは困るばかりだ。

小林　永井さんの「踊子」*を読んだが少しも面白くなかったので他は読まない。永井さんは人生に敗《ま》けた、それでは芸術に勝ったかというとそうとも思えない。

横光　永井さんの戦後のものは面白くない。落ちた熟柿《じゅくし》の味で酸《す》っぱいね、酢になっている。

小林　このごろ何も読まぬので。織田作之助*という人はうまいのですか。

横光　僕も一つ読んだ。渋をむいてるところだ、渋のむき方が泥でむいてるからもう少し石でむかなくちゃ。

小林　文芸時評を止《や》めてしまうと、雑誌を読まなくてすむからほんとに助かる。

横光　良い批評家がいないと作品は堕落する、殊に厳しいのはどうしても必要だ。やめてからどの位になる。君は一

踊子　永井荷風の小説。浅草の劇場楽師と踊子の夫婦を頼って上京してきた妻の妹が、やがて生来の「妖婦」の本性をあらわす。昭和二一年発表。

織田作之助　小説家。大正二年（一九一三）大阪生れ。作品に「夫婦善哉」など。昭和二二年一月一〇日没、三三歳。

番厳しいから文化の生産面にはなくてはならぬ人だが……。

小林 七、八年になるかな。もともと食うために書いたのだから食えるようになったら当然やめることになった。省《かえり》みると何をしていたかわけがわからぬ、人を説得したと己惚《うぬぼ》れたり、文学を指導したと妄想《もうそう》したりしていたのだからね。四十にもなると自分のリミットというものがおぼろげながらわかって来る、これは恐ろしい経験だね。今の文芸批評は低調だ。批評家に勇気がない、今は批評を商売にしようという人が出て来た。僕はどういう風に文芸時評をするかということは考えなかった。しかし本当の文芸批評というものは五十くらいにならないと書けないよ。全く四十くらいになるとリミットがわかって来る、今まで無茶なことをやっていたと思って呆然《ぼうぜん》とする。

横光 僕はリミットが分りすぎて困ってしまった一人だ。も一度見失ってしまいたいものだ。このごろまた私小説論が出て来たね、自分のリミットがそれぞれ分って来たのかな、それだと私小説論なんかつまらないが。

小林　十年前に僕は私小説論*を書いたが原理は同じことだよ。「懺悔《ざんげ》録」*を書いたルソオ*の様な決心のついた人だけが私小説というものを書く権利がある、それだけのことだ。

横光　君のドストエフスキー*はどうした、惜しいから是非続けて欲しいね。君なんかリミットを忘れる方がいい。

小林　又新しくやり始める。何が書けるかわからぬが、もうこの頃は、何が書けるかわからぬという仕事にしか興味がないのだ。わかり切った事は喋《しゃべ》っておればよいではないか。今度、モオツァルト*について書いたんだが読んでみて下さい。

横光　河上（徹太郎）君は感心していた。あの人はなかなか音楽通だが。

小林　まえまえから書きたいと思っていた事を書いたのです、言ってみれば杉田玄白*の蘭学《らんがく》みたいなものさ。だが近頃一生懸命に書いたものだ。慣れない事をやってみるとい

私小説論　昭和一〇年五〜八月、『経済往来』に発表。

懺悔録　Les Confessions　ルソーの自伝的著作「告白」のこと。自己の内面を赤裸々に語る。

ルソオ　Jean-Jacques Rousseau　フランスの思想家、小説家。一七一二〜一七七八年。

ドストエフスキー　ここは小林秀雄のドストエフスキー研究の意。

モオツァルト　オーストリアの作曲家。小林秀雄はこの対談とほぼ同時期の昭和二一年一二月、『創元』に「モオツァルト」を発表した。

杉田玄白　江戸期の蘭医。享保一八〜文化一四年（一七三三〜一八一七）。著作に「蘭学事始」など。

う事は仕事に飛んでもない困難が現われて来て愉快なものだね。今度は絵かきについて書きたいと思っている。

横光　演劇になるが*久保田（万太郎）さんにいわすと芝居と演劇はちがうという。*真船《まふね》豊という人は演劇の方だがどうですか。

小林　これはあの人自身から聞いた話だから、確かな事だが、真船という人は*シングをやったのだよ、シングに夢中になって芝居の魂をつかんだ人なのだよ。野人の鋭敏をもっている。あの人は文士や文壇につき合わぬ処がよい。先日久保田万太郎の*「或る女」を見せられたが、痩《や》せてカサカサの女が寝巻を着て寝台に腰かけていた、あれでもう、あの芝居は落第だ。あの芝居は肉体的の色気が一つでもある女主人公をつかめば成功する。*杉村春子がどんなに技巧をこらしても肉体的の貧弱さを掩《おお》うことは出来ない。小説はいいが芝居ではあの女で全部駄目になる、これを知らないで万太郎が営々と脚色しているのが気の毒になる。

久保田万太郎　小説家、劇作家、俳人。明治二二年東京生れ。この年五八歳。小説に「春泥」、戯曲に「大寺学校」など。昭和三八年没。

真船豊　劇作家。明治三五年福島県生れ。この年四五歳。昭和九年、「鼬《いたち》」で地位を得る。他に「裸の町」「遁走譜」など。昭和五二年没。

シング　John Millington Synge　アイルランドの劇作家。一八七一～一九〇九年。二七一頁参照。

或る女　原作は有島武郎の長篇小説。昭和二一年一〇月一一～一四日、文学座が久保田の脚色で上演した。

杉村春子　女優。明治四二年広島県生れ。この年三八歳。平成九年（一九九七）没。

横光　文学の政治性はどうだ、僕は*犬養健《いぬかいたける》のこのごろを非常に注目しているのだが。

小林　新鮮な政治が出て来れば必ず青年を動かし文学運動になる。いま日本に政治を反映した文学運動がないということは、今の政治に新しい思想がないということから来ているのだ。そういうことでは「政治と文学」の問題もないね。今必要なのは政治技術者だ。

横光　この頃、日本人の素質のことは絶望的にいわれるようだが、僕はそうは思わん、なかなかいい。

小林　日本人の素質なぞという言葉がそもそもナンセンスだ。

横光　田舎には捨て難いところが残っている。東京附近はどうか知らないが東北の農民はよい、殊に女はえらい。怠けるものは徹底しているが、これも面白い。僕は田舎に疎《そ》開《かい》している間は実に自然に心をひかれた、一枚の葉っぱの裏にまで心をひかれ、面白かった。しかし東京へ帰って来

犬養健　政治家、小説家。明治二九年東京生れ。白樺派の小説家として活動後、昭和五年に衆議院議員となった。昭和三五年没。

たらやっぱり人間の方が自然より面白いね、人間は面白いよ。

人間の進歩について

湯川秀樹

湯川秀樹（ゆかわ・ひでき）
一九〇七—八一。理論物理学者。東京府東京市麻布区市兵衛町（現・東京都港区六本木）生まれ。一歳から京都市で育つ。一九二九（昭和四）年、京都帝大理学部物理学科卒。同大学副手を経て、三二年同大学講師、後に大阪帝大の講師も兼任する。三四年中間子理論の構想を学会発表し、翌三五年「素粒子の相互作用について」（英文）を発表。陽子や中性子の結合力の媒介となる中間子の存在を予言した。三九年京都帝大教授。四〇年学士院恩賜《おんし》賞、四三年文化勲章を最年少で受ける。同年、東京帝大教授を兼任。四八年プリンストン高等研究所客員教授、翌四九年コロンビア大学教授。同年日本人初のノーベル賞（物理学）受賞。『量子力学序説』『物理講義』『最近の物質観』『創造への飛躍』『外的世界と内的世界』『本の中の世界』など著書多数。

人間の進歩について

●昭和二三年（一九四八）八月、『新潮』に掲載。

二つの世界

小林　あなたにお会いできてお話する機会は得たがどうもこっちがあんまり無学過ぎるんで。困ったことです。二十世紀の科学の大革命が一般思想の上に大きな影響を与えたという事は承知していますが、何しろ事が如何《どう》にも専門的なものでね。ぼくらにはまことに困る。その困ったところに、通俗科学書が氾濫《はんらん》した。こちらは科学の基礎的知識もなく、いきなりそういうものに飛び付いた。何にもなりません。*ブルジョア文学者は*偶然論がどうのこうのと愚にもした。

ブルジョア文学者　有産階級の立場に立った文学者。経済的に裕福な文学者。
偶然論　昭和一〇年、小説家横光利一が「純粋小説論」で文学と偶然性の問題を論じ、その後、小説家中河与一によって量子力学の成果を援用した一種の世界観として主張され、評論家森山啓、萩原中らがマルクス主義の立場から批判的に応酬するなどした。

つかぬ文章を書いていた。*左翼文学者は、政治ばかりに目を奪われて一向科学なんか好奇心を持たぬ。古くさい*唯物《ゆいぶつ》論をかかえて最近の科学の進歩はブルジョア的であるなどと言っておりました。そのうちに原子爆弾が破裂して了《しま》ったというわけですよ。まあ盲蛇で、いろいろ愚問を発することにします。……*因果律、*決定論、そういう十九世紀科学の土台がいろんな発見や実験の結果保持しがたくなったということは、これはもう専門家には常識のことで、すっかり……。

湯川　ところが決定論あるいは非決定論というのは専門家の間で、いろいろ議論のわかれるところなんです。同じ*量子論の専門の人であっても、決定論を強く主張する人もあれば、非決定論を強く主張する人もあるのです。それは実際二十世紀の物理の中には十九世紀からの決定論がそのまままずっと続いてきている面と、非決定論的な面の両方があるからです。そこで、どちらを強調するかで相当意見はわ

左翼文学者　マルクス主義文学者、プロレタリア文学者。

唯物論　物質のみを真の実在とし、精神や意識はその派生物と考える哲学上の立場。ここは特にマルクス主義の弁証法的唯物論をいう。

因果律　哲学用語。すべての事象の成立には原因となる事象があり、また、原因となる事象があれば必ず結果となる事象をもたらすという原理。

決定論　哲学用語。宇宙の一切の出来事に、人間の思考・行動も含めて自由を認めず、すべては物理的先行条件の必然的な結果であるとする考え方。

量子論　量子力学ともいう。原子や素粒子などの微粒子の世界でおこる力学的法則を扱う物理

かれてくるのです。しかしとにかく非決定論的なものが入ってきたということは確かです。それをどう取上げていくか、そういうものを取上げても、結局やはり決定論に持っていくか、新しく入ってきたものを強く取上げて非決定論に持っていくかということが、議論のわかれるところです。

小林 なるほど。

湯川 ところで私自身の考えもぼつぼつとお話してみようと思いますけれども、そう簡単な問題じゃないのです。

小林 たとえばよく確率ということが言われますけれども、十九世紀の物理がいろんな現象を説明するために確率というものを取上げたということと、いまの量子力学で言っている確率とは同じ概念なのですか。

湯川 それは違うところがあるわけですね。つまり十九世紀には因果法則がいちばん根本のものであって、しかしそれが十分はっきりしない場合、あるいは根本にある因果法則は一応忘れておいて、もう少し表面的な荒っぽい観察を

学。微粒子の世界では、物理量の変化が連続的にではなく、ある基本量の整数倍で生じ、その最小単位量を「量子」と呼ぶ。一九〇〇年、ドイツの物理学者プランク（一八五八～一九四七）の「量子仮説」によって導入され、その後、アインシュタインの光量子仮説、ボーアの原子構造の量子論、ディラックの量子力学の基礎方程式、ハイゼンベルクとパウリの場の量子論などによって展開された。

する場合に、確率とか、統計とかいうような概念を取入れて話をしようというのが十九世紀の立場です。ところが二十世紀にはそういう根本法則自身が確率的な性質を持っているというわけです。そのもう一つ先で逆転が起ることは、もうないだろうというのが、現代の正統派の考え方です。十九世紀の方はうわべは確率的であってもほんとうは因果的です。そこに一つの根本の差異があるのです。しかし二十世紀の物理学にも確率を決定する法則があるわけです。だからそれは単なる偶然ではなくて、やはり法則だという面を強く主張して、何か決定論的なものがそこにあると解釈をする人もある。そこで意見がわかれてくるのです。

小林　そうすると、十九世紀の科学の確率というものは、ある観察の対象のいろんな性質がはっきりわからない場合に確率を援用するわけですね。

湯川　そういうわけです。

小林　そうすると結局確率に頼らなければならぬという原因はこちらの、つまり人間の方の欠陥にあるのですか。そういう考え方ですか。

湯川　そういうわけですね。多くの場合、いちいち人間の力で、そうこまかいところまで十分調べられないから、一応確率だけでやっていこうという、大ざっぱにいえばそういう立場であったわけです。

小林　確率という法則の方が根本的法則というのには、ある観察の対象は非常にはっきりわかっていると仮定する、はっきりわかっていて、しかもそのはっきりわかった対象が確率的な運動をするのですか。

湯川　そういうことになるのですね。具体的な例で申しますと、ラジウム*をとってみる。ラジウムはどんどん壊れている。ここにラジウムの一塊があったとする。この中にはラジウムの原子*が非常にたくさんある。その中のどれかが壊れる、次に他のどれかが壊れる。というわけで、だんだ

ラジウム　radium　（英）アルカリ土類金属元素の一つで、放射能をもつ銀白色の金属。一八九八年、瀝青ウラン鉱（ピッチブレンド）中からキュリー夫妻が発見。放射線を放出してやがてラドンとなり、最終的に鉛となる。この自ら変化する物質の発見は、従来の物質の概念を根本から変えた。

原子　元素がその固有の性質を維持する最小の単位。大きさは半径 10^{-7}〜10^{-8} センチメートル。

ん数が減っていく。大体千六百年くらい経《た》つと半分に減ってしまう。それがある規則に従って減っていくのですから、そこに明瞭《めいりよう》な法則がある。そこのところは問題がない。

それを十九世紀的な見方をすれば、一つ一つの原子はある定められた運命を持っている。いまから一時間後に壊れるとか、そういう運命は機械的にちゃんと決っている。それぞれについて遅速があるが、それはよくわからぬ。平均的な壊れる割合はわかる。そう解釈しておったわけです。

ところが二十世紀的な解釈では、一つ一つの原子はどれが一時間後に壊れるとか、どれが十年後に壊れるとかいうことはあらかじめ決っておらない。どれもみんな同じなのですから、全く同じ顔つきをした原子のうちのどれがさきに壊れるとか、どれがあとから壊れるとかいうことを区別することはできない。ただどれをとってみても、壊れる確率がどのくらいかということが決っておって、そのうちのどれかが早く壊れ、どれかが遅く壊れる。そうして全体においていま言った千六百年間に半分に減るようになっていると考える。そこに立場の違いがある。

ですからもしも非常に詳しく分析をして、その壊れていく仕掛がもっとはっきりわかって、その仕掛通りでいけばどれかが早く壊れ、どれかが遅く壊れるということがあらかじめわかっているのだということになれば、いまの二十世紀的な考え方はつぶれるわけです。しかし今日のわれわれの知識から見ればそういうことはないのであって、同じ原子であれば、その原子をいくら分析してみても、さきに壊れるか、あとで壊れるかという区別はできない。そう見るより外《ほか》ありませんね。

小林　それは原理的に？……

湯川　原理的にそうです。ラジウムのようなものでは、原子そのものがやや複雑な構造を持っているが、もっともっと簡単な、中性子*や中間子*のような不安定な素粒子*の場合に適用してみても、確率的な法則が正確に成立しているの

中性子　陽子とともに原子の中心をなす原子核を構成する素粒子の一つ。陽子より〇・一パーセント重く、電気的性質を持たない。

中間子　素粒子の一つ。名称は質量が電子と陽子の中間であることに由来する。昭和九年（一九三四）、湯川秀樹によってその存在が予言され、後に実験的に証明された。

素粒子　物質を構成する基本粒子。電子・光子など。また内部構造を持つ陽子や中性子なども素粒子とされることもあり、安定して存在するものは数十種類あるとされる。

です。そういう考えがすっかり崩れて、また十九世紀へ逆戻りすることはまずないと思いますね。

小林　そうすると主観的な原因はないわけですね。もしもあるとすると不合理なことになるわけですね。

湯川　それはやはり主観的とは言えない。ラジウムというのは放っておいても壊れるので、人間が別にいじくっているわけじゃありませんので、そういう意味での偶然というのは、まず客観的なものだと言わなければならない。そこにまだ問題があるのですが、まあ一応客観的な偶然だと見ておく方が穏当だと思うのです。それを深く考えるといろいろ問題は起ってきますけれども、だんだん考えが不自然になってゆくばかりで、まあこの辺の解釈で大体私はいいと思いますが……。

とにかく個々の出来事については先がわからんという意味の偶然です。そういうものはやはり認めなければならない。

ただ問題は原子とかそんなものでの偶然性が人間の生活とか、人間社会にどういう形で現われてくるかということになると、これはなかなかむずかしい問題でして……そういうものが何等《なんら》かの形で人間社会に現われてきて、それが偶然性となって出てきているのだと言えるかどうか、これまた大いに議論のわかれるところであり、学問がまだそこまで進んでおらない。たとえば生物学とか、あるいは人間に関するいろんな学問がまだそこまで詳しく分析しておらない。ですからそこまで一ぺんに飛躍することは困難ですけれども、とにかく根本にそういう偶然性があるということがわかったということは、あらゆるものの考え方に対して相当決定的な影響を及ぼすべきはずのものだと思いますね。物理の話ばかりしているとだんだんややこしくなってきますが……。

話がたいへん飛ぶようですけれども、いまのそういう原子なんかに関した偶然性と果して関係があるかないかということは別問題として、人間の社会とか、あるいは人間精神とかいうようなところで見掛上は偶然的なことがいろいろ現われるが、実際にどういう場合が偶然的で、どういう場合が偶然じゃないのだという判断になると、人によっていろいろ意見は違うでしょうけれども、二つの世界、原子の世界と人間の世界の間にどのような結びつきを認めるか、小林さんはそういう問題をどういうふうにお考えになっているか、別の問題のようでいて、なかなか関係のある面白い問題だと思いますが……。

小林　普通ぼくらの考えている自由とか偶然とか、そういう考え自体は物理の物性*の偶然性とか自由性とかいうこととぼくははっきり違うのじゃないかと思うのです。たとえば、屋根から石が偶然に落っこちてきてある男が死んだ。そういうときに使われている偶然という考え方でも、石という物理学的な物性の運動だけを考えているわけじゃないので、石にある人間的な意味を持たして考えているのです。

物性　物質に固有の力学的、磁気的、熱的、光学的性質。たとえば、ある対象の密度、電気伝導率、熱膨張率などのいずれかが判れば、それが何の物質かが判明する。

持たすから偶然という一つの感じ……一つの生活感情が生じます。石が落ちて怪我《けが》をしたか死んで了《しま》ったかという問題は、物理学的には同じ偶然性の問題だが、人間の偶然感にとっては大きな違いが出て来る。落ちて来た石は、その人の運命の象徴なのです。だから偶然という言葉が出てくるのじゃないか。自由というような考えもやはりぼくらの生活の中にある一つの絶対感情だという点で同じことでしょう。こういう考え方は、ベルグソン*に負うのですが、自由の問題自体が不可能なのです。自由であるか、あるいは必然であるかというふうに問題を提出すると、結局問題は無意味になって……。自由というのは何かと考え出すと、必ずこれは合理的には必然論に行くので、だからどうしても自由というのは定義できないもので、ぼくらの行為の中に含まれたある非常に明らかな……説明しようと思うとできないが、しかし非常にぼくらが直接によく知っている絶対感情だ。そういう意味で、物理学者のいわゆる偶然、自

＊ベルグソン　Henri Bergson　フランスの哲学者。一八五九～一九四一年。ベルクソン。直観主義の立場から近代の自然科学的世界観を批判した。著書に「物質と記憶」「創造的進化」など。

由というようなものと区別して考えているのですけれども……いまお説の通り物性それ自身が、たとえいまのようなお話であっても、そこにどういうふうに関連をつけていいかちっともわからない。

湯川 そうすると二十世紀の物理学では、あなたのおっしゃるように物性自身にも偶然性があるという立場も一応成立し得るわけですけれども、それを十九世紀的な立場で、物性的なものはもう絶対的に決定的だという説に従ったとした場合には、自由とか、偶然とかいうような概念は、たとえ絶対感情、生活感情としてもまったく科学と矛盾するということにならないですかね。矛盾しないという可能性がありますか。そこのところの問題ですが……。

小林 常識*はやはり常に矛盾していると教えているのではないですかね。確かに矛盾していまして、その矛盾の解決というのは、やはりぼくらの行動なり、実践なり、生活が解決していくのだと思うのです。ただその矛盾を合理的に

常識 ここでは、人間が生れつき備えている知恵や能力の意。外部から習得される知識よりも万人共通の直観力、判断力、理解力に基づく思慮分別等に重きをおいて小林秀雄がよく用いる言葉の一つ。

解決する途《みち》はなくてちっともかまわなかったのだし、あり得ないのじゃないかというふうに私は考えるのですが、確かにぼくらは生活の上で解決しているのです。

湯川　なるほどね、しかしそこのところで合理主義と非合理主義はやはりわかれるでしょうね。

小林　何主義と決める必要もありますまいが……。

湯川　悪い意味で言っているのでは決してないのですが……。

小林　少し考えさしてください。……因果律というものはぼくらの悟性*の一つの絶対的の要求で、こういうふうなものが根底にないとどうしても科学は成立しない。たとえ物性がそういう偶然性をもつというふうに考えても、どうしてもそこに確率論というものが現われざるを得ない。

湯川　それはそうです。

小林　そうすると確率論というものは……悟性の因果律のようなものではこの実在が説明しきれなくなった場合に、

悟性　ここでは、感性と結びついて現実を認識する人間の知的能力、の意。

やはり同じ要求から生れた一つの同じ悟性的要求だろうと思うのです。

湯川　それはあなたの言われる通りだ。

小林　そうすると、いまの確率というものが基礎的法則になる因果律はどういう形になるのですか。

湯川　たとえばごく卑近な例をとると、太陽が朝になれば東の空から出るということ、それは自然科学の発達していない時代の人々に取っては、自分の毎日の経験からそうだ、明日もそうだろう、自分だけでなしにほかの人もみんな太陽の昇るのを経験している。非常に何回も繰返された経験だ。それと反する経験は一つもないのだから、明日も出るだろうというくらいにごく漠然と考えている。ところが自然科学が発達してくると、単にそういう経験だけでなしに、そこに一つの法則、因果的な法則があって、その法則に従えば当然明日も太陽が出てくるはずだというところへ変ってきたわけです。

それがさらに二十世紀的な物理学ではどういうことになるかというと、それに従っても明日も太陽が出るに相違ないという結論は同じように出てくる。ただしそれは明日も太陽が出るという確率が圧倒的に大きくて、太陽が出ない、つまり太陽のまわりの地球の軌道がちょっと横に外れるか、あるいは地球の自転の速度がひどく変って明日出るはずの太陽が出なくなるというようなことも全然ないことはないけれども、きわめて確率が小さいから、人間的な尺度ではこれは零だと見ておいてよろしい。だから人間が必ず出ると確信しているのが当然であるというような結論になるわけです。

実際上は十九世紀でも二十世紀でも同じですけれども、しかし後者にはひょっとしたらということがある。そのひょっとしたらということは人間の歴史の中に現われてこないくらいの非常に小さい確率ですけれども、ひょっとしたらということはあることなのです。そういうふうに言葉で簡単に確率が小さいといっても、そこにまたいろいろな程度がある。実際の数にすればべらぼうに小さい数で、それが起ると考えるのがおかしいくらい……ほんとうに零でなしに、小数点以下に零が非常にたくさん続いて一とか二とかが出てくる。そこに、やはり人間的な尺度の問題があると思う。つまり人間的な立場で言った偶然という問題は、科学の立場で言っている偶然とはよほど違うけれども、何かそこのところへ非常に遠廻りしてでもどこかで繋《つな》がっているのだろうと私は思うのです。ただしその繋がりは甚だ複雑で、容易なことでは分析できないのですが……。

小林　つまり精神の自由というものと、物性の不確定な状態と何か関係があるのですか。

湯川　私は何かの仕方で繋がっているだろうと思うのです。だろうというくらいにしか言えません。あるいはそう考えなければならんだろう……これに反してどこかで人間的なものと、そういう科学的なものとが断絶してしまって、まったく別のものになっている、どうしても繋がることのできない断絶がそこにあると考えるか、あるいは繋がっていると考えるかという所が意見のわかれ目でしょう。私は繋がっているというように思うのですが……。それは結局合理主義的な立場になるでしょうね。

小林　むろん、そういうふうな考え方もよくわかるけれども、しかし自由感情というものはそういうふうに考えると自由じゃなくなりはしませんか。つまり確率論的自由とはやはり根本的にモチーフ*が違うもので……。

湯川　それはおっしゃる通りです。

小林　だから私はいまの確率論というものは、人間の合理的要求の末に現われたもので、どうも育ちが違う考えじゃないかと思う。

湯川　それはそうですね。私さっき言ったことと逆のことを言いますけれども、それは必然とか偶然とか……物理学の立場から必然と偶然をいくらひねくり廻しても、結局自

* モチーフ　motif（英）主想、主題。

由というものは出てこない。これもずいぶん考えてみたけれども、必然と偶然の中からは出ません。出てくるのはあなたがおっしゃるように、別のもっと人間的なものから出てきていることは確かです。確かですけれども、この両方から……*オリジンの違うものでしょうけれども、それがどこかで繋がるとか、お互いに重なり合うとか、一方がほかの方のバックになるとか、そういうことがないと困るように私は思うのです。それは結局合理主義的な立場になってしまうのかもしれませんね。

小林　そういう道は結局一種の*形而上学《けいじじょうがく》を要求する事になるでしょうね。

*渡辺慧《さとし》さんの論文（「量子物理学に於《お》ける時間とベルクソンの純粋持続」、「*サンス」第二号）を偶然読んで大変面白かった。残念ながら無学だから全部を理解するというわけにはいかなかったが、考え方はよくわかり面白かったのです。あれは今の問題に関する一つの解決を提供している

オリジン　origin（英）　起源、根源、由来。

形而上学　哲学の一部門。事物や現象の本質あるいは存在の根本原理を、思惟や直観によって探求しようとする学問。

渡辺慧　理論物理学者、科学哲学者。明治四三年（一九一〇）東京生れ。平成五年（一九九三）没。

サンス　第二号は昭和二二年（一九四七）一二月発行。

ように思えました。つまり精神性と物性を一応区別しての立場から実験、行為というようなものでこの二つが繫がりのある途を見つけようという考え方じゃないのですか。あの人の考え方は……。

湯川　大体そうですね。先ほどから申しますように大体現在の所、私は二元的な立場なのです。どういう言葉を使ったらいいかわかりませんけれども、それは精神というか、人間というか、そういうものから理解していくのと、自然法則の根本から理解していくという、その両方の行き方がなければ物事を了解することはできないと思います。その点は同じですけれども、ただ渡辺さんが両方のものをどうして繫ごうとしておられるか、私が繫ごうとしているのと少し違うと思います。

小林　こういう機会にお聴きしたいものです。ぼくのような素人《しろうと》にもわかることなら。渡辺さんの考えは、*エントロピー原理と人間の意識との関係に関するものですね。あの

エントロピー原理　「エントロピー」entropy（英）は物体が秩序ある状態から無秩序に向かっていく傾向を量として表したもの。たとえば自然界の閉鎖的環境で温度や物質濃度に高低・濃淡の差がある状態は、やがてその差を失い均衡状態に達する。これを熱力学第二法則では、「孤立系ではエントロピーが増大する」という。したがって、宇宙が閉じられた空間であるなら、宇宙は均衡状態に向かい、やがてすべての物質が、運動を引き起す原因となる熱量の差を持たない状態、すなわち死を迎えることになる。

結論は面白かった。いかなる精神も物質を観測することなしには、つまり物質のエントロピーを増大することなくしては意識を持ち得ない。逆に物質の方も観測されることなしには、エントロピー原理に服従することなしには、認識の対象になり得ない……確かそうでしたね。エントロピー原理の方程式の時間、tという変数は逆になってもかまわない。だが、逆になってもかまわんということはおかしいので、確かにエントロピーは観測者の時間、観測者の認識の順序に従って増大するのであって、それを物理的時間に直してみると、方程式の上では逆に減少するような方程式が出てくる。こういう矛盾はどうしても心理的時間というものがそこに干渉していることを考えなければ説明ができない。たしかそういう説明でしたね。

湯川　そうです。これはいちばんむずかしい問題で……。時間の問題……結局物理的な立場からものを考えていった場合にいちばんの難問題なのです。いま申したようにエン

＊ t　物理学などの数式で時間(time)を表す。

トロピーがふえていく。温度の高いものと低いものを接触さすと、熱が高い方から低い方に移っていって、両方が同じ温度になる。この場合にエントロピーが増す。この逆の現象は起らない。いいかえればエントロピーの増す方向が時間の向きといつも一致するわけです。われわれが普通言っている時間は確かに向きがある。一方向きにしか進行しない。逆向きというのはない。ところが物理の根本法則に出てくる時間というのは向きがどっちにでも変えられるようになっている。そういう向きのないところからどうして向きが出てきたかということは、いまの人間の精神というような側からいけばそれでよくわかるのです。渡辺さんの言われたようなしかたにして……。それを物理学的な考え方からだけでそこまで行こうとすると非常にむずかしい。そこで二元的な考え方をするより他ないと私も思うのです。ただ同じ二元的であっても、その二元的というようなことをもっと普通の物理的の立場から分析し得るものかどうか、そこに私はまだ問題があると思います。近頃そういうことで議論したこともあるのですけれども（詳細は「思考と観測*」〈アカデメイアプレス刊〉を参照されたい）……それはむずかしい問題で、いろんな予備知識なしにちょっと簡単にその話をすることはむずかしい。とにかく時間の問題はいちばん難問題の一つですね。渡辺君の立場は量子論などをやっておられる多くの人たちの考えと少し違う。そういう明瞭《めいりよう》な二元論は少ない。むしろ一元的な立場の方が多い。私は二元論でなくちゃいけないと思いますが、その二元論の入れ方をもっと普通の一元論に近いものにできはしないかと思うのです。そこだけの違いで、やはり二元論でなくてはどうにもならないような気がする。

小林 しかし渡辺さんみたいな考え方は私たちには非常にわかりやすい考え方なんです。たとえばいまのような観測行為というものを重要視する立場……たとえば芸術家の問題でも、芸術家の自然観測あるいは人生観察という問題が

* **思考と観測** 湯川秀樹の著書。昭和二三年刊。

あります。量子物理学で対象をどんどん純化していく。とうとう最後のものにぶつかると、見るという行為と見る対象が離せなくなるところまで対象の方をやっつけている。そういうところまでぶつかっているわけでしょう。芸術家の場合はむしろ逆に観測行為の方をどんどん純化していくのです。認識の方を純化していくのです。そうするとやはり対象観念がだんだん消えてきて、見ることを見るような境地に行くわけです。そういうふうに、やはり認識の対象と認識の作用とが同じところまで行かないと画家の眼玉というものは完成しないのですよ。そこまで行くのですよ。だから結局最近の物理学者が達している、たとえば*対象の攪乱《こうらん》だとか、*オペレーションとか、そういう概念も、常識的にぼくらがよくやってきたことなんですよ。つまりその途をつき進んでいくと当然そういうことになるだろう。画家は、二元論的立場から始める。写生という言葉の生れたのはそういうところにある。生を写す、生は向うにあると

対象の攪乱　「攪乱」は安定した状態を乱すこと。ドイツの物理学者ハイゼンベルク（一九〇一～一九七六）は、「不確定性原理」（一九二七年発表）において、たとえば電子などの微細な素粒子を観察する場合、観察のための操作自体が対象に影響を及ぼすため、その位置や運動量をともに同時に確定できず、ある確率的範囲にあるものとしてしか表現できないとした。

オペレーション　operation（英）演算。ここでは、微細な素粒子の位置や運動量を確率で表現するための、存在確率論を軸とした演算。

いう。しかしほんとうの生はこっちにある。向うには物性がある。物性があるけれども、物性と生が一緒になるところまで行く、そういう行動的な立場に、画家はおります。精神と物質との相互関係を行為によって確かめていく。現代の物理学者の実験、観測行為というものを重んずる立場と非常に近いのです。ほとんど同じなのです。

湯川　そのことと少し話が違うけれども、観測の話ですが、こういうことがあるのです。つまり物理学者であれば対象をどこまでも分析していって、いくらでも相手を細かく純粋なものに取出していくことができるわけです。それはできますけれども、しかし実際観測をするという以上は何かの形で、われわれが眼で見るとか、耳で聴くとかしなければいけない。それをしなければまったく頭で考えるだけのことになる。頭で考えるのでなしに、実際観測するのですから、眼で見るとか、耳で聴こうとすれば、何かが眼に映ずるとか、耳に音が聴えるとかいうことがなければいけない。それにかかってこないものは観測的なものじゃない。相手がどんなに小さな原子や電子*であろうと、それは直接には眼にも見えないし、耳にも聴えないから、それを観測の相手にするためには途中にいろんな仕掛が要る。いろんな複雑な機械が要る。ところが機械自身も原子から出来てはいるが、これをばらばらにしてしまったら何も役に立たない。そっとしておかねばならない。そっとしておいて、それを通してわれわれが見なければならない。そこに対象を徹底的に分析するといっても、途中の仕掛としてはある形にまとめておかなければならないものがある。そういうものがあることが先ほど言った時間の問題などとやはり関係があるのですね。だから、何も彼《か》も全部ばらしてしまえば、現実世界というか感覚世界というか、そういうものがなくなってしまう。感覚世界がなくなってしまったら、物理学でも実証科学でもなくなる。そこまで行くわけにいかない。そこにどうしても人間の感性的なものが残らざるを

電子 物質を構成する基本的な素粒子のひとつ。マイナスの電荷を帯びた電子は、プラスの電荷を帯びた原子核の周囲を回転する。

得ないのです。そこが昔の形而上学とは違うところですが、そこにはやはり芸術家などと同じところがあるのじゃないかと思う。

芸術家と科学者

小林　ぼくもそんなふうな考えでおります。芸術家が形而上学的な要求を持っているとしても、形而上学者ではないということはいまの道具が要る。その道具というのはおっしゃる観測機械と同じことなので、芸術家の使っている道具というのは、たとえば観念でも、思想でも、みんな日常言語の組織という道具です。道具と考えてもかまわない。それをばらばらにしてしまえば何もできない。思想家だって芸術的な思想家はやはりある定義し難い観念を観測機械として、手段として実在に対していると見てかまわない。それで何か仕事をつくりますね。それでなければ芸術といえない。その芸術といえないという意味合いは、観測しなければ物理学者とはいえないという意味合いとぼくは同じことじゃないかと思います。それをよしてしまえば形而上学になりますよ。だからむずかしい問題は、結局そういうものをやっている人が形而上学的要求を持っていてそれが気になるところが問題なんだと私は思う。

湯川　いまのその問題と関係して、十九世紀的なものと二十世紀的なものとの違いは、十九世紀的には頭の中で物質界を考えてみる。これはこういう仕掛でこうなっている。それを鉛筆で計算してみて、これがこういう仕掛でこう動いていっている。太陽のまわりを地球が軌道を描いて、先がだんだんこういうふうになっていくということを頭の中に描いてずっと計算をやる。そうするともはや実際観測してみる必要はないので……それはもう忠実に物質界を再現していますからね。それ自身を取出せば形而上学と言われようと言われまいとそれでよかった。したければ観測すればきっと考えていたことと合うだろう。してみる必要もない。こういう立場だった。ところが二十世紀的の立場であれば、頭の中で考えてみる場合に、そこでやっていることは現実世界を如実《にょじつ》にそのまま再現しているのじゃない。鉛筆で計算してみたことが、ほんとうか嘘《うそ》か一ぺん験《ため》してみようというので観測してみる。そうすると観測のいろんな攪乱《こうらん》というようなものが入ってきて、今まで確率的に考えたいろいろな場合の中のどれかが一つぽっと出てくる。そうなると事情がまた変ってくる。新しい事情に即してまた次の計算をしていくということになるから、観測される世界と頭の中の世界とはただ並行しているのじゃない。お互いに邪魔し合うような形にならざるを得ない。そこのところが違いなのです。だから純粋の形而上学だけで万事解決というわけにいかない。そこがやはり広い意味で人間的な感性的なものが入ってくる理由になるのだと思いますね。その点芸術家などと同じです。絵筆を捨ててしまったのではどうしても絵描きになれない。

しかしその場合に……先ほどもおっしゃったけれども、芸術家といっても絵描きとか、音楽家だと、それは筆で絵を描くとか、バイオリンを弾くとか、はっきりしていますね。小説家みたいに、言葉での表現だけになってきますと、思想と道具の区別が非常にむずかしいと思いますね。

小林　非常にむずかしいですね。原理的には同じなんだけれどもね。要するに言葉が道具にならなければならんのですから。言葉というのは、非常に観念的なものが、物的な道具と見えて来て、使いこなす事ができるようになるのはむずかしい、詩人の仕事です。詩人の使う言葉は決して観念じゃない。詩人は画家が色を、音楽家が音を使うように、道具的に言葉を使っているわけです。結局小説家でも何でも一流の人はそういうふうに言葉を使い得ています。そういうふうに使えないのはまだ素人なんで……。

湯川　言葉のようなものをそういうふうに解釈すると、観念的とか、唯物的《ゆいぶつ》とかいう区別がなくなってくるでしょうね。そこまで徹底すれば……。

小林　全然ない。道具なのですから。それは観念だってかまわない。実際に或《あ》る観念を道具のように使用できるできないの能力いかんです。唯物論＊だって、言葉を道具として使用できない人にとっては、空疎《くうそ》な観念論で……つまり言葉が道具にならない人は言葉自身が目的で、手段ではないのだから。だから意識しなくても言葉自身が目的のように言葉を使っている男……観念論者のいちばんいい定義だと思うのですがね。

湯川　なるほど。

小林　同じことなのです。言っている概念がどうであれ、その人の言葉の使い方という行動が一切なのですよ。どういうふうに言葉を扱うか。実際何々論者ということは皆よく言うのだが、あんな妙なことはない。科学者には何々論者というものは考えられないのじゃないかと思うのですが

唯物論　物質のみを真の実在とし、精神や意識はその派生物と考える哲学上の立場。西洋では、古代ギリシャの哲学者デモクリトスなどによって初めて主張された。マテリアリズム。

……。実際の仕事の成果がすぐ出て来るから。

湯川　実際科学者の場合でも、たとえば自分で実証主義者*と自認している人もあるし、人がそういう名前をつけている、あるいは実在論者*なら実在論者と自分が自認しているか、人がつけているか……そういう人の実際の研究を見ていると実証主義者と言われているにもかかわらず、実はその反対のことをやっている、あるいは実在論者で押通しているはずの人が実際は実証主義的な傾向をあらわしていることがしばしばある。また一人の人でもいろんな傾向がそのときどきで現われてきたりする。結局そうなると、その人が意識的にやっていることだけではわからない。自然科学の歴史、科学史のようなものを見ていると、むしろ人がレッテルを貼《は》っているのとは反対のことがなかなかたくさんある。また両方がかわるがわる現われているようなことが非常にあるので、簡単にレッテルを貼るわけにいかない。そこはやはり人間自身には必ず両方の傾向があるのが普通

実証主義者　「実証主義」は、観念や想像ではなく、観察・実験によって得られる客観的事実に基づいて物事を説明しようとする考え方。

実在論者　「実在論」は、意識や主観を超えて存在するものを認める哲学上の立場。物質を実在とする唯物論など。

で、一生片方の傾向だけしか現われないような純粋の人も稀《まれ》にはありますが、まずそういう人は少ない。ですから科学史を見る場合にもいろいろの問題があるのです。おそらく芸術の方でもそういうことがあるのじゃないかと思いますね。

小林　同じことですね。

湯川　だから表面に現われたそういう立場にとらわれているとほんとうの所が理解できない。たとえば一つの例をあげますと……なるべく有名な人をあげた方がいいと思いますが、たとえばアインシュタイン*は最初マッハ*の……この学者は自分で徹底した実証主義者と思っていた。感覚的なものにだけ信頼するという立場に立った。アインシュタインは最初にこのマッハの影響を受けて、その実証主義の立場から相対性原理*を言い出した、ということになっているのです。アインシュタインの初期の主張を見ていると確かにそういうところがあるのです。しかしアインシュタイン

アインシュタイン　Albert Einstein　ドイツ生れのユダヤ人物理学者。一八七九年生れ。この年六九歳。一九五五年没。

マッハ　Ernst Mach　オーストリアの物理学者、哲学者。一八三八〜一九一六年。物質も精神も感覚的要素の複合と主張し、また論理実証主義の基礎を築いた。著作に「感覚の分析」など。

相対性原理　「相対性理論」に同じ。アインシュタインが創唱した特殊相対性理論（一九〇五年発表）と一般相対性理論（一九一五年発表）との総称。物質、エネルギー、空間、時間等の相関関係に関する自然法則で、それまでのニュートン力学などの矛盾を新しい概念の導入によって解決した。

という人の長年の経歴を今になってよくふりかえってみると、むしろ実在論者的傾向のほうが強いのです。また実在論者として見ないと理解できないことがたくさんある。だから今までのそういう解釈もそのまま信用できない。アインシュタインはおそらく別に純粋の実在論者でもなければ純粋の実証主義者でもないので、いろいろな傾向がそのときどきで現われるし、その両方が同時的に存在しておったに違いない。それをはたの人がどっちかに押しつけている場合の方が多い。その他の場合でもそういうことは非常に多い。たとえば芸術家……絵描きとか小説家とかに何々主義というものがたくさんありますが、そういうものが実際に作品を見た場合にどの程度その通りになっているか、その点どうお考えになりますか。私はそういう実例を一向知らないのでわかりませんが……。

小林　おっしゃる通りなのです。文学史家というものは、あんまり信用できない。されぱと言って文学史というものを否定するわけにもいきません。一応何とか主義とか、何とか論者という観念、そういう観念は、やはり文学史家が使わねば仕事にならぬ道具なのです。うまく使った文学史家は、やはり立派なのですね。人間一人一人をよく見るといろんなものが出てきますが、いくら書いたって書ききれるものじゃない。だから一応そういう道具立てが要るというだけの事ではないでしょうか。

湯川　たとえばそれが時代の風潮であるとか……時代の風潮であればみんなそういうふうに意識的に努力し、それが表面に現われてきますから傾向になるわけです。その中の個人も、自分である主義を堅持している場合には、その特徴が出ますから、一応そういうことは言えますけれども、しかし純粋な人とか、純粋な時代というものは実際はないのですからね。

小林　それは歴史という問題……ある行為者の個人的な無意識の純粋な努力というものが歴史のうちに埋没していて、

傍観者には見えない。その行為者がやむなく着た社会的着物だけが歴史家に見える、これはやっかいなことです。

湯川　しかし自然科学などの場合には、別に自分が何々主義者であるということは考える必要は実際ない。ここに物理学の問題があるとすると、その問題をどんな方法でもいいから解決して新しい理論体系をつくることができればいいのです。その場合何も制約はないわけでしょう。社会的な制約というものは直接にはない。間接にはあるけれども、意識しなくてもいいわけです。しかし芸術の場合にはどうですか。その人が非常に純粋な芸術家であればそういうことは何も意識する必要はないかもしれないけれども、やはりいろいろなスクール*というものがあって、意識的に影響されているのじゃないでしょうか。

小林　芸術の種類にもよりますね。たとえば小説を書く人というのは職業的に扱う材料が粗雑だが、広く大きいですから、時代的ないろいろなことに制約されましょうね。し

＊スクール　school（英）学派、流派。

かしそういうことも同じじゃないでしょうか。科学でもやはりスクールがあるし、風潮があって……。

湯川　そりゃ自分で意識しなくても影響は実際あるでしょう。

小林　文学史にしても科学史にしても、一体歴史というものはまたあれはあれでいいので、別にぼくは……ただどうも歴史を見ていると偉い人はいつでも歴史に勝っている。文学でも科学でもそうでしょうけれども、傍観者は、その人の実は負けた面を書くかも知れぬ。十九世紀なら十九世紀の風潮がありますね。そうするとその風潮に染ったところを書きたがる。それで非常に間違えることもあるのじゃないですかね。どうしたって十九世紀におれば十九世紀の色を帯びますからね。当人は帯びたくなかったので、反抗していたかもしれない。だけど遂《つい》に帯びちゃったかもしれない。

湯川　それはそうですね。科学の方でも非常に偉い人というのは必ず何かの意味で時代の先駆者なんでして、そういう風潮がまだできていないうちに何かある違った仕事をして、それが後になって新しい風潮を惹《ひ》き起すもとになっている。ところが当人自身はそういうことを意識しておらなかったような場合が非常に多い。

もう一つ、さっきのアインシュタインの他にそれと似たような例を申しますと、量子論という、相対性原理と相並ぶ二十世紀のもう一つの原理を初めて言い出したプランク*という学者、この人はどっちかというと、アインシュタイン以上に徹底した実在論者であり、十九世紀的な合理主義*者です。去年なくなりましたが、おそらく死ぬまでそういう意味の合理主義的な立場、従って因果律のようなものをどこまでも認めていく立場を取っていたと思います。ところがこの人が量子論というのを言い出した。量子論というのは自然現象に不連続性*があるということなのです。そしてこの不連続性と初めにいった偶然性とが結びついていた

プランク Max Planck ドイツの理論物理学者。一八五八～一九四七年。熱放射のエネルギーの分布状態を分析し、一九〇〇年、「量子仮説」を立てた。

合理主義者 ここでの「合理主義」は、科学の客観性・実証性を信じ、事物は因果律に基づいて必然的に変化すると考える立場のこと。

不連続性 変化の状態に途切れることがあること。微粒子の世界では、物理量の変化が連続的にではなく、ある基本量の整数倍で生じる。

のです。当人はそういう不連続性などは認めたくないような傾向の人です。ところがやっているうちにどうしてもそういうふうにしなければならないことになって、いやいやながらこれを持ち込んだ。それが物理学の大革命のいちばん初めだった。ところが当人はそれとむしろ反対の傾向の人なのです。

小林　科学だって一種の芸術ですし、芸術家はまた一種の職人ですからね。自分の人生観なり、形而上学《けいじじょうがく》的観念から*演繹《えんえき》する事が仕事ではない。具体的な仕事の方から逆に常に教えられているでしょう。その具体的な仕事には職人はいつだって忠実ならざるを得ないから、そういうことになる。

湯川　また、そこまで忠実でなければ、りっぱな仕事はできませんし……。

小林　そこが面白いところですね。

湯川　だから科学のようなきわめて順調な発達をしている

演繹　一般的な原理から、特殊な事柄を、論理的手続きのみで推論すること。

ように見えるものでも、実にパラドキシカル*のことが多いですね。普通の科学史家はそれをきわめて平凡に持っていくので一向面白くないのですが、もう少し立入って考えると非常に面白い。

小林　だからそういうようなことでもいろんなところに不連続性があるのじゃないか。たとえば自分のある人生観というものが自分の仕事と……絵筆を持って練習をして書くという仕事と自分の思想が不連続的という場合もあるし、第一実生活と仕事というものが実は不連続ではないでしょうか。たとえば文学史を書く人たちが作品を解釈するのに、どうしても合理的な解釈をしようと思うと、作品をいろいろなエレメント*に分解しなければならない。いちばん基底のエレメントを実際の生活に持っていく。実際の生活に分解して、そのエレメントを再構成すると作品というものが現われてくる。つまり両方を連続的に考えるわけですね。だからさっき言ったように、たとえば非常に楽しい作品を

*パラドキシカル　paradoxical（英）　逆説的な。「逆説」は通常一般に認められている説に反しながら、しかしなおその中にある種の真理を含む説や事象、また「急がば回れ」など、一見矛盾のように見えるがよく考えれば真理である説や事象をいう。

*エレメント　element（英）　要素、成分。

書いた人は必ず楽しい実生活をしたに違いないと連続的に考える。ところがその人は非常に辛《つら》い生活をしたかもしれん。その辛い生活をとうとう征服した。征服した喜びは実生活の中には現われない。実生活は悲惨なのです。けれどもその喜びが作品の中にだけ現われたとすると、その作品と実生活はやはり不連続的なものがある。

湯川　それはそうでしょう。

小林　だからのべたら*に考えると間違えるようです。

生活と作品

湯川　それについて……私、素人《しろうと》で何も知らんのでおかしなことを言うかもしれませんが、最近のいろんな小説は、われわれ素人が見ると割合によく世相を現わしていますね。そういう人たちの小説がその人自身の生活かどうか知りませんけれども、いかにも小説と世間の間に矛盾がないように見える。それはほんとうに矛盾がないのか、実際矛盾が

＊のべたら　延べたら。連続的に、の意。

あるのに、われわれの理解の仕方が浅薄だから、書くものと世相とその人自身の生活がいかにも全部マッチしているように感ずるのでしょうか、どうでしょう。

小林　その人の生活と作品ですか。

湯川　生活、作品、社会状態というものが何か……そこにあまり不連続性がないように思う。それが不思議に思えるのです。

小林　それはぼくもちょっと不思議だと思う。

湯川　文学というのは先ほどあなたがおっしゃったように、いろいろそこにギャップがあって、ギャップのあるところから文学が生れるとか、あるいは文学的な意欲が生れてくるという考え方が当り前のように思うのですが。

小林　ぼくも当り前だと思う。

湯川　このごろは作家の気持が作品の上で非常に自然に満たされてしまっているというような感じがしますけれども……。

小林　どうも私は……大作家というものを見ていると、その実生活と彼らの大きい、広い意味での思想生活というものは連続していない。連続していないということは、非常に深い意味ではむろん関連がなければならない。なければ空疎です。あるのです。けれども要するに実生活というものを大体みな卒業したというのは実生活に勝った人です。勝たなければ表現というものは成り立たぬ、そういう人です。もっとひらたい言葉でいうと、とにかくこの世の中に人間並に生きているだけでは足りなくなって、足りないから表現があるのですが、ただ、足りないでは足りなくて表現するわけにいかないから、実生活をほんとうに意識的に征服する。征服して一つ飛び上ってしまう。そこに表現の世界があって、彼というほんとうの人間がもう一度そこへ現われてくる……。

けれども弱い作家というのはみな生活の方が進んでいるのです。それを追いかけているのです。それを乗り越す気《き》魄《はく》もなければ精神力もない。だからたいがい生活の方が強力ですよ。

湯川　なるほど、面白い説ですね。

小林　表現の方が駄目なんです。だからもっと平凡な言葉でいうと、大体、作家に会ってみると、その作品よりも人間の方が面白い。たくさんのものを表現している。これは普通のことですけれども、作品を見れば人間なんかもう会いたくないというところまで来ている作家は大作家ですね。それは会ってみたいけれども……たとえばドストエフスキ*イというような人、あれは会ったって何にもなりゃせんですよ。

湯川　よくわかる。

小林「カラマーゾフ*」というような大表現をあの人は、日常生活でしちゃいませんよ。けれどもたいがい作家というのは、人間の方が非常に面白いでしょう。

湯川　それは学者でもそういうことはあります。先ほどの

ドストエフスキイ　Fyodor Mikhailovich Dostoevskii　ロシアの小説家。一八二一～一八八一年。作品に「罪と罰」「白痴」「悪霊」「カラマーゾフの兄弟」など。

カラマゾフ　ドストエフスキーの長篇小説「カラマーゾフの兄弟」。一八七九～八〇年発表。一九世紀半ばのロシアに生きる、カラマーゾフ四兄弟の愛と欲と信仰の葛藤、そこに起る父親殺しとその裁判。作者終生のテーマ、〈神と人間〉の集大成が図られる。

プランクという人ですが……この人は二十世紀の物理学の革命を惹き起した人、それほどの大仕事をした人で、非常に偉い学者には違いないが、仕事の方がもう一つ上なのです。アインシュタインは人物も大きいし仕事も大きいからどっちとも言えませんが、プランクという人については明《めい》瞭《りょう》に仕事の方が大きい。

十九世紀ではそれよりちょっと先輩で、ボルツマン*という学者があります。むしろこの人の方が量子論を発見してもよかったと思われるのですが、その近くまではきたがとうとうそこまではいきつかなかった。プランクは人格的にもりっぱな、円満な人ですけれども……しかしそれほどの画期的な発見をしそうな傾向の人ではないように感ぜられます。そこが科学史的にも大変面白い所ですね。このボルツマンという学者は、先ほどからお話があった確率とか統計とかいう概念を物理学に採り入れる方面で、徹底的に研究した人です。ところが、ボルツマンは一九〇六年に自殺

＊ボルツマン Ludwig Boltzmann オーストリアの理論物理学者。一八四四〜一九〇六年。熱力学のエントロピー理論を、統計を用いて状態の確率の関数として定式化した。著作に「気体論講義」など。

した。自殺の原因は、家庭的な事情もあるが、ともかく学問上の行詰りもあったと言われている。行詰って自殺するくらい徹底的に研究した非常な大学者です。普通に考えればこの人の方が大発見をやりそうな境遇にあったのですが、事実は逆になっていますね。これらも単に偶然といってしまえば偶然ですが、そこに何か表面に現われていない微妙なことがあるように思いますね。

小林　表現という問題は考えてくるとそういうものに達するようですね。ぼくは日本にある伝統的な私小説*、あれは非常に素朴な経験主義なのですが、つまり実生活の笑いそのままが小説の笑いとなる。涙もそのまま涙となる。そこに細かい芸当はありますけれども……ぼくがああいうものに疑いを抱いたのは、ずっと若い頃でしたけれども。両方は呑気《のんき》に考えるほど連続しているものじゃない。よく考えてみると、溝があって、その人の生活をどんなに調べても表現に達することはできない。何か飛び越しています。人

私小説　作者が作者自身の実生活と、その生活経験に伴う心境・感慨を記した小説。

間はどうせ死ぬものなんだし、実生活というものはどうしたって肉体的なものがあって、そういうはかないものです。

湯川　話は少し飛びますけれども、「創元*」に書かれた*「モオツァルト」、あれは非常に面白かった。

小林　音楽お好きですか。

湯川　私は音痴で西洋音楽は一向わかりません。別にモオ*ツァルトもベ*ートーベンも鑑賞する力はないのですけれども、ただ私として面白く感じたところはどこにあるかというと、あるいは私が音楽を理解しないからそう思ったのかも知れませんが、とにかく音楽は時間的に発展していくものなんですね。数学とか論理と同じように、一つ出てくればそれから次へと、だんだん時間的に発展していくものでしょう。ところが、モオツァルトがいろいろな名曲を作ったときには、その全体が一度に直感的に出てきているということを詳しくお書きになった。そこが非常に面白いと思う。論理とか数学とか、純粋の音楽とか、そういう時間性

創元　昭和二一年（一九四六）一二月、創元社から創刊された雑誌。編集は小林秀雄、青山二郎、石原龍一。

モオツアルト　小林秀雄の作品。『創元』創刊号に発表された。

モオツアルト　Wolfgang Amadeus Mozart　オーストリアの作曲家。一七五六～一七九一年。

ベートーベン　Ludwig van Beethoven　ドイツの作曲家。一七七〇～一八二七年。

をもったものでも、実際それを天才が把握するときには、やはり直感的に、同時的なものとして把握しているということは、非常に面白い点だと思います。そこに新しい発見とか、あるいは創造的なものの本質が窺《うかが》われるような気がします。

これは科学の世界でもやはり同じだと思いますね。一般に推論といわれるものは時間的な順序がある筈《はず》ですが、順序通りに次々に出てくるのではなしに、一ぺんにぱっと出てくるというところが、何ともいえぬ面白いところだと思いますね。

小林　ああ、モオツァルトの書いた手紙のことでしょう。妙な表現ですが、あの人の子供らしい文学的比喩《ひゆ》だとも受けとれないところがあるのです。何か恐ろしいものを感ずるのですね。黙示録*の止《しま》って了った時間というものも本当かも知れんというような感じがあるのですよ。いずれにせよ天才の直覚を合理的に解くことは難かしい。

黙示録　「新約聖書」巻末の一書、〈ヨハネの黙示録〉。一世紀末、小アジアで迫害に悩むキリスト教徒のために書かれた。キリスト教徒を弾圧・迫害するローマの滅亡を暗示的に表現し、新しい天と地の出現を予言している。

湯川　おそらくそういう直覚というものに到達するのには潜在意識的なものや、またそれまでに何度も失敗しているということや、いろいろなことがあるでしょうけれども、結局は意識的に新しいものが把握される瞬間というものがやはりある筈ですね。そのとき何か、全体が一ぺんに出てくるという形にならなければいけないのでしょうね。

小林　ぼくがあれでいちばん書きたかったことは自由という問題だった。

湯川　それはどういう……？

小林　ああいう芸術家の行為が結局自由というものを得ることなんですよ。つまり精神が……。

少し言葉は混乱するけれども、結局芸術家……ああいう音楽家は新しい物性をつくり出すのです。たとえばシンフォニー*ならシンフォニーというもの、あれは空なるものではない。音なんです。音は振動だ。そういう振動のある組合せを新しくこの世の中につくり出すのです。だから精神

*シンフォニー　symphony（英）交響曲。

だけが、自由を得ようとしたって得られない。自由を得た精神というものが自分を証明するために物性が要るのです。それをつくり出さなければ証明できない。ある新しい物質的なるものに自己が顕現する……。

湯川　それはそうです。

小林　そういうところが、モオツァルトという人の生涯を見ていると実にはっきりと現われている。空疎《くうそ》な論理にも観念にも全然頼らずに、精神性と物性というものが対決している。その間を結ぶものは何かというと、まったく職人的な修練なんです。それが近代の観念過剰と観念尊重の時代から見ると、非常に鮮やかな姿に見えます。生命が生きる為に音を必要として、そこに音楽の霊が現われて来る……。

湯川　どうでしょうか。文学者の場合、特に長篇であれば相当の期間かかって少しずつこしらえていくわけですね。そうすると全体のプロット*という漠然としたものはあるで

プロット　plot（英）筋書、構想。

しょう。それが自分のプロット通りに行くものかどうか。予定通り行かないのではないでしょうか。

小林　それは行かないでしょう。

湯川　そうすると、何か出たとこ勝負みたいなものがあるのでしょうか。

小林　それはありましょう。

湯川　そうだとすると、自分としてはあるいは自信がもてない場合があるわけでしょう。どんなものができるかわからん。傑作ができるか、駄作ができるかわからん。そういう問題はどうして解決しているのでしょうか。

小林　大体この程度のものがこの程度の時間をかければできるという直覚があるだけでしょう。そういう直覚が修練の結果養われて来る。だが、いつもうまく行くとは限らない。

湯川　そこに成功の可能性はあるかも知れないが、失敗の可能性も出てくる。

小林　無論そうです。道具としての言葉の扱いには、必ず失敗が伴うでしょう。屁理窟《へりくつ》いう男だけが必ず成功するわけになる。詩人が言葉という詩作の道具の扱いに通達するということは、同時に、言葉には言葉自体の重さなり色合いなりがあり、それはこちらの意のままになるものではない、その抵抗を鋭く意識するということだから、これは面倒です……。

湯川　そこで私自身の貧しい経験を少し振り返ってみても、何か得られそうだという直覚をもって仕事にかかります。ところが途中まで行ったら二進《にっち》も三進《さっち》も行かなくて、行詰ってしまう場合の方がずっと多いのです。しかし科学の仕事は行詰ると発表しません。十回考えて一つだけうまく行ったら、それだけが学術雑誌に載る。あとの九つは誰も知らない。

小林　それは文士だって同じです。

湯川　文士は、連載小説を一度発表し出したらやめられないでしょう。

小林　それはしかし商売の話で、良心の話じゃない。

湯川　しかしそれにしてもしまいまで続けるのは大変でしょう。

小林　失敗するか成功するかわからんという仕事だけが多いのですね。私なんか昔から論文を書いていましたから、それを悟るのが遅かった。遅かったが、やはり論文だって詰まるところは同じことになるんです。科学者だってそうでしょう。科学者みたいな顔をした科学者は、やれば成功する仕事しかしちゃいないのではないですか。けれども、仕事がむずかしくなれば、みなそうなるのではないでしょうか。

湯川　そうすると、小説家にも書き潰《つぶ》しがたくさんあるのですか。

小林　それはあるのですよ。

湯川　たとえば、かりに百枚の小説があるとして、二十枚行ってこれはあかんと放り出すような……。

小林 それは作家の常識でしょう。

湯川 たとえば連載小説の場合などどうします。

小林 いまの話は原理的な話で、実際問題として流行作家がそれをやるかやらないか、それは別の問題です。

湯川 しかし当人によくわかっていたら嫌でしょうね。

小林 しかし、これはジャアナリズムの現状です。今度あなたに新聞を何回頼みたい。新聞社だって何を書かれるかわからない。少しずつ送って来るものを見なければわからない。呑気なものです。大新聞が明日何を書かれるかわからない小説を載せているのですからね。

湯川 それはわれわれの方面でも、いろいろな専門雑誌にたくさん論文が出ています。実験してこういう結果が出た、それはいいのです。それは何らかの意味がありますから……。しかしある理論を考えて、あるところまで行った。結局行詰ってしまった。何かそこでは結果が出ているけれども、それ以上は行かないというものが非常にたくさんある。それだけ取り出してみればみな失敗ばかり、十のうち九つまで失敗です。もっと多いでしょう。百のうち一つくらいです、りっぱなものは……。
しかしここをやってみても駄目だ。これを行っても駄目だという道行きをいろいろ発表してあるでしょう。だから後の人は違う道を行く。それでだんだん進んでいく。こう考えれば全部が生きてくる。そういうふうに自然科学の方は勝負がはっきりしている。小説はそうは行かないから、そこのところがずいぶんあやふやなように思いますが、どうですか。

小林　それはあやふやですね。しかし作家自身の反省のなかには、作品の価値観についてのかなりはっきりした直知があるでしょう。

湯川　それはその人自身にとってはひどくはっきりしてい

る。

小林　だけど、そういう具体的な仕事の苦労をしない思想家は別でしょう。

湯川　実際私どもでも生き甲斐《がい》を感ずるのは、成功するか失敗するかわからんことをやっておって、たまに成功することがあるからですね。それが予《あらかじ》め成功するに決っておったら興味も何もない。それは確かです。

直覚について

小林　ぼくの仕事なぞ勿論《もちろん》言うに足らぬものですが、成功するか失敗するか、やってみなければわからん、そういう仕事だけが面白くなった。論理を辿《たど》るということ、分析するということ、あるいは説明する、そういう道をどこまでも行って、その先きにまともな言葉表現の道が開けてくるということが、なかなか得心できなかったのです。

湯川　それは私どものように理論物理学などやっている者

の仕事は、表面的に見れば、何か説明したり演繹《えんえき》したりしている仕事なんですがね。しかしさっき言ったように大部分失敗するのです。なぜ失敗するかといえば、その出発点をどこに選ぶか、出発点が間違っておったら、演繹はいくら正しくても、結果は駄目です。その出発点を探す。ところが、われわれにわかっているのは末端だけで、出発点はまだわからない。わからないことを探求している。だからこの出発点はどこかということを嗅《か》ぎつけるのは結局直覚しかない。いろいろ理窟は言うているが、結局直覚しかない。直覚力の発達した人はいちばんいい出発点をパッとつかむ。たとえばアインシュタインが相対性原理という出発点を一つつかむ。これは与えられているものから見ると非常に不連続的なもので、どうもしようがない。私らもしょっちゅういろいろ努力して嗅ぎつけることを考えているのですが、その嗅ぎつけたつもりのが、たいてい当てがはずれる。だから途中は理詰めのようだけれども、同じなんです。たいてい失敗しますね。失敗したら机の引出しへ入れてしまうだけで……。

もう一つは、何か一つのことを思いつく。一回思いついたって、それがなかなか発展しないのです。またやめてしまう。同じことをまた思いつく。今度思いついたときにはもう少し先へ行ける。その次に思いついたときにはもっと先へ行ける。最後に至って初めてこれはいいということで、一つの理論ができ上ってくる。たいてい自分がこれぞと思うようなものを考えて……私のはそれまで何回も何回も考えている。考えているに拘《かかわ》らず、やはり何度か放っていますね。だから人間というものはそういろいろなことを考えているのではなくて、同じことを繰返しているうちに、同じことが発展してきているのではないでしょうか。だから私としてはいろいろなほかの人の仕事とか、新しい発見とか、そういう外的な刺戟《しげき》をできるだけ吸収し、それに対する感受性を鋭敏にしておくことと、それから始終考えていること、これ以上に手はありませんね。始終考えている、そしてそれを推し進めてみるということは、同時に自分で、広い意味で技術の練磨をしていることにもなります。それ以外に手がないのです。その点芸術家なんかとそんなに違わないですね。これならいいという手はなかなかないのです。

話はまた変ってきますけれども、近頃よく考えることは年齢という問題です。というのは外国では物理学で画期的な仕事をしたというのは大体二十代が非常に多い。むしろん三十代の人もあれば四十代の人もあるが、二十代が非常に多いのです。かりに二十代と四十代と比べてどこが違うかというと、わかり切ったことですけれども、二十代には経験というか、知識というか、そういうものが豊富でない。自分がもっているものは割合貧弱なんですけれども、貧弱なかわりに強く入っている。そういうものだけで、とにかく無我夢中でやる。かりにそれが他のことと牴触《ていしょく》しようが、自分の知らぬことと牴触するかどうかを考えずにやる。そうすると案外今まで人がやっていないところまで行く。ところが四十代くらいになってくると……五十代はまだ経験がないのでわかりませんが……いろいろなことを割合知っているのですね。そうなると、それらの全体のどれとも矛盾しないようなものでないと危なくて取上げられない。取上げて見ても思い切ってそれを進めることはできない。それはわれわれの専門のことですけれども、これはおそらくどの方面でもそうなんじゃないですか。芸術方面にもそういうことがあるかどうか。芸術の方面では七十になり、八十になって円熟していく傾向はありますけれども、われわれの方面ではあまりありませんね。人間的にはりっぱになるかも知れませんが、人の行けないところをさっと行く、というようなことはなかなかできにくくなりますね。

ですから、できるだけそういう意味での若さを自分に保存しておくことが大切だと思います。新鮮な感受性と、一つのことをやり出したら他のことは忘れてしまうというようなところがないとなかなか進みませんね。それは人間のすることですから、いろいろな要素を考えれば、そのうち幾つかは矛盾に逢着《ほうちゃく》する。それだからといって、やめたら何もできない。文学の方面はさっぱり知りませんが、いわゆる大小説家といわれる人、たとえばドストエフスキイなり、トルストイ*なり、若い時分から晩年までいろいろやってきておりますね。そういうものの出来ばえを、年齢という点から見てどうですか、オリジナリティーとか……。

小林　やはりいろいろな型があるのではないかと思います。ドストエフスキイなどは進展するよりもむしろ深化して行った人です。トルストイという人は問題を次から次へと新しく、ある問題を解決すると次の問題にぶつかり、解決してまた次へ行くという型の人でして……だからどうも二タイプがあるのじゃないですか。

湯川　ドストエフスキイの最後の作品は何ですか。

＊トルストイ　Lev Nikolaevich Tolstoi　ロシアの小説家、思想家。一八二八〜一九一〇年。作品に「戦争と平和」「アンナ・カレーニナ」「復活」など。

小林　「カラマゾフの兄弟」。
湯川　あれはいくつぐらいの作品《もの》ですか。
小林　五十七から五十九までの作品です。
湯川　それにしても、それくらいの年でああいうものを書けるというのは、われわれ日本人にはちょっと想像できませんね。トルストイのものだとそんなようなことは感じませんけれども……。
小林　ひどく辛《つら》い小説のように見えるのだが、彼自身はおそらくもう自在に達しているのですね。扱う材料は非常に病的ですけれども、もうそれで苦しんではいません。苦しんだのは若い頃です。それを征服して、利用して、病的な材料でなくちゃ言えないことを言うために自在な腕を振っているのです。よくドストエフスキイを病的な作家と言いますけれど、彼には、トルストイには見られぬ円熟がありますす。トルストイでは、苦しみでもだんだん老人になるほど烈《はげ》しくなってくる。

湯川　そうすると、自分の取扱うテーマなり領域を意識的に拡大していった人じゃないのですね。

小林　それは何と言ったらいいか。あの人の小説の中心思想は、あの人の大小説のいちばん先の「罪と罰」*の中ですっかり展開されているのですよ。それを何度もあの人は繰返し反復している。だからどんどんそれは深まっていきますけれども、初めに非常にコスミック*なある観念をあの人は得てしまったのです。それ以上、外に逃れ場所もないし行く場所もない。それにいるよりしようがない。そういう人です。

トルストイはそうじゃない。もっと不安な、何かまだ足りない、どっかに世界がもう一つある、という考えのいつもあった人です。そこはあの二人の根本的な違いです。トルストイは五十になってからあんな「懺悔《ざんげ》」*を書かなければならなかった人ですから……。

湯川　実際自分の領域をだんだん拡大してゆくというよう

罪と罰　Prestuplenie i nakazanie　ドストエフスキーの長篇小説。一八六六年発表。ペテルブルグに住む元大学生のラスコーリニコフが、選ばれた者は人類の幸せのために殺人すらも許されるという想念に捉えられ、金貸しの老婆を殺す。

コスミック　cosmic（英）　広大無辺な。

懺悔　Ispoved'　トルストイの自省録。一八七九～八〇年、一八八四年刊。自分の過去の生活と文学を欺瞞として断罪した回心の表明の書。

なことはほんとうにできることかどうか、非常に疑問ですね。自分自身のことを反省して見ても、なかなかできない。つまり初めに獲得したものは比較的若い頃に自分の努力によって得ているわけです。それは非常に強く自分に入っておって……それに自分が従っていけば非常に楽です。しかしその上に何か新しいものを継ぎ足して、別の方へ発展していこうとしても、それは非常な苦痛であって、思うようにはいかない。だからいまのドストエフスキイのような、いまあなたがおっしゃるようなタイプであれば、それはそういうことで一生終るかも知れんけれども、トルストイ的にやっていって、とにかくある程度まで発展していくということは実際困難なことじゃないですかね。

小林　ええ、ぼくも持って生れた自分の素質というものを考える。のみならず、ほんとうの意味の仕事というのは素質のなかでの仕事じゃないかとよく考えます。もしもそうでなければ、これは何か人間が空想しているので、ぼくは仕事をしているのではないと思う。つまりある自分の素質だとか、運命なんてものが、ある限定された、突破することのできないものが必ず与えられているので、それを肯定して、それと対決して仕事をするのが仕事なんで……そんなものがなくても可能な仕事、というものを空想している人は、仕事をしているのじゃない。ぼくはどうもそういうふうに思う。ぼくは二元論者です。精神というものはいつも物性の制約と戦っていなければいけない。

湯川 私も自分の精神がそういう物質界から非常に制約されているということ、それはその通りで、もちろん私は物理学者だからそう考えるのですけれども、しかし何とかそこを突破して行きたい、そういう意欲がどうしてもなくならない。それは大体二十代の、さっきの年齢の話の続きですけれども、二十代にはその意欲が相当強かった。しかしそのときには外部的な制約が何であるかということはあまり意識しなかった。そういうものはあまり自分にははっきりつかまれていない。とにかく何かやっているのですね。おそらくそこで外部的なものと自分とがうまくマッチしておったのでしょう。ところが、三十代になると、とにかく自分が何か少しはやれた。それをそのまま延長していくというような状態だったのです。ところが、今度は人によって年齢が違うでしょうが、私の場合は三十代の終り頃か四十代になると……まだ四十代の初めですけれど……四十前後になってくると、何かそれを一ぺん御破算にして、もう一ぺんやり直していきたい。そういう気持になっている。そうなると自分で一種の焦燥を感ずるのですね。一方年齢が進むに従って、そういうことがだんだんむずかしくなっていくことは自分にわかっている。しかしやはり二十代から、三十代にかけてのことを何とか一ぺん御破算にして出直したいという気持も非常に強くなる。

ほかの人も同じか、同じでないか知りませんけれども、たとえば小説家など見ておっても、やはりこれはどのくらいの年齢のときに作ったものだろうかということがちょっとい気になるのです。一例をいうと、これはお笑い草になるかも知れないが……私は漱石のものを久しい間読まなかった。昔、中学校*から高等学校*時代に漱石のものはたいてい読んで、その当時なりに面白いと思った。それ以後はあまり興味も感じないままに長い間読まなかった。近頃になって、昔読み残したものを読んでみようと、「門」*というのを出してきて読んだ。ところが案外面白いのです。中学校、高等学校時代にはおそらくああいうものを面白く思わなかったと思う。いくつくらいのときの作品かと思ってみたら四十少し出たときのものです。それが内容的には私の気持とそんなに合うものではないのだけれども、なにか非常に身近なものを感じました。やはり年齢というものだと思いましたね。私は漱石のものに、もう一ぺん興味をもてるようになるとは思いも寄らなかったことです。

小林　なるほど。話は違いますが、少し質問させて下さい。

中学校　明治三二年（一八九九）に制定された旧制中学校。小学校を卒業した男子に五年間の高等普通教育を施した。湯川秀樹は大正八年四月、京都府立第一中学校に入学した。

高等学校　旧制の高等学校。中学修了の男子に通常三年間の高等普通教育を授けた。湯川秀樹は大正一二年四月、京都の第三高等学校に入学した。

門　夏目漱石の小説。親友の妻を奪い、社会の片隅にひっそりと暮してきた宗助は、懊悩のすえ、禅寺の門を叩く。

*原子爆弾、あれは原理的にはよくわかりませんけれども、つまり人間が*ポテンシャル・エネルギーをだんだんと利用してきて、遂《つい》にああいうエネルギーを利用するようになったというだけの話ですか。それともほかにもっと違ったものがありますか。

湯川　あなたのおっしゃるように、ポテンシャル・エネルギーと言ってしまえばポテンシャル・エネルギーを利用しているに違いない。しかしポテンシャル・エネルギーにいろいろ種類があって、少し話が専門的になりますけれども、*原子核というものの中にあるポテンシャル・エネルギーが、その外側に溜《たま》っているのに比べればべらぼうに大きいのです。それを解放するのにはいまの原子爆弾のような、非常に新しい仕掛をしなければ、そいつは解放できない。また原子核の中にそういう大きいポテンシャル・エネルギーがあるというようなこともそれは二十世紀になってからわかったことですね。そんならこれから先、もっと大きなポテ

原子爆弾　ウランやプルトニウムなどの原子核の分裂の連鎖反応によって瞬間的に大量のエネルギーを出す爆弾。放射線や熱線や衝撃波によって大惨事をもたらす。昭和二〇年（一九四五）八月六日、広島に、同九日、長崎に投下された。この対談が行われたのはその三年後である。

ポテンシャル・エネルギー　potential energy　（英）物体が、ある位置に存在するということ自体で潜在的に持っていると考えられるエネルギー。

原子核　＋の電荷を持つ陽子と電気的には中性の中性子からなり、原子の中心をなす。その陽子の数によって原子番号が決まる。

ンシャル・エネルギーがまだ残っているかということですね。それは結局アインシュタインの相対性原理では物質の質量自身がつまり一種のポテンシャル・エネルギーにほかならないわけです。この物質の質量を全部潰《つぶ》せば、ポテンシャル・エネルギーを全部使い切ったことになるので……。

ここに一グラムのものがあって、その一グラムを全部潰せばそれが全部で、それ以上は出ない。いまは一グラム全部潰しているわけじゃない。その千分の一か、万分の一を潰している。一グラム全部潰す方法はまだ見つかっていない。それですから原子力を利用する最後の段階は、質量を全部潰すことですが、果してそれができるか、できないかもわからない。しかしいずれにしてもそこに限度がある。無制限に何もないところからはエネルギーは出てこないのですから……。

小林　原理的にはできるのですか。

湯川　それもわからない、つまりアインシュタインのエネルギーと物質の関係からいえば、物質はエネルギーのこれに相当しているということはわかるけれども、果してそれがエネルギーになるかならないかはわからない。

小林　それは技術の問題じゃないですか。

湯川　まだ技術の問題じゃない。もっと原理的な問題です。原理というてもアインシュタインの原理はありますが、実際質量の全部がエネルギーに変るという、そういうプロセスが実際あるものか、ないものかという問題です。おそらくあるだろうと思う。けれどもそのプロセスはまだわかっていない。だからまだそれは原理の問題です。それはまだ技術の問題ではない。そのプロセスが見つかってくれば技術の問題になるけれども、そこまで行っておらない。これが原子力としては、最後に残っている問題です。

小林　可能性は十分あるわけですね。

湯川　十分かどうかはわかりませんな。つまりわれわれの住んでいる物質世界が何十億年かの間そのまま続いてきたということは、むやみに潰れないようになっているから続いているわけですね。しかし人間世界はいつかは潰れるかも知れない。そこはまだわからないのです。

人間対神

小林　私、ちょうど原子爆弾が落っこったとき、島木健作*君がわるくて、臨終の時、その話を聞いた。非常なショックを受けました。人間も遂に神を恐れぬことをやり出した……。ほんとうにぼくはそういう感情をもった。単に戦争の不幸というのではなく、なにか非常に嫌な感じを持った。その後、いろいろ知識を得まして、だんだん嫌な感じが強くなった。地球というものがやっとこれだけ安定した。安定させてくれたから生物も現われてきたわけでしょう。それをむりに不安定な状態に、逆なことを……人智によって、自然に逆のプロセスをとらせることを、やり出した。稀元*

＊島木健作　小説家。明治三六年（一九〇三）北海道生れ。作品に「癩」「盲目」など。昭和二〇年（一九四五）八月一七日、死去。四一歳。生前、小林秀雄とは道路ひとつ隔てた向かいに住み、両者の間には格別の親交があった。

＊稀元素　地球上にごくわずかしか存在しないと考えられていた元素。チタン、ウランなど。

素というもの、なぜあれが稀なのかというと、不安定な元素が稀なのでしょう。常識的にいえば……。

湯川　まあそう言っておきましょう。むずかしいから。

小林　まあ、そう言わせて置いて下さい。そいつをわざわざ探し出して、それをきっかけとして、恐ろしいことをやり出した。アインシュタインの予言が原理的に不可能か、技術的に不可能か知らないが、どうも現代の科学魂というものには、邪悪を誘う何かがあるように思えます。

湯川　それはそう思うのが当り前でしょう。

小林　人間は自分の発明した技術に対して復讐《ふくしゅう》されない自信があるかどうか。それほど強いでしょうか、人間という奴は……。

湯川　そこでお答えする問題がたくさんある。まあ一つずつ順々にお答えしましょう。

一つは人間が神を恐れぬ所業だと、いまおっしゃったが、これにはちょっとまた違った考えようがあると思います。

なるほど地球はせっかく長い間安定の状態になって、たまに地震が起るくらいで大した変動もない。人間に住みよくなっているところを、もう一ぺん破壊しようとしているのは怪《け》しからんということにもなりますが、しかしこれをもう少し大きく見ると、たとえば、太陽なら太陽があって、その光、熱のおかげで人間が生きてきた。これがなかったら人間は生きておれなかった。ところが、太陽の熱とか、エネルギーの出てくる元はやはり原子力です。そうすると、自然界でもエネルギーのいちばん大きな元は、結局原子力です。それをわれわれが知らずに使っておった。知らずに恩恵に浴しておった。それが近頃になって、これもやはり原子力だということがわかった。そうなれば神様の与えてくれた原子力に感謝するということにもなるわけで……それを人間の知識が進歩してきて、自分でもう少しそいつを自由にしてやろうということになったのだと考えれば、そうひどいことでもないと思う。

小林　それはよくわかります。それは無論考え方なんですよ。だけどその後にくるもの……あんまり高度に発達する技術に対して人間が……安定した*オーガニズムが何億年と変らない人間が対立する、何かおかしなことが起るような気がするのです。

湯川　その点もあなたのおっしゃる通りなんです。とにかく先ほど言ったように、大きな目で見たら別にたいして自然界にないことをしているわけじゃないけれども、とにかく原子力というものを人間が利用すると、全体的に集団的な自殺などができるようになったわけですから、そうなれば道理とか、道徳とか、いろんな問題が起ってきます。結局アインシュタインなども言っているように、ほかのあらゆる問題より平和を永続さすことを優先的に考えなければならない。これは絶対的な問題です。今までだと相対的な問題であって、戦争が惹《ひ》き起されて相当の数の人が死ぬといっても、それは戦争がなくても餓死する人がたくさんで

*オーガニズム　organism（英）有機的組織体。

きるとか、そういうことが起ったら、やはり単に相対的な違いじゃないかということで何とか理窟《りくつ》もつきましたけれども、今度はそういう相対的な問題じゃないので、うっかりすれば人類の大部分が破滅することになる。これはほかと比較にならない、いちばん大きな問題になってしまったわけですね。

小林　ぼくが技術の復讐というのはそういう意味です。つまり、平和の技術はまた戦争の技術でもある。目的いかんにかかわりない技術自身の力がある。目的を定めるのはぼくらの精神だ。精神とは要するに道義心だ。それ以外に、ぼくらが発明した技術に対抗する力がない。……まあ、もう少し話して下さい。

湯川　そういうことになってくると、同じことを繰返すようですけれども、何といっても平和ということを第一に考えて、ほかにいろいろなことがあっても、まず平和を先に考えて、その上で第二、第三の問題としてほかのいろいろな問題を考えていく。こういう立場をとらざるを得ないのであって、それはその人の考え方の相違とか、立場の違いとかいうことがあっても、平和はすべてに優先する問題なんです。今まではその点で質的な違いがあると考えなければいけない。そのことを前提とした上でほかの問題を議論しないといけない。アインシュタインはそういうことを言っている。私も全然同感です。

小林　私もそう思う。しかし、科学の進歩が平和の問題を質的に変えて了《しま》ったという恐ろしくはっきりした思想、そういうはっきりした思想が一つあればいいではないか、あとは平和を保つ技術、政治技術の問題だ。どうして政治家たちはそうはっきり考えないか。民主主義だとか共産主義だとかいう曖昧模糊《あいまいもこ》とした*イデオロギーをめいめいかかげて相争うか。どうもぼくにはよくわかりません。それが現実の問題だと言って了えばそれまでだ。しかしぼくの言いたいのは、何故《なぜ》現代の政治家がイデオロギーなどという陳

イデオロギー　Ideologie（独）　特定の社会階級や集団の立場に制約・規定された人間の考え方。

腐な曖昧なものの力を過信するか、それがどうもわからんと言いたいのです。イデオロギーを軽蔑《けいべつ》する政治家はまた大臣級の人物などというこれまた曖昧陳腐なものの力を過信している。そして権謀術数を弄《ろう》する。こんなことでどうして政治が能率的技術になる時があるだろうか。政治は人間精神の深い問題に干渉できる性質の仕事ではない。精神の浅い部分、言葉を代えれば人間の物質的生活の整調だけを専《もっぱ》ら目的とすればよい。そうはっきり意識した政治技術専門家が現われることが一番必要なのではないでしょうか。文化という言葉を使うのが好きな政治家など、政治趣味を持った文士同様無用の長物のような気がします。

話は飛びますけれども、先日、カレル*という人の「人間・この未知なるもの」*という本を面白く読みました。近代科学は人間を研究して来なかった、物質ばかりを研究してきて、たいへんな成果を挙げたが、人間に科学が気づいたのはごく最近のことに過ぎぬ、という説を強調していた

カレル Alexis Carrel　フランスの外科医。一八七三～一九四四年。生体の組織の培養や器官の移植の研究によって生理外科学を開拓した。著作に「器官の組織培養」など。

人間・この未知なるもの L'homme, cet inconnu　カレルが一九三五年に発表した著作。日本版は昭和一三年八月、桜沢如一訳で無双原理講究所から刊行された。

……。

湯川　それはその通りです。日本でもたとえば心理学とか、あるいは人類学とか、いちばん科学としても人間に近い、大切な領域が疎《おろそ》かにされている。ごく少数の専門家はありますが、一般の人はまだそういうものを軽んずる傾向が脱けていませんね。よくないと思う。

小林　発達しておれば、あの唯物《ゆいぶつ》論と称する観念論的哲学が、あれほど日本のインテリゲンチャの間に、あれほど勢力を揮《ふる》うという現象も起らなかったかも知れない。日本の近代外国文化輸入というものは、今から私たち顧みれば、あんまりでたらめ過ぎました。たとえば日本の軍隊を何式にするか、フランス式にするか、ドイツ式にするかということは、当時の陸軍大臣の気まぐれによって決った。同じように日本の哲学をドイツ流にするかどうかということは、その時の大学のある教授の気まぐれな留学によって決ったわけです。それを先にやるでしょう。やればその学閥ができる、弟子ができる。それが思想になるというようなことになる。

私が自分のやって来たことを顧みると、外国文学の影響というものを全く自分の気まぐれから受けて来たことがよく解《わか》ります。順序もなく、全然デタラメに乱読して来ました。そういうことを考えると、ぼくは明治以後の日本人を論ずることはなかなかむずかしいと思うのだ。いまこんなに戦*いに敗けてみますと、やれ日本人はどうだ、弱点はどうの、美点はどうのと盛んに言うが、近代文化輸入の無秩序と偶然性とを考えるはっきりした意識を離れては、いくら言っても、しゃれに類するでしょう。

湯川 それはその通りだ。

小林 日本人は非常に反省好きな国民ですねえ。これは日本人の特色だと思う。ぼくがそのことを痛感したのは戦争中、中国の知識人たちに接してです。中国人にはそういう性質はないようだ。

戦い 第二次世界大戦。この対談から三年前の昭和二〇年（一九四五）八月一五日、日本の敗北で終結した。

湯川　それはしかし、日本人というのは……私、人類学のことはよく知らないが、大体雑種といわれて、いろんな傾向の人がたくさんあるでしょう。だから、日本の中でお互い同士を見ておって、自分と人との違いが相当みんなにはっきり意識されて、それが自己反省にもなれば、また気にくわぬ人間もあるというふうになる。たとえばドイツならドイツ、フランスならフランスとか、イギリスとか、中国とかいう一つの国であれば、そんなに著しい違いが目の前にないのではないでしょうか。

小林　いや、それはやはり文明史的問題でしょう。聖徳太子*以来、お隣りに上位の他国の文明を常に感じて来た歴史から来る文化意識でしょう。日本のインテリゲンチャくらい頭の忙しいインテリゲンチャはないように思われます。気の毒なほど忙しく、他人をよく理解する。

湯川　その通りですね。

小林　日本人の美点とか弱点とか言っても、弱点というも

＊聖徳太子　敏達三～推古三〇年（五七四～六二二）。推古天皇の摂政として、大国隋《ずい》との国交や先進文化の受容に腐心、六〇七年の小野妹子をはじめ、数次にわたって遣隋使を派遣するなどした。

のは、思いようによってはみな美点です。美点に変り得ない弱点はないでしょう。われわれとしては、持って生まれた気の毒なほどの鋭敏性を忍耐強く育てるより他はないように思われます。おしゃべりや空想では育たない。封建性がどうのこうのと言ってみたところで、これも輸入思想で、抽象的で面白くもない。

湯川　徳川時代と今と比べて違うことの一つは、人口がひどくふえていることですね。人が多過ぎれば、やはり人と人との接触から、自己反省もしなければならないようになる。

法則と信仰

小林　ちょっと問題が違いますけれども、さっきのプロバ*ビリティーの問題です。プロバビリティーが小さいということは、非常に長い時間がたたなければある事は起り得ないということでしょう。

* プロバビリティー　probability　(英)確率、蓋然性。

湯川　そうです。
小林　そうすると、繰返しということはどういうことです。
湯川　繰返しているうちにそうなる。もし同じことが度々繰返されておれば、たまに違ったことが起るということです。
小林　全部が繰返されるということは……。
湯川　この宇宙というものが無限の長い時間続いておれば、いろいろな起りにくいことでもみな起ってくるということ。
小林　そうすると、永遠回帰説*になる。
湯川　ところが、そこにいろいろ説があって、宇宙というのは無限のものでなしに、何十億年か前に初めてできた。とにかくできた。それがしまいにはなくなるかも知れん。なくなるかなくならないか、いろいろ説がある。これは宇宙というものが有限の寿命しかなければ、その中にはある特定のことしか起らない。起らないこともたくさんある……。

*永遠回帰説　無限の時間の中では、一度あったことは必ず永遠に繰り返されるとする思想。ドイツの哲学者ニーチェ（一八四四〜一九〇〇）の哲学の根本をなす。永劫回帰ともいう。

小林　確率論というものは、ある有限な経験の系のなかでのみ成立つ……。

湯川　そうです。

小林　それにしてもやはり永遠回帰というものが考え得なければ……。

湯川　永遠回帰を考えるか、あるいはもっと一般的にいろいろな世界を考えなくちゃならん。私はいつもそういうことを考えているのです。この世界を考える。同じ法則に従ってほかの世界を想像する。実際あるとかないとかという問題とは別に……しかし全体としてはいまの確率の法則で、あらゆることがその確率通りに起っている。起りやすいことは百の世界で起っている。起りにくいことは一つの世界だけで起っている。全体を考えれば確率の法則通りに実現されている。しかし一つの世界だけを取ってみれば、確率通り実現しているかどうかわからん。起りにくいことは起らん。起りやすいことだけが起っている。永遠回帰と考えてもいいけれども、永遠回帰と考えるよりは、やはり私は同時的にいろいろなものを考えておいた方がいいと思う。

小林　いろいろな確率の形を無限にふやしていく……。

湯川　そうじゃない。そういうものの全体に一つの法則を当てはめてゆく。つまり相手が有限個しかない、という場合に確率の法則を適用しても、正確に確率の法則通りにはならないわけです。

たとえば、ここに一つの原因から無限に違った結果が起り得るものとします。実際には、有限個の出来事しかなければ、起り得る結果の中で大部分は起らないことになるでしょう。起らなければ……起るべき筈《はず》のものが起らなければ、確率の法則が成立しないことになる。だから、法則的な世界を考える以上はいろいろなものを同時に考えるよりしようがない。だから私は、そこに現実と可能という問題が起ってくる、現実の世界だけを考えたのでは、ほんとうの法則的な世界にならないと思います。

非常に旧《ふる》い思想ですが、たとえば、インドのような国や、他の国にもいろいろそういう思想がある。あなたのおっしゃる永遠回帰という思想もある。また三千世界*とか、いろいろな世界を考える考え方がある。あれはやはり人間が法とか法則とかいうものの成立を信ずればこそ、結局そこまで行かなければならなかったのではないでしょうか。

小林　なるほど、法則というものの性質として、そういうことになるのですね。

湯川　確率が二分の一と考えれば、二回の中で一回起ればいい。しかし物理に出てくるのは無限にたくさんある中でこれはいくら、これはいくらと非常に複雑な数が出てくる。たとえば無理数*なら無理数が出てくる。そうなると、これは有限世界ではどうしてもすまない。われわれの住んでいる世界はおそらく空間的にも有限な世界、時間的にもおそらく有限だと思う。そうすると有限世界では法則というものは完全に実証されない。極めてそれに近いところまで行

三千世界　仏教用語。須弥山《しゅみせん》(世界の中央に聳《そび》える山)を中心に、日、月などまで含めた範囲を一世界とし、それを千倍し、さらに千倍し、なおまた千倍した世界をいう。宇宙はこれを単位として、無数の三千世界から成るとする。

無理数　整数の分数の形で表せない実数。$\sqrt{2}$、π(円周率)、e(自然対数の底)など。

きますけれども……だから法則というものを中心にして考えれば、やはりいろいろな可能的な世界を考えないと工合《ぐあい》が悪いでしょう。別にわざわざ考えなくてもいいけれども……。

ただそういう可能性がある。そういう法則があると思っておいてもいい。それはその人の好き好きですが……。

それは永遠回帰という考え方もできないことはないが、そうでなしに、同時にいろいろなものを考えた方がいいじゃないですか。同時という意味は何も時間的とか何とかいう意味じゃなくて、……全然別な世界なら同時といっても言葉だけで大した意味はない。……それを何とか一つに繫《つな》げれば永遠回帰になるかも知れない。

小林 どちらを考えても、考え方としては同じ性質のものだ。

湯川 だから、法則ということになれば一種の信仰に近いものになります。法則があるとしても、その法則は有限のものでは実証されない。しかもここに有限のものしか与えられないとすれば、それ以上は法則を信ずるほかないわけです。無限回の出来事があるとしなければ、それは完全な実証にならない。ただ近似的なことしか言えない。そうなると、それがある程度の近似になっていると信ずるほかない。近似を信じないで、そばまで行って横へそれる場合まで考えれば、話はまた変ってくるわけです。だから科学というものは結局最後には法則に対する信仰ということになるわけですね。ほかの宗教とか、いろいろなものは信仰するものが違うだけの話で……ですから法則というものを通って神様を信ずることもできるでしょうし、いろんな信じ方があるでしょう。科学というものは事実を通じて法則を信ずるのですが、更にそれを通じて何か別のものを信ずるかどうかはまた別の問題です。そういうわけで現実世界には法則というものに対する完全な実証がない。と同時にそれが確率的な法則である以上は、われわれは将来に対する不安が絶対になくなるということはない。もう今度はこうなるに決っているから安心している、絶対的に安心しているということはない。たとえば将来戦争は絶対にないということは言い得ない。ただそれをできるだけ起らないように努力するということしかないのじゃないでしょうか。だからわれわれの生きている世界がたまたまこれがあらゆる世界の中でいちばんいい世界であったということはわれわれ科学者としては考えられない。しかし地球は比較的安定しているし、どうやら割合にいい世界と考えてよさそうです。従って、将来も割合にいいだろうということは、まず期待できます。将来ひどいことに必ずなるなどときめてかかる必要はない。

小林　そうだね。合理的思想というものは……。

湯川　それ以上信じようと思えば、これは宗教的に信ずるよりしようがない。科学というものを乗り超えてしまって……。そこまでいけばやはりその人次第じゃないでしょうか。科学で止っておくか、もっと先まで行ってしまうかですね。

小林 それはまた大問題になるでしょう。

湯川 科学者にはそれ以上のことを言う資格はありないので……自分がほんとうの宗教的な信仰を持っていなければ、もう何も言えないですからね。

教育について

小林 自由教育ということがしきりに言われるけれど、おかしな言葉だと思う。自由と教育とは矛盾した言葉じゃないですか。教育というものはやはりぼくは厳格な訓練だと思いますね。教育の、方法なり、目的なりが教師の側に確立されていて、それを弟子に仕込むというのが教育の原理でしょう。それを厳格に行って実際にうまく行かなかったとしても、それは実際問題で、原理の罪ではない。自由教育というような妥協的原理はいけないね。個人の尊重ということは、もっと一般的な道徳原理でしょう。教育原理ではない。教育の結果、生徒の個性を伸ばすことが出来たら、それは結構なことだが、先《ま》ず個性を伸ばそうという動機が教育者の側にあったらへんなことになりはしないか。

封建主義の教育が個性を無視したと言われる。それは、封建主義教育の形式化というものの結果であり、それを見て封建主義教育の持っていた厳しさまで教育から追放して了《しま》うというのは間違いでしょう。厳しさのない個性尊重教育なんか不良少年を製造するだけです。個性の尊重というような思想が当り前すぎて何でもなくなったら、教育者は教育の眼目は統制と訓練だということを悟るべきでしょう。

湯川　ぼくは教養というのがよくわからんので、……そもそも教育ということが、よくわかっているようで、実は非常にむずかしいことです。

小林　そう、むずかしい。

湯川　教養学課と専門学課というけれども、何と何が一体教養になるのか、どれだけの程度のことが教養になるのか、これはちょっとわからんですよ。

小林　教養という言葉もでたらめに使われているでしょう。カルチュアという言葉はまた文化とも訳されている。実に曖昧《あいまい》なことになっているが、元は一つなのだから向うの人にははっきりしたことでしょう。本来、カルチュアという語は畑を耕すという意味だ。ジンメル*なんかもはっきり言ってますが、たとえば林檎《りんご》の樹を栽培する、まずい林檎からインド*やデリシャス*のようなやつができる。するとそのリンゴの樹は教養を受けた樹となる。

ところが、林檎の樹を伐《き》って家を建てる。こんなのはカルチュアじゃない。つまり林檎には実を結ぶという素質があるわけで、その素質を耕すことがカルチュアを与えるということだ。林檎の樹には家になる素質はない、下駄になる素質もない。だから、林檎の樹を伐って下駄にしたり、家を建てたりしても、林檎にしてみればカルチュアを与え

ジンメル　Georg Simmel　ドイツの哲学者、社会学者。一八五八～一九一八年。著書に「歴史哲学の諸問題」「貨幣の哲学」など。ここで言及されている例示は、ジンメルが一九一一年に刊行したエッセイ集「哲学的文化論」中の〈文化の概念と文化の悲劇〉に出る。

インド　リンゴの一品種。

デリシャス　リンゴの一品種。

られたことにはならぬ。そういう意味でカルチュアという言葉を使っているのです。日本に入って来て、教養だとか文化などという言葉に訳されると、そういう本来の意味が、わけのわからぬことになり勝ちなのです。いろいろな知識を得る。その知識がもしぼくの素質を育てなければ、ぼくは文化人になったことにはならぬ。カルチュアを受けたわけじゃない。だから、カルチュアという言葉は人間のある理想形を信じ、人間が人格を向上さす素質を持っているという信仰の上で初めて意味を生ずる言葉です。教養という言葉の文部省的解釈はどういうものだか知らないが、教養と専門とを対立概念に使うのもおかしなことでしょう。

湯川　今度私が行く*プリンストンの研究所は、講義しなくてもいいのです。自分の好きな研究をしておればいいのです。ただ日本だけじゃない、どこの国の大学でも教授として勤めておれば、講義をたくさんやらなければならないようですね。それで非常に精力を殺《そ》がれる。おそらく世界共

プリンストンの研究所　プリンストン高等研究所 Institute for Advanced Study のこと。アメリカ合衆国ニュージャージー州にある私設の研究所。一九三〇年に設立され、アインシュタイン、オッペンハイマーら数多くの研究員が招かれた。湯川秀樹は、この年、昭和二三年（一九四八）九月、ここの客員教授として渡米する。

通の現象でしょう。だから別に研究所をこしらえて、そこへ行って研究しておれば講義はしなくてもいい。そういう組織になっているようです。私はもともと講義はひどく嫌いなんです。大学で講義しているのがいちばん嫌なんです。しかしほかの先生がみな何時間かやっているのに、こっちだけ我儘《わがまま》をいって、講義をやめて研究室にいるというわけにもいかない。たとえばアメリカなどでも講義の時間は相当多いらしいです。ただ日本のように事務的なことが多くないから、その点はいいでしょう。しかし雑務の多いのは、日本だけの現象ではなさそうです。

小林　だけどアメリカなんかは日本の大学みたいに、やれ教授会がどうのこうのと時間をとられることは、あまりないのじゃないですか。

湯川　会議は少ないでしょうね。

小林　あれも井戸端会議の延長だね。中谷宇吉郎*さんから聴いたのだが、寺田寅彦《とらひこ》*さんは教授会が多いのに困却して、

中谷宇吉郎　物理学者。明治三三年(一九〇〇)石川県生れ。寺田寅彦門下。随筆家としても知られる。著書に「雪の研究」「冬の華」など。昭和三七年(一九六二)没。

寺田寅彦　物理学者。明治一一～昭和一〇年。東京大学教授。吉村冬彦の筆名、藪柑子《やぶこうじ》の俳号で随筆、俳句にもすぐれた。著書に「冬彦集」「藪柑子集」など。

教授会の席上で研究をすることにしたそうだ。タバコを喫《す》って灰皿を置いて、プーッとやる、その煙の渦巻の観察を教授会ではすることに決めて、黙って煙ばかり吹いていたそうです。そのくらい退屈でばかばかしいものらしい。中谷さんも自分も何かやらなければならないと思って、眠ることにしたそうだ。ぼくが中谷さんと旅行をしていたら、汽車の中でぐうぐう眠る。あなたよく眠れますねと言うと、これだって教授会で苦心して獲得した技術ですよといっていた。

予定調和ということ

小林　今度何か仮説を持っていらっしゃる……。

湯川　少しは用意していますが、まだまとまっていない。向うへ行って少しまとめてみようと思っている。しかしこれは出たとこ勝負で、まだわかりません。

小林　しかし、僕らの思考の世界には必ず出たとこ勝負の面が伴うということは面白いことですね。どうも乱暴なことを言うようだが。さっきの話の時間の向きにしてもそうでしょう。ボルツマンの言うように、人間とは逆向きの時間を生きる生物が何処《どこ》かにいるかも知れん。してみると、本当は時間なぞてんで経《た》っていないのだとスピノザ*のように考えた方がいいのかも知れない。出たとこ勝負的世界観は合理的な包括的な世界観と抵触《ていしょく》しない。

湯川　抵触しないというのはいいけれども、やはり二元論じゃないですか。ある向きをもった時間と、そうでない時間の両方を考えるというのは……。

小林　ええ二元論です。常識の立場です。勝手な物の言いかたになりますが、たとえば、今の時間の問題がパスカルに現われたとします。そうするとおそらくパスカルはこんなふうに考えると想像される。時間に向きがあると考えざるを得ない人間的状態が与えられている。一方、方程式の変数としての時間を考えざるを得ないもう一つの人間的状

スピノザ Baruch de Spinoza　オランダのユダヤ系哲学者。一六三二〜一六七七年。デカルトの、精神と物質を二つの実体とする立場に対し、神のみが唯一の実体であり、精神の本質である思考と、物質の本質である延長はともにその属性であるとする一元論を立てた。著作に「神学・政治論」「エティカ」(倫理学)など。

態も同時に与えられている。両者を統一する合理的立場は、人間の側からは原理的に出て来ない。出て来るとすれば、本当の実在の側から、神の側から出て来るだろう。しかもそれは人間の側からみれば不合理と映るかも知れない。要するに合理的立場の強調は、人間に与えられた現実の状態の複雑さとか、そのいろいろな秩序の不連続とかいうものをはっきり見ないところから起る。そういうふうに、パスカルを徹底した経験派と考えてもいいと思います。恐るべき実験家……彼の回心*は、最期《さいご》の実験だったと考えて差支《さしつか》えあるまい。その点で徹底した二元論者だと言えるので、そういう人が、自然の原理が人間の理性の原理のなかにそっくり入って了《しま》うというデカルト*ふうの考えと衝突した。

湯川　あなたのおっしゃるパスカルとどう関係しているか知りませんが、最近観測の問題を「自然」という雑誌に何回にもわたって多少詳しく専門的に書いたのですが（前出「思考と観測」）、時間の問題が中心になって、最後に到達し

回心　キリスト教などで過去の罪を悔い、正しい信仰へ心を切り替えることをいう語。転じて思想的な大きな変化をもいう。

デカルト　René Descartes　フランスの哲学者、科学者。一五九六〜一六五〇年。真理を得るため、一切を疑うことから始める方法的懐疑によって「思惟する我」を疑うことのできない存在として確立し、思惟と物体との二元論の哲学を展開した。著作に「方法序説」「哲学原理」など。

たのはいまあなたがおっしゃったことと似ています。つまり二元論というのは人間的立場にそういう二元性があって、両方認めなければならないというところに結局落ちついたのです。ですからそれへ神様というようなものを考えれば、パスカルの立場になってしまうわけですね。

それと関連して考えられるのは、私はそのときにライプニッツ*の予定調和*という考えをそこに書き入れたのですが、結局科学というものは最後は予定調和的なことをどこかで考えなければ成立し得ないわけでしょう。たとえば科学者が自然は合理的だと考えるのは、つまり自分が合理的に考えているのと自然とが予定調和的に一致している。どこに予定調和を持っていくか、いろいろあるが、どこかでそういうことを認めなければいけない。それが全然なければどうにもしようがない。言い表し方は違うけれども、いまおっしゃるパスカル的な二元的な考え方でも、みんながそういう所へ一つの焦点を結んでいるのじゃないでしょうか。

*ライプニッツ　Gottfried Wilhelm Leibniz　ドイツの数学者、哲学者、神学者。一六四六～一七一六年。著書に「単子論」など。

*予定調和　harmonie préétablie（仏）ライプニッツは、個体の原理として「モナド」（単子）を想定し、真に創造的な単一者である神からの派生物として世界を構成する無数のモナドは、それぞれ自己の世界の独自な表象を持つが、直接相互に関係はせず、ただ神が予め定めた調和的関係においてのみ共存する、とした。

小林　パスカルは焦点を回心という実験で結んだ。ライプニッツのような考えはデカルトにもあります。アクシオン・トランジチヴ、*ああいうものを解決する不可能を予定調和というようなものからライプニッツは解決したのだけれども、ああいう問題はやはり物理学としては問題が残るのですか。

湯川　物理学者で近頃あまりそんなことを言う人はありません。

小林　考えそのものとして……。

湯川　そこへ行かざるを得ないと思います。何かの形で……。

小林　合理的な考え方はやはりそういうところに行きますね。

湯川　十九世紀的に考えるとラプラスのデモン*へ行くのですが、二十世紀ではラプラスのデモンではおさまらない。さらにつきつめて予定調和まで行かなければしようがない。

アクシオン・トランジチヴ　action transitive（仏）　他動的作用。ある個体が他の個体に働きかける活動のこと。モナドと予定調和の関係については、ライプニッツの「単子論」四九～五二に出る。

ラプラスのデモン　「ラプラスの魔」ともいい、フランスの天文学者、数学者ラプラス（一七四九～一八二七）が考えた想像上の認識者。自然界の因果法則の初期条件・拘束条件をすべて認識・計算でき、したがって、未来の予測も原理的には可能な知性的存在。

小林　ああいう天才的な思想家の頭の中だけの動きでもたいしたものですね。

湯川　ですから私どもにも、いまおっしゃったデカルト、パスカル、ライプニッツあたりの人の考えがいちばん面白い。ずっと昔にも偉い人がありますけれども、近世では、近世の初期の人がほんとうにオリジナルなものがあると思います。

小林　デカルトの持っていた延長*という考え……物質即《すなわ》ち延長という考え、ああいう着想もだんだん発展していくと、空間即ちエーテル*になったり、光になったり……そういうことと同じのような気がします。

湯川　近世の経験論*でも、ロック*などが第一性質と第二性質と区別していますが、これも相当徹底した考えです。いまとなってみると少し立場は変りますが、一応それは意味のあることです。その当時はそれほど科学的な根拠があって言っていることではないのですが……。

延長　extensio（ラテン）「広がり」を意味するデカルト哲学の用語で、物体の本質とされる。

エーテル　ether（蘭）オランダの物理学者ホイヘンス（一六二九～一六九五）が、光を伝搬させる物質として仮定した物質。さらに電磁波を伝搬させる媒質ともされたが、アインシュタインの相対性理論によって否定されている。

経験論　認識の源泉を主に感覚的経験（直接的印象）に求める哲学上の立場。代表は一七～一八世紀のイギリスの経験主義者たち、ベーコン、ロック、ヒュームら。

ロック　John Locke　イギリスの哲学者、政治思想家。一六三二～一七〇四年。密度・延

小林　なるほど。日本の近代哲学もロック一派の洗礼を受けるとよかったのかな。世の中には、ディアレクティックという第一でも第二でもない性質だけがあるなんていう哲学は私にはつまらない。

長・形態・運動・数などの観念をもたらす物体そのものに属する特質を第一性質と呼び、また、物体と主観との関係から生じる色・音・味・香りなどを第二性質と呼んだ。

進歩について

湯川　人間の進歩という問題について……。

小林　近代の進歩思想というものは、科学に関する信頼というものと切り離すことができないでしょう。未来はよくなるであろうという。……何故《なぜ》理想を未来に置くのでしょう。将来はよくなるであろう。ぼくはよく考えるのだが、それは一体理想というものの本義だろうか。キリストが予言者だと言われる意味は、たった今救われるか救われないか二つに一つだ、という意味だ。何割ぐらい当ることになるかという科学者の予言とはちがう。

湯川　何が進歩かということはよくわからない。しかし、先ほどからたびたび時間の話が出た。時間というのは確かにその向きがある。それは人間の知識がだんだん蓄《たま》って豊富になってくることと関係がある。前やったことを皆忘れることはない。技術にしても前からの技術がだんだん使われつつ蓄っていく。記憶もあるしまた記憶しなくても、ほかの人の知識や技術を利用する方法はいくらでもある。そういう意味で言えば確かに一つの方向を向いた向きはある。逆向きというのはない。ですから、結局それは破滅に終るかもしれない。そういうふうにして一方に向いて進んでいって、最後まで発展が続くことはおそらくないでしょう。

なぜないかといえば、人類のようなものでも永遠にずっと続くことはおそらくないので、将来どこかで絶滅する時期が来るに違いない。ですから科学的な意味で理想を描いてみても、うんと先のことを考えればそれは理想じゃない。人類のないような状態になってしまう。ずっと近いところを考えればたいして変っていない。まあ適当な先のことを考えて、それを今よりもいい状態であろうと推定するわけです。そうすれば今よりずっとよくなる可能性は充分あるでしょう。

そういう意味からいえば、進歩といってもどうしたって相対的なものですね。どの辺のところを考えるかというだけのことじゃないですか。だからそこから絶対的なものはどうしても出てこないと思います。絶対的なものを求めれば、結局小林さんが言われるようなものしかないのではないか。しかし相対的なものとして見れば、そういう一方的な方向があることも確かなことですね。それを普通に進歩と言っているのじゃないですか。

小林　肉体の秩序はただちに精神の秩序に連続していない。とすれば、肉体は亡《ほろ》びても……。

湯川　そりゃ魂は亡びないかもしれない。それは何とも言えない。

小林　そういう意味では……。

湯川　そういう意味からいえば、科学は独断でしょう。

小林　科学にはこれからの発展の余地はたくさんあるでしょう。

湯川　科学者という者は現在の科学がそんなにひどく変らんということを前提としているわけです。やはりある枠の中で考えているので、科学がひどく変ってしまったらということまで予想すれば、何も先のことは言えないですね。

小林　方向は全然変ることはないと私は思う。

湯川　しかし十九世紀には二十世紀の発展は全然予想できなかった。自分の行く方向が決っているつもりでおったのだけれども、すっかり違う考え方になったのだから……。方向としては同じものがずっと続いている。しかし考え方としては非常に変った。われわれ二十世紀の現在に住んでいると、これから先もう変らないように思いますからね。

小林　そうでしょうね。

湯川　二十世紀になって量子論とか、相対性原理とか、いろんな大きな革命があったでしょう。これで一応革命は済んだと思っている。今度あったってたいしたことはないと予想しているが、そうはいかないかも知れない。

小林 それはそうはいかないでしょう。

湯川 やはりわれわれ科学者の考え方というものは、どうしたって相当狭い枠の中に入っている。

エントロピー原理とは

小林 いまの量子力学だと、結局時間の問題はどっちの向きでもいいような方程式と、そうじゃないやつと、二つ共存しているわけですか。

湯川 共存しているわけです。根本の方程式としては向きのない時間一つしかない。しかし同時にエントロピー*が増加するという場合のある向きの時間も確かにある。根本の方程式から出発して、ある人間的な条件ではこのエントロピーが増加する場合だけ出てくる。その逆というのはめっ

*エントロピー entropy（英） 物体が秩序ある状態から無秩序に向かっていく傾向を量として表したもの。

たにない。こういうことが曲りなりにも出てきているわけです。そしてそれで時間の問題は一応解決したことになっているのです。根本の方程式自身は向きがない。向きがない方程式から、エントロピーがふえるという別の方程式が出てきている。

小林　それはおかしなことですね。

湯川　それはおかしなことだけれども、とにかくエントロピーという量を適当に定義すれば、それがふえることが証明できる。一体どこで向きが入ってきたのか。初めに言ったようにそれはやはり人間的なものが入ってきたためです。

小林　tそのものの客観的性質というものは……。方程式そのものだけじゃない。

湯川　エントロピーがふえるのが普通だが、しかしそれと逆の現象もいつかは起り得る。方程式を解いて何か解が出てくる。しかし実際ここから直接出てくるのはエントロピーがふえも減りもせんという解です。ところが更にそこか

＊ t　エントロピーの方程式で時間（time）を表す。

らエントロピーがふえるという解を出そうとするのですから、そこには何か細工がある。

小林 それが私にはどうもわからん。

湯川 その細工はとてもむずかしい。簡単にお話はできない。

小林 私は何回聴いてもわからないだろうと覚悟はしていますがね……どうも不思議な話だ。

湯川 それは不思議なことですが、なかなかむずかしい。ちょっとここでお話するのは……。

小林 そういう場合に観測という行為が問題になるのですね。

湯川 まあ、そう言ってもいいでしょうね。ちょっと簡単には言えないが……。いまのあなたのおっしゃる観測というものでも、観測の扱い方を時間のあとの方に対するか、前の方に対するかで、エントロピーの変化が逆になる。

小林 それはぼくらの観念上の解釈でしょう。観測は実際の行動だからね。これはごまかしができない。

湯川　もう少し詳しく言うと、観測をしてその結果をわれわれがいちいちちゃんと知っている場合、このときにはこうなって、次にはこうなってとわかってる場合にはエントロピーはふえない。

ところが、知らぬ間に観測をやって、結果をわれわれが知らずにいると、相手はだんだんわからなくなってくる。ということはエントロピーがふえることとです。初めよくわかっていたのを、そのまま外部と全く切離して放っておいても、エントロピーはふえない。ところが外からいろいろがさがさやっている。……それが観測していることに当っている。……やってどうなったかわからずにいる。それでずっと行くとエントロピーがふえるような仕掛になっている。ところが、いちいち観測した結果をわれわれが調べておれば、エントロピーはちっともふえない。そういうぐあいになっている。それはどう言ったらいいか、普通の言葉で言うと、知っているけれども知らないようなのが人間にとって一番自然な状態なのです。それはカルノー*、クラウジウス*の考えなかったことだ。

小林　なるほど。

湯川　そんなことは何も考えていない。観測ということは何も考えていない。

小林　観測という言葉の意味のとりようですね。それでさっきロックのことをおっしゃったのですね……。

湯川　その観測しているということと、それから私がいま言っている観測と非常に違うのは、カルノーが観測したエンジンの動き……熱機関の動きを観測するというのは、温度を計るとか、体積がふえるとか、圧力が変ったとか、そういうことだけを計って……実際相手はもっと複雑なのです。もっと非常に知らなければならないことがたくさんある。そういうことは調べればわかることです。分子がどうなっているか、しかしそれをわれわれが実際知らずにいる

カルノー　Nicolas Léonard Sadi Carnot　フランスの技術者、物理学者。一七九六〜一八三二年。理論的に理想の熱機関を想定することで、熱効率の考えを導入した。著作に「火の動力に関する考察」など。

クラウジウス　Rudolf Julius Emmanuel Clausius　ドイツの物理学者。一八二二〜一八八八年。カルノーの理論を進め、熱は高い方から低い方へ移動した場合、不可逆であるという熱力学第二法則を定式化した。この理論では、エントロピーは増大すると考えられている。

とエントロピーがふえる。ところが全部知ったらどうなるか。エントロピーはふえない。

小林　全部知ったらふえないということはエネルギー保存＊の法則じゃないですか。

湯川　エネルギー保存だけじゃない。

小林　素人《しろうと》考えではエントロピーの法則をエネルギー保存の法則と牴触《ていしょく》させまいとする苦労のように思われるのだが。だから全体を知ることはエネルギーの全部の状態を知ることと……。

湯川　問題はここに一つの容《い》れ物があって、その中に一ぱいガスが溜《たま》っている。このガスがどうなっているかということをわれわれは調べる。普通熱機関の効率とか何とかいうときには、ピストンが上ったり下ったりして、体積がふえるとか、圧力がどう変ったとか、温度がどうなったとかいうことだけを問題にします。そのほかにガスの中の分子がどんな運動をしているか、そこまでは調べない。調べな

＊エネルギー保存の法則　エネルギーが、ある仕事によって物理的・化学的に変化しても、外界からの影響を受けない変化であれば、全体としてのエネルギーの総和は不変であるという法則。

いけれども、実はガスと外の容れ物との間にいろんな交渉がある。それをわれわれが知らん間に観測をしていることに当っていると思ってもよい。そういう外部との交渉があるということは、外部にあるものが結局一種の観測機関なのであって、それでなにかの観測をしている。――ここに熱機関がある。これがまったく孤立しているもののように思うけれども、実は全然孤立しているのじゃない。外部との交渉が必ずある。

小林　断熱状態という仮定を全然許さんのですか。

湯川　全然孤立したシステムをもし仮定すれば、そのエントロピーはふえない。全然外部との交渉のないシステムを考えたら、その点は量子力学*の法則に従っても、また昔の古典力学*の法則に従っているとしても、同じことです。

小林　ははあ……。

湯川　ところが実際には、ある熱平衡の状態にあるといっても、しじゅう外部とのエネルギーのやりとりが、わずか

量子力学　原子や素粒子など、微粒子の世界で起こる力学的法則を扱う物理学。

古典力学　原子や素粒子など、微粒子の世界で起こる力学的法則を扱う以前の、微細な粒子の変化を無視できるほどのスケール（規模）の物体の運動に関する物理学。ニュートンによって導入された力や質量の概念を根本原理としていた。

でもあるわけです。

小林　熱平衡の状態というのは？

湯川　ふつう熱力学で言っているのは平衡状態のときばかりを言っている。

小林　では、平衡していないわけじゃないか。

湯川　細かく見れば平衡していない。それを、あらっぽく、ゆっくり一つの平衡状態が次の平衡状態に移っていくと見てしまう。そういう緩慢な変化を取扱うのが熱力学ですね。だから初めから安定状態から非常に離れている問題になってくると、これはふつうの熱力学の問題ではない。もっと違う問題になってくる。

小林　熱力学というものが元来宙ぶらりんの問題なのですな。

湯川　変化が余り急激になると、カルノーの原理、クラウジウスの原理では追いつかない。それはもっと広い、統計力学の問題になってくる。あなたがカルノーやクラウジウスをおっしゃるから、問題をそこに限定しておきますが……。こしくなるので限定しておきますが……。

それで、ある温度で、ある圧力がかかっている、ある体積がある……そこで、たとえば温度が変るとか、圧力が変るとか、そういうプロセスが起った場合には、いつまでもこのエントロピーがそのままでいるか、ふえるか、どっちかだというのが、エントロピーの増大法則です。ではそういうことはどうして起るかということを根本法則から理解しようとしたら、どういうことになるか。根本法則は時間の向きがなくて、従ってエントロピーの増大もないはずだ。ところが、実は増大している。一体どうしてかといえば、それはこれが完全に孤立しているのではなしに、やはり外部との交渉がある。ということは、外部から観測していると同様なことになっているわけでして……。

しかし、観測はしているけれども、観測をしているということも知らなければ……。気付いてもよろしい。気付いておってもどういう結果になっているかわからない。ただ、温度、体積、圧力だけがわれわれにはわかっている。そういうふうにしておれば、エントロピーは一般に増大している。こういうことになるわけです。だから、いま言ったように観測しているにもかかわらず、その結果を知らないということが入ってきて、エントロピーの増大が出てくる。

小林　すると、十九世紀的考えと二十世紀的考えとの違いはどういうことになるのですか。

湯川　古典的なのと、いまの量子力学からくるのとの違いはどうかといえば、古典的にはそういう観測的なことがあるにもかかわらず、知っているとか、知らんとかいうことには無関係に、まったく孤立したものを考えて、それで、エントロピーがふえることを証明しようとした。それは無理なんで、やはりいまの量子力学的に観測というものがそこに介入しておって、そのためにふえているのだという解釈が正しい。だから古典的な考えではそういうことは出てこないはずです。出してきたのは、それは正しくなかったというのがいいと思いますね。つまりプロバビリティーというものをただわれわれの無知のシンボルだと解釈するのは、ほんとうは実情と合っていないわけですね。観測によって相手をどこまでも細かく調べていけばそんな問題は全然なくなって、エントロピーは決してふえたりしない。そんなに細かく調べるというのは、熱機関を熱機関として取扱うという立場じゃない。

小林　わかりました。もっとも、わからないのかも知れん。どうもそこにエネルギーのコンサーヴェーション*の問題が化け物のように現われて来る気がしますよ。そういうところからいまのあなたの議論は来ているのでしょう。だから増大しないわけですよ。絶対に……。

湯川　エネルギーがコンサーヴしているからだとは言えない。

小林　エネルギー・モルテスというもの、それとエネルギ*

* コンサーヴェーション　conservation（英）保存。

* エネルギー・ポタンシェル　énergie potentielle（仏）位置エネルギー。重力の働くところでは、物体は落下することで仕事を行う可能性を持ち、その位置に依存するエネルギーをいう。

ー・ポタンシェルというもの、その概念の曖昧《あいまい》さだ。どこまでモルテスというか、どこまでポタンシェルというか……。

湯川　だから私は二元的な問題があるといったのです。

小林　エネルギー・モルテスというものがだんだん減ってくる。それを増大というのでしょう。

湯川　エネルギーにすぐ持ってゆくのは……。エントロピーからエネルギーにすぐ持ってゆけないが……。そこのところは直接結びつかない。関係はありますけれども……。

小林　科学者のエネルギーの定義は、ぼくら素人には通用しない。そこはまあ、カンベンして下さい……。使用可能エネルギーとは何ですか。

湯川　それは熱機関の効率とか……。

小林　甚だ人間臭いものだな。熱機関というのは何ですか。

湯川　つまりいまのエントロピーの法則などということで効率が制限されているということは、ある一つのものを熱機関として取扱うからですよ。しかしそれをもっと細かく、もっと分析していけばまた話は変ってくる。たとえばその中の分子の一つ一つを取ってもエントロピーは何もない、普通の意味では……。

小林　地球というものを一つの熱機関と考えます。生物が生存するために熱機関が要る。そういう意味に考えれば、エントロピー問題はぼくらに関係して来ると非常に重要だが、神様にはそれは意味がない。

湯川　だからエントロピーの法則は結局たくさんの分子の集まったものに対して言っている。

小林　そうするとそこに非常に疑問が起ってくるのは、エントロピー原理が二元的原理ならば、どうしてエントロピー原理から宇宙の死滅とかいうことが言えますか。

湯川　大きな方はいくら大きくなってもかまわない。

小林　ははあ、なるほど。要するに、エントロピー原理なぞという宙ぶらりん原理は、ほんとうに厳密に考えると、

湯川　人間的原理だというお考えですか。
小林　厳密にいえば人間的原理です。

人間的原理

湯川　人間は万物の尺度なりという船に乗って、われわれは海に乗り出す。難破もできないし、安全でもないという……。
小林　そういうことになりますかね。しかし、それも結局、人間というものは人間的なスケールの問題から全然離れることはできないためじゃないですか。
湯川　それは……。
小林　結局そこから出発せざるを得ない。
湯川　出発して離れる人もある……。
小林　しかし人間的立場を離れるといっても、それはまたいろいろ段階があるでしょう。人間の肉体とか、いろんな感覚を離れても、科学の立場に立つという以上、やはり理

＊人間は万物の尺度なり　古代ギリシャのソフィスト（知識人の意）の一人、プロタゴラス（前四九〇頃～前四三〇頃）の言葉、「人間は万物の尺度である。存在するものについては存在するということの、存在しないものについては存在しないということの」に基づく表現。

性に頼らねばならぬということがあるでしょう。

小林　理性に頼ると言っても、理性が凡《すべ》てだという立場には物理学者は立てないでしょう。実験という行為なり技術なりにも頼らねばならぬ立場だと思います。

湯川　しかし同じような物理の話になりますけれども、たとえばエントロピーの法則と、いまの根本法則の方の時間の向きのないものとは、どうせそれは人間的なものがどこかにあるにしても一つオーダー*の違うものであるとは確かに言える。というのは、いまのエントロピーがふえるというようなことは、つまり人間的なスケールということと非常に密接に結びついているのです。ところが根本法則は人間的なスケールを離れてしまった問題……これは神様じゃないかもしれんが、ある絶対的なものに非常に近いもの、たとえば因果律的なものですね。それは統計と解釈しようが、どう解釈しようが、そういうもの自身はずっと絶対的なものに近いものですね。だからそこにやはり段階がある

オーダー　order（英）数式でいう次数。ここでは位置とか時間などの不確定な要因の数。

と思う。

小林　理性が因果律を要請するという性質は、これは神様から授かった贈物だ。もう一つは自由というような一つの絶対感情も神様からの賜物《たまもの》だ。ところがそういう二つのものからいろんな混血児が生れて来る。エントロピーの原理というのはやはりその混血児みたいなものじゃないかと思うのですよ。そういうものだと思えばいいのだと、素人考えでは思うのだけれども……。

湯川　混血児かもしれんけれども、混血児だからといって、それだけで排斥すべき筋合じゃないと思うのです。

小林　排斥しようとはちっとも思わない。むしろ尊重するのです。確率論というものも素人ふうに考えると妙な考えですねえ。永遠回帰というものを考えないとそういうものが考えられないなんて妙なことです。

湯川　永遠回帰でなくてもいいことはないですか。

小林　そういうものを極限概念として考えなければ……。

湯川　それは考えてもいい。私とあなたと時間というものの考え方が違うかもしれないけれども、何もこの現実世界の中で永遠回帰しなくてもいいと思うのですがね。それはしてもいいのですが、もっと別の世界もっと広い世界を考えてもかまわない。極限にするという仕方が、何もこの世界が無限に続いて永遠回帰すると考えなくてもいいので、この世界はいつかは亡《ほろ》びてもいい。世界が始まって世界が亡びる。その中では有限回しかいろんなことが起らない。しかしそれと同じようなものをいくらでも考えればいい。これをただ一つと限る必要はない。

小林　そうしたら確率という考え自体がおかしな考えになる。

湯川　しかしこの世界で永遠回帰というものを考えることにしようとしても、実際はわれわれの住んでいる世界は、有限の昔から始まって、有限の終りに終るのだったら、それに対して永遠回帰を考えるのは、それは現実の世界じゃない。それはバックにあるものですね。

小林　ええ、そのバックのことを言っているのですよ……。

湯川　つまり何かバックを考えて、バックの世界の全体としての法則というようなことに持っていかなければおさまりがつかないと思いますね。だからそれを法則として信頼しておくか、法則が何らかの形で現実世界で具現されていると考えるか、そこの違いだと思いますね。

湯川粒子

小林　湯川粒子*という仮定はどこで実証されたのですか。

湯川　それはアメリカに始まって、結局イギリスです。

小林　そうすると、今度また何かあるだろうということがあるのですか。新しいやつが。

湯川　あるだろうというよりも、最近そういうものがまだ何種類もあることがわかって、始末に困っているのです。

小林　湯川粒子がたくさん出てきたのですか。

* 湯川粒子　「中間子」に同じ。この対談の翌年、すなわち昭和二四年（一九四九）、湯川秀樹は中間子の理論的解明によって日本初のノーベル賞（物理学賞）を受賞する。

湯川　一般に中間子とよんでいますが、それはもとは一種類であったのが、何種類も出てきた。それをわれわれの方で始末するのに困っている。もとはなくて困っておったが、この頃はあり過ぎて困っている。しかし出てきたら処置しなければならない。つまり、存在の理由づけをしなければならない。
小林　自分で発見したものが今度は多過ぎて困るというのは、迷惑な話ですね。
湯川　妙なものです。
小林　相対性原理というものには時間の面倒な問題はないわけなんですね。
湯川　むしろ、向きというものを解消してしまう方の、ちょうどエントロピーの方とは逆の法則です。アインシュタインはアインシュタインで正しいのです。そこへエントロピーの向きの理窟《りくつ》をつけようとするから、苦労しなければならない。

小林　アインシュタインの方が根本かも知れない。
湯川　実際そうです。
小林　エントロピーというのは何語ですか。
湯川　ギリシャ系の言葉[*]じゃないですか。あの言葉に限って訳語というものがないのです。十九世紀の人たちもずいぶん苦しみ抜いた、エントロピーの問題、それからエーテルの問題、この二つで苦しんだ。エーテルの方は相対性原理で解決がついた。エントロピーの問題はなかなか簡単に行かない。ちょうどエントロピーの問題はらっきょうの皮をむいてゆくようなもので、いくらむいても最後のところへいかない。そのために自殺する人ができたり……。実際一種の自殺行為になるのですね。まあしかし、そこまで来なければ人間的なものにまで来ないのでしょう。科学の方法というものも、ある意味では二十世紀になって、また人間的なところへ帰ってきたのだろうと思います。

*ギリシャ系の言葉　ドイツの物理学者クラウジウスが、一八六五年に「変化」を意味するギリシャ語「エントロペー」entro-pe から作った。

三好達治　文学と人生

三好達治（みよし・たつじ）

一九〇〇―六四。詩人。大阪府大阪市西横堀生まれ。一九二八（昭和三）年、東京帝大仏文科卒。三高出身の東大生による同人誌「青空」の他、「椎の木」「亜」「詩と詩論」「詩・現実」等などに詩やエッセイを旺盛に発表。またボードレール散文詩集『巴里《パリ》の憂鬱《ゆううつ》』等を翻訳刊行する。三〇年、第一詩集『測量船』を刊行して確固とした文学的地位を築く。四〇年、第六詩集『艸《くさ》千里』に至る業績により詩人懇話会賞受賞。五三年、『駱駝《らくだ》の瘤《こぶ》にまたがつて』『午後の夢』により芸術院賞、六三年、『定本三好達治全詩集』により読売文学賞を受賞、同年芸術院会員。その他詩集として『南窗《なんそう》集』『閒花《かんか》集』『山果集』『霾《ばい》』『一點鐘《いってんしょう》』『朝菜集』『花筐《はながたみ》』『春の旅人』『故郷の花』『砂の砦《とりで》』『日光月光集』等、エッセイに『燈下言』『卓上の花』『路傍の秋』『草上記』等がある。

文学と人生

思想と経験

三好　今日の題はどういうの？

記者　北原（武夫）*さんは「文学と人生」という題でお願いしたいというのです。三好先生が久しぶりに東京にお出《い》でになったので、小林先生と、茫漠《ぼうばく》とした題ですが、何でもお話願えれば結構ですが……。

小林　「文学と人生」か。僕はこの間、藤原てい*という人の「流れる星は生きている」*という本を貰《もら》って読んだがね。文学と人生という様なことを考えた。満洲*から朝鮮*の三十

◆昭和二四年（一九四九）七月、『文体』に掲載。

北原武夫　小説家。明治四〇年（一九〇七）神奈川県生れ。昭和一三年（一九三八）、三好達治らと『文体』をスタイル社から創刊した。昭和四八年没。

藤原てい　小説家。大正七年（一九一八）長野県生れ。

流れる星は生きている　藤原ていの著書。昭和二四年四月、日比谷出版社刊。満州からの引揚げ記録。ベストセラーとなった。

満洲　中国の東北地方一帯。日本は昭和七年、この地に傀儡《かいらい》国家、満州国を建設、第二次世界大戦の敗戦に伴い、昭和二〇年八月、消滅した。

八度線を経て引揚げて来る女の人のね。
三好　ええ、新聞で広告を見たね。
小林　その途中の非常に悲惨な苦労をね、それをまあ小説風に書いているわけだね。
三好　ええ。
小林　僕はやっぱりああいうのを見ても、人生経験というものと、そいつを文学にするということはね、非常にどうも違ったことなんだな。
三好　あれは面白いものですか？
小林　経験とすればまず大変な経験なんだよ。面白くないわけはない。だが、それだけなんだな。実人生の必然性からの直接の結果として文学の必然性は生れない。自然主義文学の風潮がそこのところを非常に曖昧《あいまい》なものにしてしまったのだな。例えばゴッホ*なんかを読んでいるとね。あれも実にリアリストで、もう経験だけにしか学ばない男だよ。空想的なものは全くない人だがね。だけど、自分のやりた

朝鮮の三十八度線　朝鮮半島中央部を横断する北緯三八度線。第二次大戦後、この線の北側をソ連、南側をアメリカが軍事占領、一九四八年にはそれぞれに朝鮮民主主義人民共和国と大韓民国が成立した。

ゴッホ　Vincent van Gogh　オランダ生れの画家。一八五三～一八九〇年。小林秀雄は前年の昭和二三年一二月と二四年七月の二回、「ゴッホの手紙」を『文体』に発表していた。

い仕事の観念というもので経験がちゃんと支配されているのだな。或《あ》る烈《はげ》しいアスピレーション*があって、そのなかだけで経験が意味を帯びる。そうでなければ芸術家なぞ意味はない。

三好 経験の仕方が違うというんだろうね、引揚者の経験とゴッホの場合とは……。

小林 違うんだね。随分面倒な問題だね。それからこういうことも考えたよ。例えば、戦争なんという異常な経験は、経験が異常すぎれば人間は死んでしまうより他はないからな。

三好 そうだね。

小林 だからそれで非常に細かいところにも気がつかないしね。異常な深刻な経験なんというけれど、日常茶飯事の経験を長年続けて来た人の方が、細かいことで苦労したり心を砕いたりしていて、豊富な人間だとか人生だとかがよほどよく解《わか》ってるんじゃないか。やっぱり深刻な経験をし

アスピレーション　aspiration（英）熱望、大志。

た人は、経験というものを買い被《かぶ》るね。買い被って馬鹿になる人の方が多いのではないかね。従って文学を甘く見るんだな。経験の方が激しいから、それに頼り過ぎるんだね。

三好　そういうことはあるな。――まあそういうものを読んでいる時はとにかく一応面白いがね。

小林　一応面白いが、二度は読めんという処《ところ》が特徴だよ。

三好　そうだ。

小林　それからこういうことも考えたよ。僕の家内があれを読んでいてね、ああこの人は信州の女の人だ、と思ったんだそうだ。そうしたら果して終《しま》いまで読んだら、信州に帰って来たというんだね。僕もそう思ったが、書いている女性の性格はよく出ているのだ。書いている人は半ば無意識だろうがよく出ているのだ。そういうところは面白い。外的事件を書いたところより、よほど面白い。経験した非常に悲惨なこと、異常なことと、それからこの人は信州の女だ、という、何かその人間が持っている一つの非常に微妙な味わいだな。文学でどっちが面白いかというと、それはやっぱりこの信州人であるという内的な性質の方なんだ。

三好　そう。面白かるべきなんだな。文学としては、そこに重点があるべきなんだろう。あれなんかもそうでしょう。新聞によく異常な犯罪なんかの記事が出るでしょう、するとまあ一度は興味を持って読むね。いろんな人生的な興味があるね。だけど、それはあれだな、ドストエフスキイの「罪と罰」を読むみたいな、そういう興味とは似ても似ても似ていないね。いくら複雑な事件だってもね。

小林　やっぱり、僕は文学は思想だと思うね。思想のための経験だね。

三好　ええ。

小林　どういうわけでなんだろうね。僕らは、君、ああいう一つの異常な経験というものに、なんか魅力をどうして感じるんだ。たしかにそれは人生なんだからね。嘘《うそ》じゃない、起った事なんだから……。

三好 やはりそれで以《もっ》てこちらの思想を試してみたいような、抵抗としても一応は読みたくなるんじゃないかね。二度読む興味はまずないけれど、一度はとにかく読みはじめると、ちょっととめどのないような魅力があるね、ああいうものには……。

小林 どうして二度読む興味がないのだろう。何度も読めるというのは、いったいあれは何だろうね。

三好 小説なら時には何度もくりかえして読めるけれどね。

小林 だから、僕はよくその事を考えるがね。ドストエフスキイがこんな事を言ってるんだ。自分は若い頃、人生は簡単だと思っていたが、経験を重ねるに従って、人生は複雑なものだと悟った。ところがもっと人生に暮してみると、人生なぞ簡単なものだと思う様になった。そう言ってるんだよ。これは、複雑で大事なのは思想の方だと思ったということなのではないかと思うのだよ。人生は二度読めない。二度読めるのは思想です。そうではないだろうか。二度も三度も読めるというのは、みな〝人生はもう沢山だ〟というものがあるんじゃないか。まあ面白いものは一応面白いと思うけれどね、二度はもう厭《いや》だろう。要するに人生というものは解り切っているんだ。

三好 ——聞いてみれば……。

小林 聞いてみれば……。解り切ってるさ。知らない者は一応聞くがね。

三好 そう。

小林 だから二度読まんだろう。そうすると、文学はね、あれは人生でないね。僕は人間でもないと思うのだ。人間でもないというとおかしいがね。

三好 そとにある人生じゃないね。何かやはり作者の内に、——のみあるようなものじゃないかな。何度も読めるというのは、それも人生には相違あるまいが……。

小林 つまりヒューマニティ*なんということを言うだろう。あれは言葉だ。言葉、言葉、言葉だ。実人生というものは

＊ヒューマニティ humanity (英) 人間性。

物だ、*メカニズムだ。つまらない、退屈な……。

三好　抽象的にいえば、なんだな、美しいものというのは、その人生にあるわけではないからね。

小林　夢だよ。

三好　だからそういうもの、美しいものが抽象された形でその事件から離れてくると、やはり詩のようなものになるんじゃないかね。

小林　けっきょく詩がないと、二度読まんということになるのだよ。

三好　二度読めないということに……。それは実人生にはない、創《つく》り出されたものなんだ、二度読めるのは。

小林　何度も読むということはね。やはり、変らない何かが、少くともそういう信仰がそこにあるんだよ。自然の中には決してないもの。自然は変るもの。

三好　自然のそのままでは。……しかしほかに人を満足させるものがあるんだね。何か、しかしその何か、そういう

メカニズム　mécanisme（仏）　機械装置、機械的構造。

ものがね、いわゆるそとの経験とか、普通にいう人生とかから、昔の文学なんかに比べると、今日では双方の距離が近くなってるわね。双方近づけなければどうも気が済まない、そういう傾向があるんじゃないの？

小林　距離がちぢまった、外見上はね。そして素人《しろうと》は外見にたぶらかされているだけではないかね。

三好　だけどとにかく、縮めようとしている傾向は、文学一般に現われているでしょう。

小林　文学史家はそう見る。それはそうだ。しかしいろいろ夢の性質は変ったけれど、夢みる努力とか、むずかしさはだね、ちっとも変らないと思うのだ。人生対文学の難問題は依然として同じ事ですよ。

三好　つまり自然主義的な傾向というものは、あれかね、作者における欲求というよりも、そういう社会の――いわば読者の側の要求というものだろうかね。大体今の文学一般の傾向というものは、世界を通じてまずそうロマンティックじゃないからね。

小林　僕みたいなこういう考えかたは、なんというのかな、大体詩人的だね。

三好　そりゃそうだ。(笑)

小林　だから、現代の人が、まあ何度も繰り返して読むものなんというものは、求めなくなっていることは確かだろう。それでいいんだよ。小説なんか一度でいいでしょう。

三好　……。

小林　何度も読み通すという必要だがね、もう今の読者にはなくなってるんじゃないかな。

三好　大勢は。

小林　詩人が食えぬという事だ。

三好　話の興味、実人生の興味でね、芸術の興味ではなく……。

小林　うん。

三好　しかし、それは君、いい作品が現われればやはり覆《くつが》えされるだろうと思うがな。

小林　そうであって欲しい。現代風景と見えるものも案外外見の風景かも知れないからね。まあ詩の魂が現代人のどっかに現われないで宿ってるかも知れないからね。

三好　それはそうだろう、もちろん。ただその実話的興味という奴がだね、とにかく今の人間の強い興味になってるね、確かに。（間）あれじゃないかね、文学に詩を求めるとか、人生に詩を求めるとかというような傾向の人間というものはね、人間の総数から比べると、いつの時代にも或る少数者じゃないのかね。ところが現代ものを読む人間というのは、もっとそんなわずかなパーセンテージを超えて、ずっと拡《ひろ》がっているんじゃないのですか。読者層が質はとにかく無闇《むやみ》に拡がり過ぎている、そうじゃないかな。近頃のようなああいう小説が歓迎されるというのはね。芸術としてでなく、実話として、それが喜んで読まれているというのはね。どうも読者を見渡すと、そういう感がいつもするんですけれどね。

小林　うん。

三好　例えば、新聞や雑誌なんかでも発行部数がある程度以上大きな数になれば、ああいうものでなければ歓迎されないのだよ。大勢の赴くところ。

記者　そうですね。

三好　三百万も読者を持っている新聞の小説欄は、もうその数字だけで一つの傾向を持ってくるね。

記者　そうですね、それはそういう部数の多い雑誌はそうでしょう。

三好　何というか、読者の質の配分、そのパーセンテージというやつは進歩しないのだと思うね。

小林　そんなことはないだろう。

三好　ないかね。例えばドストエフスキイの書くような小説は、当時ロシアでどれくらい読者があったでしょう？

小林　数は知らない。

三好　君の感じでは。
小林　数は知らないが、非常に広汎《こうはん》な階級が争って読んだ事は確からしい。例えば、*菊池寛の新聞小説が獲得した読者層なんかよりもよほど広いものですよ。幅も広い。
三好　そうかね。
小林　それはそうだよ。
三好　読者層との割合でだよ、絶対数でなく……。それなら、そういうものと比べるとちょっと、日本の現状は心細いね。菊池寛の小説にしたって、一度読んだら二度は読めんだろう。
小林　読めないね。
三好　例の*「西部戦線異状なし」というようなものね。あれは一度は面白く読んだけれど、二度は読めないね。僕はごめんだ。
小林　そうかね。*大岡（昇平）君なんかは、戦記物ではあれが第一の傑作だ、といっているよ。あれは戦記物をよく

菊池寛　小説家。明治二一～昭和二三年（一八八八～一九四八）。大正九年（一九二〇）、『大阪毎日新聞』『東京日日新聞』に「真珠夫人」を連載、次いで大正一四年、『大阪朝日新聞』『東京朝日新聞』に「第二の接吻」を連載、これらの通俗小説によって多大の読者を得た。
西部戦線異状なし　ドイツの小説家 Im Westen nichts Neues レマルク（一八九八～一九七〇）の小説。一九二九年発表。第一次大戦の戦場を舞台とし、若者の心情、戦争への懐疑などが一九歳の青年の手記を通して語られる。日本では昭和四年（一九二九）一〇月、秦豊吉訳で中央公論社から刊行された。
大岡昇平　小説家、評論家。明

読んでいるが。

三好　何度も読めるというのかね。

小林　また読んでいるね。

三好　専門家は、別さ。

小林　戦記ものの専門家なんていうのは可哀《かわい》そうだよ。大岡の戦記物は、題材に思想が負けていない。その点で通常で本格な文学だよ。しかし戦記物というのは、やはりむずかしいんだな。

三好　むずかしいもむずかしいでしょう。

小林　今、「肉弾」*とか、「此一戦《このいっせん》」*なんというのを読んだらどうだろう？

三好　そうだね。まあ初め一度は読めるでしょうね。何しろ、ああいう内容だから。

小林　はるかに「此一戦」の方がいいがね。

三好　そうかな。

小林　昔の記憶でいってね。だが、記録文学も発達したも

治四二年（一九〇九）東京生れ。昭和六三年没。

肉弾　桜井忠温（明治一二～昭和四〇年）の戦記文学。明治三九年刊。自ら参加し重傷を負った日露戦争旅順攻防戦の体験を描く。十数ヶ国に翻訳紹介された。

此一戦　水野広徳（明治八～昭和二〇年）の戦記文学。明治四四年刊。水雷艇艇長として日露戦争に参加した体験に基づく海戦記。ベストセラーになった。

のだな。

詩人について

小林　詩というものは、今書きにくいだろうね。

三好　なんか書いても書いても、すぐその後から消えてゆくような気持がするね。しかとした捉《とら》えどころがないのですよ。なんかこう保《も》たないもの、という感じだね、僕が感じているポエジイというのがね。

小林　日本の近代詩だな、無定型詩*だな、ああいうものは、どういうモティフ*でどういうところから興《おこ》って来たのだろう。萩原朔太郎《さくたろう》*でも、高村光太郎*でも、君でも、中原*（中也）でも、形のないということに苦しんでいるわけなんだ。

三好　ああ。

小林　あれはやっぱり広く考えると日本人の一種のせっかちな、一種の焦躁《しょうそう》かな、日本文明の……。

三好　まあそうだと思いますね。日本人の――というのは

無定型詩　詩句の数やその配列の順序などに、定まった型をもたない詩歌。

モティフ　motif（仏）　創作の動機となる内面的要因。

萩原朔太郎　詩人。明治一九～昭和一七年。詩集に「月に吠える」、詩論集に「新しき欲情」など。

高村光太郎　詩人、彫刻家。明治一六年東京生れ。この年六六歳。詩集「智恵子抄」、評論「緑色の太陽」など。昭和三一年没。

中原中也　詩人。明治四〇～昭和一二年。詩集に「山羊の歌」「在りし日の歌」など。

当らないと思うけれど、日本のこの時代の、まだ引き続きいつまで続くかわからないものですがね、やはり焦躁だろうな。

小林 日本の文学史の上でそういう風に近代詩を見た人はまだないね。

三好 とくにそう解釈した人は……。だけどそれは明らかにそういう性質のものなんだ。萩原さんなんか、そういえばその代表的な人物だよ、あの人柄からして。それからね、第一あの言葉からしてそうなんだ。徹頭徹尾過渡的で、それも一つの焦躁のあらわれだけれど、決して建設的なものじゃなく急速な崩壊過程なんだ。だいたい日本の定型詩というものは、どうしても文章語体でなければ成立たない。口語体では定型詩は成立ちません。それはフランスだってどこだって何も口語体で詩を書いていない。どんな新しい詩だって口語体で書かれているんじゃない。ところが日本の現代詩は一般に口語体で書かれている。文語体で詩を書くということは、どうしてもわれわれの日常生活感情と結びつかないのですよ。ということは、逆にいえば生活感情に何かえたいの知れない足掻《あが》きがあるという証拠にもなるんだけれど、だけど、とにかくこんなに言葉がね、いわゆる伝統的な言葉と、新しい生活に結びついた日常言葉と、この両者がこんなに距離のある国というものはないでしょう。文章語体というようなものは、今の若い詩人の切実素朴な気持とはね、どうしても緊密に結びつかないんだ。これは世界に特殊な事情だと思うのだけれど、言葉のこのこういう一つの事情もあって、詩型が不定型だというだけでなく、そのすべて不定型詩というものは、何かしん底から、徹頭徹尾反抗的な性質を帯びているんだ。

小林　ふん、ふん。

三好　世の中、世の中の良識に対して、日常中心的なものに対してね、叛逆《はんぎやく》の姿勢をとっているのですよ、詩がすべてね。こういうことも一つの特殊な事情じゃないのですかね。みんな裕《ゆた》かに育っていない。貧しい、生活の地盤を持たない者の叫び、そういうものが全体的な大きな流れになっていると思うね。そうしてたまたま、あれだね、まあそうでない人も例外的にいますけれど、そういう人はえてして空々しいウソを言うね。何かの意味でね。僕等の我慢の出来ないウソを、ただその詩の形を整ったものにするために、ウソを言うことになるんだな。巧みにかくされたそういうウソが入ってくるのだ。そういうことは堪えられない、厭《いや》だ、もっと正直な気分で詩を書きたい、そういう感じが殊《こと》に若い人なんか強いでしょう。そういう気持が強いと、それがまた誇張されて、何か定型を索《もと》めて行こうという、そういう気持に一も二もなく反抗したくなる、というような節もある。まあ先ほどの焦躁感というか、躍起になっているところがあるんじゃないのですかね。どういうのかね、素直な気持で受け取れるように、おだやかな表現に努めて作品を書いている人は、まずいないと思うのだな。これは非常に苦しい現実ですね。それがまだまだどこまでもそういう傾向が続いてゆきそうに見えるんだ。この反抗的な気持に駆り立てられている傾向はね。

小林　詩を書く人が？

三好　ああ。それはまだ今始まったばかり、という風な感じがするね。まだまだずっと先の方へ続いてゆきそうで、その対抗的な気運はまだ見えて来ないですな。新しい定型を考えたり、夢みたりする気持は、誰の考えにもいくらかずつはあるけれど、そういうものが力を得てくる時代というものは、まだ考えられないのですね。僕らの生きている間は……。これは詩だけではなくて、小説を書く人たちも、言葉の感覚はすべて崩壊的な方向へ向っているんじゃないかね。何か新しい美しい文章が生れてきそうな曙光《しょこう》は感じられないでしょう。ますます文章は荒廃してゆくように思われないですか？

小林　（間）

散文精神の問題

三好　小林君、自身の文章は例外としても、先《ま》ず一般を見渡して……。

小林　どうかしら。ただ散文の方ではね。近頃、眼についたのは大岡君の文章だ。あれは新しい方向を示している。

三好　ええ。

小林　新しさとは正確さというものなのだよ。

三好　正確だね、あれはいい文章だ。

小林　僕は正確でない散文はつまらないね。何か味わいで読ませるような、何か曖昧《あいまい》なもので効果を出そうとしている様な散文は、もう読むに堪えない。二、三行読むともう駄目なんだよ。

三好　正確なことが、美しいことになるね。

小林　散文の美しさは、そこにあると思う。でなければ詩とのなれ合いになる。どういうものが新しい美しさかといっても、考え出すと、こんな混乱期には見当がつかないものだよ。けれども、とにかく正確なものが美しいことは確かなんだ。それなんかは若い人がやってくれればいいんだけれど……。

三好　それは賛成だ。大岡君の文章は正確の美を持っているということは、それは僕が最初読んだ時から感じたことだがね。小林さんの書くような文章はね、あれはね、まあ一種の変体の文章でね、やはり文章の本道にはならないでしょう。

小林　ならぬ。

三好　いい文章だと思うけれども。僕は好きだね。現代文の＊奇峭《きしょう》な趣き、そういうものを君が書いたということは結構だがね。けれども、それは万人の道にはならぬのですよ。

小林　ならぬ。大岡君の文章の方がずっと普遍的でしょう。本格的ですよ。

三好　そう。まあしかし文章はただ正確というそれだけじ

奇峭　山などが、険しくそびえる様子。転じて、人の気性の鋭く際立つさま。

ゃないのだけれど……。

小林 それだけではない。

三好 正確ということだけが美徳のすべてじゃないけれど、それは確かに文章のね、一つの美徳ですよ。そうしてそれはまた実は近代的なものだし、詩の方では、そういう一つのものさえも発見されていないね。そういう程度のものさえもないんですよ。まあこの限りでは、ここまではたしかに正しい仕事、というものは、限られた範囲の中ででもないと思うのだ。いいものはそれぞれありますけれどね。あると思いますけれど、それがみんなテンデンバラバラでね、*得て学ぶべからざるようなことばかり皆がやっているような現状なんだ。例えば萩原さんという人は、非常に新しい詩を作った人で、その影響はいろいろな意味で広い範囲に及んでいますけれど、あんなものは何の御手本にもならないからね。真似《まね》をしたら大変だからね。

小林 そう。

得て　えてして、ともすると。

三好　お手本にはならぬのですよ。

小林　あの人も正確さを欠いていたからね。

三好　ええ、正確なんかというものとは凡《およ》そ反対だからな。

小林　（間）だけど、あれだな。日本の近代文学なんというものはね――こんな妙テケレンなものはね、実際、神様だけが御存知だ。ほんとうにこの悲劇というものに同情してくれるのは神様だけだよ。僕はつくづくそう思うね。自分の仕事は勿論《もちろん》だが、友人達の仕事を、文壇常識から少し離れて眺めてみればね、何か不可思議千万なものだということが解《わか》るからね。それは君、文壇で何やかや騒いでおればね、まあ騒げば言葉はあるよ、イエスかノーがあるけれどね、もうちょっと深く見ると、イエスもノーもありやしないよ。まあ君の詩でも僕は読むさ、高村光太郎だって読むさ。その言葉の建築の苦心たるや実に何とも彼《か》とも言えない様なものだ。実に不可思議千万な感じがして来る。

三好　詩や文学が、その他のものとの何の繫《つな》がりもないということだろう?

小林 うん、第一だね、自分の使っている言葉とも繫がりがないのだ。そういう哀《かな》しさを言うのだ。

三好 そうなんだ、作る端から日々に消えてなくなって行くような……。

小林 短歌をやっている人のものを見れば、これはやっぱり素人《しろうと》の感じだけれど、とにかく一つの形が出来てゆくんだよ。とにかく巧《うま》くなってゆくんだよ。年齢《とし》を取れば、職業というものは年期を入れて行けば、だんだん完成するというのは神様の思召《おぼしめし》だろうじゃないか。それでいくら年期を入れても訳のわからぬという人が――ふん、選良でなければならぬ。この頃、「中間小説」*という言葉が流行《はや》りだしているんじゃないか。何んと侘《わび》しい、君、情けない言葉かね。亡国的トーンがある。(笑)

三好 文学というものだって、しっかりした知性と生活とをもって、文学の解る人には読まれていはしない。文学な

中間小説 純文学と大衆文学との中間に位置する小説の意。第二次大戦終戦直後、昭和二二、三年(一九四七、八)頃の造語。

んかどうだっていい人に読まれているんだ。詩なんか書いたって、文学者には読まれていやしない。

小林　そうかね。

三好　それは読まれていない。

小林　君の詩はこの頃また違ったな。

三好　せいぜい変るつもりでいるんだ。

小林　しかし、あの特殊な苦心というものは、とにかく大衆的なものではない。（笑）

三好　何のためかと思うと淋しいよ。

小林　どこでもそうじゃないかな。

三好　どこの国でも多少そうだろうけれど……。

小林　どこでもというのは日本の……。

三好　あらゆる分野でね。

小林　あらゆる分野でね。しかし、まあ不平は言わん事にしよう。ともかくこれでも文学者の世界が一番批判的で自覚的だろうね。ほかの世界から比べるとね。まあ、そう思って置くこった。僕は画家の世界なんというのはよく知らんが、あの画家の苦労というものは、もっとなんだか訳のわからない厭なものじゃないかな。新しい画家だとかいうものはね。

三好　あれもわれわれと同じだろうな。若い人は、それは自分の野心だけに酔っぱらっていられるから、その点いい気で描いているかもわからないけれど、齢《よわい》五十にもなったら、自分達の仕事と世間というものが、実はバラバラだということが解るから、そういう人はどういう風に仕事を続けるかね、その気持は……。

小林　*岸田劉生《りゅうせい》の晩年、あの人の苦しみなんというものは、今の新しい画家は無関心なのではないかな。

三好　……。

小林　つまり伝統的なものと近代的なものとの苦しみが出てくるわけだよ。だんだんね。晩年になってからね。

三好　うん。

岸田劉生　洋画家。明治二四～昭和四年（一八九一～一九二九）。作品に「麗子像」「童女舞姿」「秋餐賞色」など。

小林　だから、それは君、*正宗《まさむね》白鳥さんみたいに、文学というものの、つまりこの何んだね、文学の造型性だな、そんなものをさっぱりあきらめてなくしてしまえば、これはなんでもないことだよ。絵はそうはゆかないからね。それから詩もそうはゆかない。

三好　正宗さんというのは、*浮世三分五厘《りん》みたいな考えをいつも半分持っているからね。(笑)あれは、然《しか》し、なんだか、僕はあの考えが亡国的で厭だね。

小林　亡国的？　そんなことはないだろう。

三好　そうかね。

小林　どうして？

三好　とにかく無責任だよ。

小林　個人が無責任だとか、なんとかいう問題でないね。あれはやっぱり日本が育てた一つの文学者のタイプだ。個人の趣味なんというもので七十何歳までものを書いてはいられないよ。タイプですよ。運命ですよ。

正宗白鳥　小説家、劇作家、評論家。明治一二年岡山県生れ。この年七〇歳。小説に「毒婦のような女」、戯曲に「天使捕獲」など。昭和三七年没。

浮世三分五厘　この世にさほどの価値を認めず、のんきに日々を過すこと。「浮世一分五厘」ともいう。

三好　そういう運命に反抗して、何とかしようというような考えじゃないね。あの人は……。
小林　何に反抗するんだ。
三好　置かれた運命にだよ。
小林　運命の人って言葉があるなあ。運命的人間になるのは容易じゃない。
三好　しかし、僕は不満足だよ、あの考え方が……。

個人主義

小林　そうかな。個人的にはね。(間)――日本もあれだな、もっと個人主義が発達しなければダメ。めいめい勝手なことをする人がね、出て来なければダメだな。
三好　だけど、勝手なことを一方でしながら、やはり君、相当の理解者というものがほしいだろう、相当数の数……といってもいいよ、簡単に……。
小林　僕の言う勝手なこと……というのはね、もうね、みんなひと通り何もかもわかったんだから、そうだろう、ひと通りね。(笑) あとは勝手なことを考えたり為《し》たりしたらいいだろうと思うんだよ。人が考えるように、もう考えなくてもいいと思うのだよ。オリジナリティを出せということではないのだよ。人の事なんかあんまり気にかけるなということ。僕に言わせれば個人主義なんて思想の事じゃない、非常に平凡なことなんだ。デモクラシイなんて思想の事じゃない、
生活なんだよ。独立的生活。

三好 そとからつまらない干渉を受けない生活ということかね。

小林 人に干渉したがる奴は、また人から干渉されて困る奴なんだ。自分の事だけやっていれば、それで愉《たの》しいという人が増えなくてはいかん。

三好 それにはね、しかし、ある一定数の支えというものが必要なんだよ。そうじゃない限り……。

小林 自分だけの事をやって、そして本当の支えというも

のが出て来るという事にしたいのだ。

三好 それは出てくる筈《はず》なんだがね。特殊のその人の才能というものがね、あれば必ず出てくるわけだが、でもさっきいった岸田劉生なんかという人が晩年に苦しんでいた、というようなことは、やはりあまり孤独過ぎるからなんだよ。孤独が美徳にしたって限度のあることなんだね。

小林 僕はね、トルストイが孤独だ、ボードレール*が孤独だという様なそんな偉い孤独は、百年に一遍か二遍でてくればいいんでね。僕の個人主義というのはね、もっと平凡人の孤独をいうのですよ。平凡人は平凡人なりに孤独にならないといけないというのだ。

三好 それではそういう孤独をつくろう。

小林 偉い人の偉い孤独については、考えたり書いたりする興味はあるが、自分の孤独なんてものは何でもない。そんなもの書くに足らん。ただ僕はね、他人のしたり言ったりする事が、てんでもう気にかからんという生活に早くな

* ボードレール Charles Baudelaire フランスの詩人。一八二一～一八六七年。詩集に「悪の華」「パリの憂鬱」など。

りたいのだ。そう努力すればそれでいいのだと思うのだよ。

三好　しかし、まあ小林君の場合なんかは、僕はそれが出来る人だと思うけれど、例えば画家でね、相当の絵を描いておってね、相当の画家で、いっこう売れないというような人があるだろう。そういう人が自分の好きな絵を描いているということは日本では苦し過ぎるね。その事自身はそれほど大したことでないけれど、その苦しさが大きすぎる……。

小林　展覧会だけが目的ならね。看板画家からそのままの道が油絵画家に通じていればいいんだよ。職人の稼業《かぎよう》から真直ぐ芸術家に通ずる道が開けてないから辛《つら》いのだ。

三好　その意義はさほど大したことでないが、その我慢はたいへんだ。文学の場合でもそれに類することがあるね。

記者　批評というジャンルが出来たのは、どうなんですか。やはり詩と同じように一種の伝統からいうと、変形せざるを得ないものがあったのですか？　なんか日本では批評家というのが日本人の体質に合っているような感じがするのですが……。

三好　合ってはいないでしょう。今までずっと批評なんてありはしなかったじゃないか。僕らの若い時分は全くなかったね。日本の批評文芸は、それは実に最近の産物ですよ。小林君なんかが創始者の一人でしょう。

小林　批評家がどうこうという問題ではなくて、批評精神という問題だな。これは批評だから批評だ——という風に思うということは、やっぱり読む方だって批評家でなくちゃならぬからね。だから批評家だけの問題じゃない。小説家も批評家でなければダメさ。そうならなくては駄目さ。悪口を言っていると思うからね。外国ではそういう点は違うだろう。論戦というものは盛んだ。論戦は喧嘩《けんか》じゃないのだから、事理を究明するんだから、だからお互いにやる。日本では論戦というものはやらんです。喧嘩というものになるから。(笑)両方で遠慮してやらんということになる。

批評精神というものは日本でまだゼロですよ。すぐ怒るですよ。(笑)

三好　批評に好意を認めないのだ。批評は本来は好意だからね。

小林　批評家だって商売だからね。他人が商売をしていることを他人がとやかく言うことは出来ない。

三好　商売なんかといわなくても……。

小林　そういう風にならなければいけないよ。それが個人主義というのだよ。

三好　要するに、それは知的興味なんだから、現象に知的興味を寄せるということは当然な人間的なことなんだが、批評精神のあらわれという風なものは、日本の中世頃には、僕はよくも知らないけれど、あまりないでしょうな。

小林　「*徒然草《つれづれぐさ》」があります。

三好　あれは人生批評ですね。

小林　批評精神だ。

徒然草　鎌倉末期の歌人、兼好(弘安六年頃〜文和一年以後〔一二八三頃〜一三五二以後〕)の随筆。

三好　あれなら誰にも怒られることはあるまい。（笑）個体的な対象がないから。──批評精神というものは本来詩的精神なんだがね。

小林　詩的？

三好　詩的精神なんだよ。抽象的にものを観《み》るんだから。

小林　それはあんたには近代のサンボリスト*の考えが入っているから、そういうことになる。詩は批評であるということに。

三好　だけど、それは何もサンボリストを必ずしも仲介にしなくても。

小林　君なんかの詩の経歴はね、やっぱり批評ですよ。あんたは批評家ですよ。萩原さんも批評家ですよ。高村さんも。やっぱり日本の近代の詩は批評と一緒に入って来た。これは近代の詩が非常に批評的だったから、現代の詩がそうなんだ。

三好　昔の詩人たちは必ずしもそうではないけれどね。詩

＊サンボリスト　symboliste（仏）象徴派の詩人。ボードレール、マラルメ、ヴェルレーヌ、ランボーなどがその代表。

と批評とは非常に近いんだよ。同じ質の情熱だから。批評家としてね、はっきりした形を示したのは小林君なんかがそうだが、日夏*(耿之介《こうのすけ》)さんは勿論《もちろん》、高村さんも萩原さんも、タイプは批評家だからね。

小林　批評家だね。

三好　詩人らしい詩人はみんながそうだ。北村透谷《とうこく》*だって、石川啄木《たくぼく》*だって、しんが批評家だから、ああいうタイプの詩人が出て来たわけです。歌人とか俳人とか、あの伝統は別だけれど。

小林　あれは関係はないですな。斎藤茂吉*さんなんか、批評を沢山書いているけれども、これはみな美学でね。批評でないのだよ。

三好　批評が精神の昂揚《こうよう》にはなっていないからね。そうだろう。品さだめの程度だからね。

小林　美学ですよ。

三好　日本の現代小説というものも、批評精神は欠如して

日夏耿之介　詩人、英文学者。明治二三年(一八九〇)長野県生れ。この年五九歳。詩集に「転身の頌《しょう》」、評論に「明治大正詩史」など。昭和四六年(一九七一)没。

北村透谷　詩人、評論家。明治元～二七年(一八六八～一八九四)。長詩「蓬莱曲」、評論「厭世詩家と女性」など。

石川啄木　歌人、詩人、評論家。明治一九～四五年。歌集「一握の砂」「悲しき玩具」のほか、詩、小説、評論などがある。

斎藤茂吉　歌人、精神科医。明治一五年山形県生れ。この年六七歳。歌集「赤光」などのほか、評論・随筆も多い。昭和二八年(一九五三)没。

いるね。たいへんそういうものが欠けているね。詩人の書くもの方は、たいてい作品はまずくて駄目だけれど、精神はそういうところから出ているんだがね。

小林　僕はこの頃他人のことは考えないことにしたよ。

（笑）

三好　……。

小林　限《き》りがないのだよ。*マルクス・アウレリウスが言っているよ。「他人の事を考えてはいくら時間があっても足りない」、まことにその通りだ。大学の先生や牧師さんが共産党になったところで、それが何んだい。みんなお手前の都合からじゃないか。人間には誰にも自分の都合がありまさ。都合は思想問題になぞならん。それを間違えるのはおせっかいなジャーナリズムだけだ。尤《もっと》も当人も間違えてるかも知れないが。

三好　そういう君もおせっかいな*小言幸兵衛《こごとこうべえ》じゃないか。

小林　この頃小言幸兵衛になった。だから子供が嬉《うれ》しがっ

マルクス・アウレリウス　Marcus Aurelius Antoninus　古代ローマ皇帝。一二一〜一八〇年。ストア学派に属する哲学者で五賢帝の最後。言及の言葉は、その著作「自省録」第三巻第四節冒頭の記述に基づく。

小言幸兵衛　落語の登場人物。世話好きだが口やかましい家主。転じて口やかましい人をいう。

てるよ。全然言うことを聴きゃあしない。（笑）小言幸兵衛という落語はいいよ。モリエール*みたいな味がある。あれだけの喜劇は現代作家には書けないね。小言幸兵衛はみんな承知でやっているのさ。そこんところがモリエール的なんだ。第一、小言といっても、相手が怒ってしまったら後が続かない。誰も怒らないからいくらでも出てくるところが小言なんですよ。だから、ちゃんと小言が芸術表現というものになっている。だから小言というものは、実際は効果なんというのはどうだってかまわない。そんな事は子供が先《ま》ずいち早く悟るな。だから、小言幸兵衛が死んでごらん。皆ががっかりするから。

知識階級の立場

小林　君、白楽天*好きかね。

三好　白楽天は好きですけれども、昔から「白俗」というのでね。俗とまでは思いませんけれど、のんびりしてます

モリエール　Molière　フランスの劇作家、俳優。一六二二〜一六七三年。フランス古典劇の代表者の一人。作品に「ドン・ジュアン」「人間嫌い」「守銭奴」など。

白楽天　白居易。中国中唐の詩人。七七二〜八四六年。作品に「長恨歌」「琵琶行」など。

ね。

小林　白楽天を近頃読んでいる、片っぱしから。

三好　あれはあの時代の詩人では一番作品の多い人で。

小林　ずいぶん多いよ。

三好　一番多いんじゃないかね。*杜甫《とほ》なんかよりも数は多いでしょう。のびのびとしたものだ。

小林　やさしいせいかも知らんが……。

三好　なに僕はよく知りませんけれど。

小林　あれが平安朝の日本人に……。

三好　*「白氏文集」。

小林　愛読されたということは解《わか》るね。

三好　解る。

小林　あれはそういう点で偉いね。あれには大変普遍的なものがある。やっぱり大詩人だね。

三好　やさしくてきれいだから、喜ばれたのでしょう。真実が欠けているのではない……。ただいくらか俗なんです

杜甫　中国盛唐の詩人。七一二〜七七〇年。後世、詩聖と称された。

白氏文集　白居易の詩文集。八二四年から八四五年にかけて、元稹《げんしん》、及び白居易自身の編集で完成。全七五巻（現存七一巻）。作者の存命中に日本に伝わり、平安時代の文学に多大な影響を与えた。

ね。険しいところがない。杜甫なんかに比べると、白俗といわれる意味も解るけれども、あれだけを読んで俗だとは感じませんね。しかし杜甫はいいね。

小林　いいね。

三好　世界の大詩人五人を数えたら入るだろうね。

小林　いいね。――どうもあれだね、漢文を読んでると、いかんな。

三好　どうして？

小林　どうもいかんよ。深淵《しんえん》の如《ごと》きものでね。（笑）僕はまだね、漢文が拙《つたな》いから楽しむという風にいかんのだよ。読むだろう。一生懸命に読んでしまう。

三好　註釈《ちゆうしやく》本で？

小林　もちろんそうさ。白楽天だってはじめて読むんだから、楽しむ余裕がないので、何だか沼に入るような気がしてね。なんでもあるな、という風に思ってね、なんだか気持が悪いのだ。悪いけれど、僕はこれからも少しやろうと思っている。

三好　支那*の詩を読むと、これだけを読んでいて、世界の詩を読む必要を感じない、そんな風に感ずるね。日本の「万葉集*」なんというものは、そうはゆかないね。残念ながら貧しいものだ。

小林　違うな。

三好　違う。豊富だからな。御馳走が違う。

小林　食いきれないよ。

三好　あれを白俗だなんかというんだからね。

小林　そうは思わぬ。あれが長安*の流行歌だったら大したものだ。

三好　ポール・ヴァレリイ*ぐらいな格調のものは、支那の詩ではそこらにいくらもふんだんにありそうだね。

小林　そういうことがちょっと解って来た。

三好　いつも気まぐれに読むんだが、僕はいつからか知らない間に、もう十年くらいは読んでいるかな。

支那　かつて中国に対して用いられた呼称。

万葉集　日本における現存最古の歌集。二〇巻。五世紀の初めといわれる歌から八世紀半ばの歌まで、約三五〇年間の長歌・短歌等約四五〇〇首を収録する。

長安　中国陝西《せんせい》省西安市の古称。前漢から唐代までの王朝の都として繁栄、洛陽と並ぶ中国の古都。

ポール・ヴァレリイ　Paul Valéry　フランスの詩人、思想家。一八七一〜一九四五年。詩篇に「若きパルク」、詩集に「魅惑」、評論に「ヴァリエテ」など。

小林　君はずいぶん漢文を勉強したね。ちょっと驚くね。よく賛*を読んだりなんかするときに驚くね。

三好　何とはなしに、知らん間にやっているんだ。

小林　知らん間に力がついているのだね。

三好　日本人の書いた文章くらいはまあ読めるね。今の文壇では読める方かな。何もそれほど勉強したわけじゃないんだ。ただ美しいと思うから読んでいたんだ。

小林　日本で、インテリゲンチアたる事は世界中で最も難しいだろう。フランスでインテリゲンチアになるなんてやさしいことだよ。

三好　そうさ、マラルメ*なんか僕がフランス人なら、難しいなんかとは言わせないさ。それ位の自信はあるね。ヴァレリイなんかが難しいわけはないよ。

小林　インテリゲンチアたる事の最も難しい国に生れた。何故《なぜ》そう思わないのかね。日本人の封建性なぞと高《たか》をくくっているのかね。インテリゲンチアとして処理せねばなら

賛　画に因んで添え書きされた詩歌や文。

マラルメ　Stéphane Mallarmé　フランスの詩人。一八四二〜一八九八年。長詩「半獣神の午後」「骰子《とうし》一擲《いってき》」など。

ぬ文化が、日本では実に雑多で豊富だ、こんな国はないという自信を何故持たぬのかな。こういう重荷はやっぱり明治の日本では受けたのですよ。なんで君、昭和になったって取り除かれるわけはないじゃないか。重荷を負ったやつは重荷をもっと負おうよ。もっと負わなければ駄目だ。それだけの覚悟をしなければ……。

三好　それは勝手といえば勝手だが、あっさり投げ出すことは考えものだね。しかしこれではいっこう形を成さんね。たとえば三十年本を読んだって、どうもならないですよ。

記者　方々へ眼を配らなければならぬように出来ていますからね。はじめから……。

三好　そうしてわれわれはいつまでも青年のつもりで青年の悩みを悩んでいるわけだからね。フランスなら三十年本を読んでいれば、何かになるでしょう。ところが僕なんかはまだ何とも恰好《かっこう》がつかないんだから。

小林　恰好なんかつかなくてもいいんだよ。

三好　だから恰好のつかん事をしようじゃないか。

小林　あるが儘《まま》の運命を回避しようとしても駄目だからな。

三好　実際滅茶苦茶をやってゆこうという考えしか起らない。それを光栄と考えるより外ない。

小林　だって、それは日本の個性ですよ。僕らの文化の個性ですよ。個性というものは尊重しなければいかんですよ。絶対です。

折口信夫　古典をめぐりて

折口信夫（おりくち・しのぶ）

一八八七―一九五三。古典学者、民俗学者、歌人、詩人。筆名釈迢空《しゃくちょうくう》。大阪府西成郡木津村（現在の大阪市浪速《なにわ》区敷津西1丁目）に生まれる。一九一〇（明治四十三）年国学院大学国文科を卒業、翌一一年大阪府立今宮中学の嘱託教員となる。一三（大正二）年、柳田国男の雑誌「郷土研究」に「三郷巷談《こうだん》」を投稿し、柳田の知遇を得、終生師事する。翌一四年、職を辞して上京。一五年から翌年にかけて『口訳万葉集』を刊行。一九年、国学院大学臨時代理講師となり、同年『万葉集辞典』を刊行。二二年、国学院大学教授。翌二五年、処女歌集『海やまのあひだ』を刊行。二八（昭和三）年、慶応義塾大学国文科教授。四八年『古代感愛集』により芸術院賞、五六年『折口信夫全集』により芸術院恩賜《おんし》賞受賞。その他の著書に『古代研究』『死者の書』『日本文学の発生序説』『日本芸能史六講』等がある。

古典をめぐりて

◆昭和二五年（一九五〇）二月、『本流』に掲載。

編輯部《へんしゆう》 今度国学院大学*の方で折口先生編輯の許《もと》に綜合《そうごう》雑誌を出すことになりましたので、古典を守るということについて話を進めて頂きたいと思います。この古典は文化ばかりでなく、広い意味で生活の総《すべ》てに亘《わた》る古典をば、国学院あたりが守って行かなければならないと思いますが、――そういう意味で、折口先生と小林先生とからおきかせ願いたいと思います。

古典と歴史

折口 いろいろ伺いたいことはあるのですが、私は口不調

国学院大学 明治二三年（一八九〇）、神道の研究教育機関、皇典講究所が国学院を設立、昭和二三年（一九四八）に新制大学となった。

折口先生編輯の許に… 折口信夫は大正八年（一九一九）、三二歳の年から国学院大学の講師を勤めていた。

法だから、うまい話が出来ますか、どうですか。

鎌倉に文学者が非常に殖えましたが、やはり鎌倉の土地の影響というのがありましょうな。何かくらしっくな気持というか……。

小林 ありますね。

折口 鎌倉を軽蔑《けいべつ》する気風が昔はありました。「鎌倉は小き夢のあとどころ。また頼朝《よりとも》の肩うつな。君」、鉄幹*の歌ですが、そんな風に。私なども、鎌倉を一向よい処《ところ》とも考えなかったのですが、二十年この方、ちょいちょいと訪ねて来たりして、何か段々古めかしさが加って来るという感じがして来ました。その点やっぱり、世間の考える古典の時代がさがって来たのじゃありませんかね。その影響を我々もうけるといった……。「古事記*」「源氏*」「宇津保*」なんという時代までは、我々若者として育った頃は、国学院でも扱っていたが、鎌倉時代以降は扱うことは避けていた。学科には、和歌はあっても、俳句なんかはいけなかった。

鉄幹 与謝野鉄幹。詩人、歌人。明治六～昭和一〇年（一八七三～一九三五）。『明星』を創刊、明治三〇年代の浪漫主義運動を推進した。なお鉄幹の原歌は「鎌倉はちさくはかなき夢の跡よまた頼朝の背を拊《う》つな君」（詩歌集「紫」所収）。

古事記 現存する日本最古の歴史書。和銅五年（七一二）成立。全三巻。

源氏 「源氏物語」。平安中期の長篇物語。紫式部の作。

宇津保 「宇津保物語」。平安中期の物語。作者未詳。琴《きん》の名人一家と、皇位継承争いをめぐる物語。

たのです。芝居なんか見に行くことすら、褒められなかったのです。だから江戸文学などはとても話になりませんでした。ですが、今は「無常という事」の時代になりましたので。

（笑声）

編輯部 芭蕉《ばしょう》とか、西鶴《さいかく》とか、あの辺はどういうふうにお考えでしょうか、やはり古典というと芭蕉、西鶴以前のところまで……。

小林 私はそんなふうに時代というものははっきり考えた事はありません。僕なんか日本の歴史とか、文学なんかを実に読まなかったのです。私はやはりフランス語でしたから、若いころはずっと外国文学ばかり読んでいた、中年になってから、これではいかんと思って読み出したのです。

編輯部 最初に取り憑《つ》かれたのはどういう動機からですか。

小林 動機はまあ偶然なのです。私は初め明治（大学）でフランス語を教えていたのですが、やってますと、だんだん詰らなくなったのです。僕は教育者には不適任な男だか

芭蕉 松尾芭蕉。江戸前期の俳人。寛永二一〜元禄七年（一六四四〜一六九四）。

西鶴 井原西鶴。浮世草子の作者、俳人。寛永一九〜元禄六年（一六四二〜一六九三）。

ら、なにか学校で自分の得になる様な教え方をしなければ詰らないと思いだしたのです。丁度その頃学校で歴史も教えなくてはならぬという話が出て、僕がその役を買って出たのです。勉強し乍《なが》ら教えても構わぬだろう、そうすれば学生はどうだかわからんが、自分には大変為《ため》になる事だと考えたのです。当時の文学部長は*尾佐竹《おさたけ》（猛《たけき》）博士でした。先生の処へ行って文化史を講義するから講座をもたせて欲しいと言うと、尾佐竹さんが、日本人で日本文化史という講義のできる先生はいない筈《はず》だから、一つ日本文化史研究としてはどうか、（笑声）で研究という科目を貰《もら》いまして自分で本を読みながら講義をやったのです。

編輯部　やはり中世が一番面白かったのでしょうか。

小林　私はどこが面白いなんというほどそんなに詳しく勉強したことはありません。気まぐれなんです。いろいろ好きなものを読んで、書きたいというアイディアは直ぐ浮ぶのですが、アイディアだけではどうにもなりませんから。

尾佐竹猛　司法官、歴史学者。明治一三〜昭和二一年。明治文化研究会を主宰し、「明治文化全集」を編纂した。著作に「日本憲政史大綱」など。

例えば定家*の歌集を読むと、書くアイディアは直ぐ浮ぶ。併《しか》し「明月記*」を読まなければ書く気になれない。「明月記」を読んでも何に面白くはあるまいとわかっている、それをやらなければ、なんとなるとうんざりして了《しま》うのです。なまけ者は困ります。

折口　貴方《あなた》は本が好きだから、どんどんそんな風に先に行くのでしょうね。其《それ》は私などにもよくわかります。準備ばかりで倒れてしまいますものね。お読みになっても、読みの深さが加って来ているから、従来の人の研究だとか解釈なんというものに対して、疑問や反感がむらむらと起って来るでしょうな。小林さんの、日本のくらしっくを扱われたものを見ると、そればかりだと思います。その点、若い者が非常に影響を受けたがるわけなんでしょうが。

小林　私は勝手に感じを書いているだけで……。

編輯部　奈良や京都は大部お歩きになりましたか、読む代りに歩くということ。

定家　藤原定家。鎌倉初期の歌人。応保二～仁治二年（一一六二～一二四一）。「小倉百人一首」などの選者。家集に「拾遺愚草」、歌論集に「近代秀歌」など。

明月記　藤原定家の漢文体の日記。治承四～嘉禎一年（一一八〇～一二三五）の日記が現存する。

小林　暫《しばら》く向うに住んでいたことがあります。

編輯部　そうですか、その時ですか、日本の古典というものに対してくらしっくな感じを持たれたのは。

小林　その頃じゃありません。その頃は仏教美術の話なぞきかされると閉口していました。

古典文化の理解

編輯部　いつ頃から日本のものに関心をお持ちになったのですか。

小林　十二、三年前です。今言ったように偶然のことです。僕は、歴史を勉強した時にいい本がなくて困りましたな。折口さんに文化史を書いて頂けるといいですが。

折口　私はとてもずぼらだし、そんな方は殊《こと》に駄目ですよ。荒っぽい組織にばかり手をつけて来ましたから。

小林　美術史の本なんかもないですね。

折口　美術は、小林さんは好きだから、その方のいい話が

＊暫く向うに…　小林秀雄は昭和三年（一九二八）三月、東京帝国大学を卒業し、同年五月から翌年春まで関西を放浪、奈良に住んだ。

私にできるといいのだけれども。（笑声）

小林　外国には、美術史を読むと文化変遷《へんせん》が実によくわかるという風なものが多い様ですが、日本にはない。若い人に聞かれると、やはりフェノロサ*の美術史をすすめるより外はないのです。僕は美術なんというものに興味を持ってから国文学を読む読み方が非常に違って来ました。

折口　それは、そういうものだね。国文学を以《もっ》て国文学を知ろうという行き方では、もう行きづまってしまいました。

小林　どうも美術品の方が端的に時代をわからせてくれるところがありますね。「源氏物語」だけではなかなかわからん、どうも頭から這入《はい》ってくるものばかりで判断するので。

折口　我々は「源氏」を読んでも、なにを読んでも、貴方から言われるように、着物の色目だとか、為立方《したてかた》だとか、そんなことばかり注意して来た先輩の恩義を、その方面ばかりから受けて、後へ伝えようとしている。その座敷に何

フェノロサ　Ernest Francisco Fenollosa　アメリカの哲学者、美術研究家。一八五三〜一九〇八年。明治一一年（一八七八）に来日。東大で政治学や哲学を講義する傍ら、日本美術研究を進めた。著書に「東亜美術史綱」など。

が飾ってあるか、庭はどういう風景になっていたかということなどは、頭に入れずに読んでいます。その背景のないやり方です。貴方の話を聞いていると、こたえますね。

小林　ああいうふうなものが綜合できる歴史を書いてくれると助かると思いますがね。

折口　*柳田（国男）先生のなさって居られる為事《しごと》——あれともう少し領域の違う方面にやっぱりあれだけ大知識人が、二、三人でもあると、余程よくなるのだと思いますがね。

小林　ああいう博学な人が二、三人といっても大へんな事だ。やはり金と組織が要りますなあ。いつか「*枕草紙」を読んでいましてふとこんな事を考えた事があります。清少納言が*行成《ゆきなり》をからかっている処がある。普通の評釈を見ると清少納言の観察の鋭さがどうのこうのと書いております。併しよく読んでみると行成の方が女を馬鹿にしていて、女にはそれがわからぬという事がわかる。現代の評釈者がどうしてそういう処に気がつかぬかというと、行成という人

柳田国男　民俗学者。明治八年（一八七五）兵庫県生れ。著書に「遠野物語」「蝸牛考」など。昭和三七年（一九六二）没。

枕草紙　平安中期の随筆。清少納言著。「枕草子」。

行成　藤原行成。平安中期の能書家。天禄三～万寿四年（九七二～一〇二七）。小野道風、藤原佐理とともに三蹟の一人。「枕草子」（岩波文庫版）には第四九段、第一三三段等に登場する。

の偉さは、もうわからなくなっているからだと思うのです。清少納言の文章の面白さは僕等にもすぐわかるが、行成の字の美しさはもうわれわれからは遠い処にある。若《も》し行成という人の全人格は字で表現されているという事であれば、もうそれはわれわれには大変難かしい問題になります。要するに書道というものの文化史的な価値というものがわからなくなって来た事は、文学の鑑賞の上でも大変違った事になるでしょう。*「古今集」の詩人は字の美しさと歌の美しさと恋愛行為と皆一緒にして歌というものを考えていた。今では岩波文庫で「古今集」を読みます。全然違ったものを読んでおる事になる……。

折口　そうは考えないでもないが、分解してふれて行くのが安易な道なので……綜合して感受する筈の人でも、やっぱり切り放して言をいう……。

編輯部　平安朝時代も相当なものの歌はやはり綺麗《きれい》な色紙に書いたようですね。

古今集　「古今和歌集」。最初の勅撰集。醍醐天皇の命によって紀貫之らが撰集。延喜一三年（九一三）頃成立。二〇巻。約一一〇〇首を収める。

折口　当時の文学というより歌は、実用的のものだったから、その目的を完全に果す為に、文字や絵様《*えよう》いろいろ心を尽して、効果を盛り上げようとしたでしょう。

編輯部　どういう紙でよこしたかということを非常に気にしていましたね。

小林　僕はやっぱり古典というものは理解するのに苦労する処に面白味がある様に考えます。古典の現代訳というものは成功しませんね。どうもあれは妙な事だ。新訳何々というものは……。

折口　文体がどうしても変ってしまうからです。古典を口訳することになると、江戸時代の語だと、我々の語彙《ごい》に残っているのですからてにをはや、副詞や又それぞれの省略した言い方まで訳しても実にたのしく、わりにぴったりと訳せられた気がするのですが、明治・大正・昭和の語になると、訳する言葉が非常に少くなるのですね、少い筈はないのだと思うけれど、事実は事実なのです。一つは我々の

絵様　図案、図柄。

思考の対象が変って来ている。情緒的な表現ならば、大して気にかけなくなった。そういうところがあります。

小林　温故知新*という事は難かしいですね。どうも逆に知新温故という具合になりたがる。現代の方から歴史を観念的に解釈する傾向があります。その方が易しいですからね。しかしこれは本当の利益にはなるまいと思うのです。文学も美術も時代の日常生活の裡《うち》に溶け込んでいる、その溶け込んでいるところを直覚するという事が大事だと思うのです。そういう直覚を養う労をとらず、ある時代の文学的観念、美的観念を作り上げて了うという傾向が非常に多いのではありますまいか。例えば、昔の人にとって瀬戸物の美しさとは、それを日常生活で使用することの中にあった。利休*の美学は、そこから生れております。現代では瀬戸物の美しさを硝子《ガラス》越しに眺めている。それで十九世紀西洋美学には抵触しないのですよ。瀬戸物の美しさが観念だけのものになって了っている事に、気がついていないのです。

温故知新　故《ふる》きを温《たず》ねて新しきを知る。古い物事を研究して、新しい知識や見解を開くこと。「論語」〈為政篇〉にある言葉。

利休　千利休。安土桃山時代の茶人。大永二年〜天正一九年(一五二二〜一五九一)。和敬清寂の境地を重んじる侘び茶の諸形式を完成させた。

茶器屋さんは、これを鑑賞陶器と皮肉っています。

折口　書物の方の古典と、鑑賞陶器とは又ちょっと違うでしょうね。

まあそういう相違も承りたいものです。古典的な喜びというのは、比喩《ひゆ》的な意味で触れているだけで嬉《うれ》しいと謂《い》ったことがありますね。美術品を眺めているように、その本の内容まで入りこまなくても、文学の光輪みたいなものに触れるということもあろうというものです。

余程古い時代の文学は、そういう傾きがありますね。「古事記」だとか、「*万葉」の古い傾向の人の歌などいうものは、鑑賞陶器ですね。「*大君《おほきみ》は神にしませば天雲《あまくも》の雷《いかづち》のうへにいほりせるかも」などは、文学味が分解されてしまって、鑑賞陶器みたいな味いが残っていますね。*支那から渡った紫色の皿ですが、此《これ》などはちょっといい気持ちでひきつけられるのです。今日持って来て見て頂いたらよかったな。（笑声）

万葉　「万葉集」。日本における現存最古の歌集。二〇巻。五世紀の初めといわれる歌から八世紀半ばの歌まで、約三五〇年間の長歌・短歌等約四五〇〇首を収録する。

大君は神にしませば…　「万葉集」巻三所収、柿本人麻呂の歌。

支那　かつて中国に対して用いられた呼称。

小林　はあ、それは残念です。

伝統について

編輯部　やっぱり現代文学でも空廻りしている感じのものが近頃特に多い気がします。そういう意味でこの日本の作品の古いものを――今の人が取上げなければならないようなものを――ぶつかってやれば相当びっくりするものがあると思います。室町とか、江戸の初期のものを……。

小林　僕は伝統主義者ではないので、文学はやはり西洋のものを尊敬しております。自分の為になるもの、読んで栄養がつくものはどうしても西洋人のものなんです。若い人でやっぱり西洋文学をどんどんやるのが正しいと思います。何と言っても近代文学は西洋の方が偉いです。併し物を見る眼、頭ではない、視力です。これを養うのは西洋のものじゃだめ、西洋の文学でも、美術でも、眼の本当の修練にはならない。日本人は日本で作られたものを見る修練をしないと眼の力がなくなります。頭ばかり発達しまして。例えば短歌なんかやっている方は、日本の自然というものを実によく見ている。眼の働かせ方の修練が出来ているという感じを受けますが、西洋風な詩を作る詩人のものを読むと、みな眼が駄目です。頭だけがいい。

編輯部　映画なんかでもそうだし、とにかく動いているものを見る機会が随分ありますね。画を書く人は又それとは別ですけれども、*川端康成さんなんかはお会いしただけでも、目を見るとこわくなるが、作品にもそういうことが感じられます。詰り見るという修練が積まれているからですね、自ら記して、日本文学の伝統というものを守るのだということを言っております。

小林　僕は伝統というものを観念的に考えてはいかぬという考えです。伝統は物なのです。形なのです。妙な言い方になりますが、伝統というものは観念的なものじゃないので、物的に見えて来るのじゃないかと思うのです。*本居宣《もとおりのり》

川端康成　小説家。明治三二年（一八九九）大阪生れ。この年五一歳。作品に「伊豆の踊子」「禽獣」「雪国」など。昭和四七年（一九七二）没。

本居宣長　江戸中期の国学者。享保一五～享和一年（一七三〇～一八〇一）。著作に「石上私淑言」「紫文要領」「古事記伝」「玉勝間」など。

長《なが》の「古事記伝*」など読んでいて感ずるのですが、あの人には「古事記」というものが、古い茶碗《ちゃわん》とか、古いお寺とかいう様に、非常に物的に見えている感じですな、「古事記」の思想というものを考えているのではなくて、「古事記」という形が見えているという感じがします。

折口　宣長のしたところを見ると、漠然と出来ている「古事記」の線を彫って具体化しようとして努力している。私等とても、そういう努力の痕《あと》を慕い乍《なが》ら、彫りつづけている。だが刀もへらも変って来た気がする。も一度初めから彫りなおしてもよいのではないかという気もします。

編輯部　やっぱり今の作家は古典というものを作り過ぎていますね、宣長先生は誇張がなくてすなおに入っている。

折口　日本では、古代に対しては、もっと考えねばならぬ方法を棄《す》て、安易な方面だけについているという気がします。考古学で行くような形で、古典がわかると思っているのでしょう。考古学は、資料のある程度までの出揃《でそろ》いとい

＊古事記伝　本居宣長の「古事記」の注釈書。四四巻。明和四年（一七六七）頃から三〇年余をかけ、寛政一〇年（一七九八）に完成した。

うことを基礎として、概論を出すのです。此《こ》の方法では、だから古典研究は成り立たないのです。其《それ》を考えていますか知らん。又、考古学そのものについても、平安、鎌倉などの文学の背景になる平安朝とか、中世以後のものに対する考古学は割合に発達して居ないから、此の方面から、よい背景の供給を望むことが出来ません。此は何と言っても、偏《かたよ》り過ぎています。金のかからぬ学問、異論の出ることの少い学問へと進んで行って、後へ戻って来ないのは、よくありません。考古学はえすのろじい*に留るものではないのですから。

批評について

編輯部　批評の問題ですが、批評の時代が来たという話をちょっと伺ったのでありますがね。――批評は小説より優位にあるということを伺ったのでありますがね。

小林　いやそういう意味じゃないのです。想像力が衰えた

えすのろじい　ethnology（英）民族学、人種学。

から批評的にならなければならないという意味であります。

編輯部　先程の、ものを見る眼と関連がありますね。

小林　いやそうじゃない。やっぱりものよりも意見の方が、解釈の方がそういうものの方が、尊重されて来たのですね。黙って見ているものから生れてくるというようなものがなくて……。

編輯部　*幸田露伴の「*連環記」を読みましたが、*保胤《やすたね》等のことを書いておりますが、保胤が当時の詩人の作品の批評をやっておるように、これは戦場を颯爽《さつそう》として馬を走らせたような作品だとか、盲目の姿とか、そういうような姿で形作っておる。それならどういうことになるのだというと、我々には分りにくいが、ああいう姿で性格が描かれてくるのでしょうね。それは今でも何でも何々主義とか、何々式とかいう――批評にならないがね。*兼好あたり、「徒然《つれづれ》」あたりになると、はっきりして来ますね。今のものに近い批評がありますね。兼好なんかあの時代をどういうふうに

幸田露伴　小説家、劇作家。慶応三～昭和二二年（一八六七～一九四七）。

連環記　幸田露伴の随筆風の歴史小説。昭和一五年（一九四〇）発表。平安朝の文人慶滋保胤にはじまり、僧増賀、大江定基、赤染衛門へと環つなぎに語る小説。

保胤　慶滋《よししげの》（賀茂）保胤。平安中期の漢詩人。承平一頃～長保四年（九三一頃～一〇〇二）。僧としての名声も高かった。著書に「池亭記」「日本往生極楽記」など。

兼好　鎌倉末期の歌人。弘安六年頃～文和一年以後（一二八三頃～一三五二以後）。随筆集に「徒然草」、家集に「兼好法師集」がある。

見ておったか。とにかく神道もやり、そうして仏教をやり、道教をやり、相当思想的にはひろくわたっておりますね。

小林　あの人の生活、よく分っていないのですが。

折口　「無常という事」を拝見しても、あれに関連したものにしても、ああいうあなたの書き物は鎌倉のあなたの生活が土台になって居りますね。兼好だって、内部に十分鎌倉生活がありますね。併《しか》し兼好は自分の同感できる鎌倉というものを探して居る。だからつっぱなされたような感じがしませんね。自分たちも兼好に導かれて鎌倉を見物しているのだから、兼好のは歴史として見た鎌倉なのであるから……。

編輯部　批評をするのでも、もう少し小説家のスタイルで批評できないかと思いますがね。そういう点では泉鏡花*とか、石川淳*とかは小説家のスタイルでもって、近代的な批評をやっておると思いますがね。あれを戯作《げさく》者といって切りすてる人がありますが、とにかく浮世というものを実に

泉鏡花　小説家。明治六〜昭和一四年（一八七三〜一九三九）。作品に「高野聖」「歌行灯」など。

石川淳　小説家。明治三二年東京生れ。小説に「普賢」、評論に「森鷗外」など。昭和六二年没。

鋭く批評しておりますね。本人はどうであるか分りませんが、キリスト教なんかでも褒めるでもけなすでもなく、何かの形で批判しておりますね。坂口*（安吾）氏や田村*（泰次郎）氏あたりのを読むと、肉体ということが非常にみにくくあさましく感じられますが、石川さんのは肉体というものは綺麗《きれい》に浄化されておりますね。

折口　坂口君のものは、底に違ったものがある。其が出ようとしているが、坂口君がも一つ努力をしない。あの人は、表面から見ている安易な作家ではない。本音が出ないのだと思うのです。

小林　この頃実に読んでいないのですよ。

折口　戦争の峠に達した頃からの癖で、むちゃくちゃに読みますが、こんなのは読まないのとかわりません。作家の名前を見ないで読んで居るという結果になります。誰も彼も境目もなくて、唯《ただ》読むのです。作家が悪いのじゃないでしょうが、其れでも、印象深い作に出あいそうなものです。

坂口安吾　小説家。明治三九年新潟県生れ。作品に「白痴」など。昭和三〇年没。

田村泰次郎　小説家。明治四四年三重県生れ。作品に「肉体の悪魔」「肉体の門」など。昭和五八年没。

ずっと前の古い小説も、そんなわけで随分今になって読みとおしました。「八犬伝*」なども、とうとう最後までよみあげましたよ。一つお暇なときに、何か解釈に堪える力のある、豊かな作物の、何か古いものの研究を聞かして頂きたいと思います。どうか、もう一遍都合をつけて頂きたいものです。今まで誰も考えたことのない新しい註釈事業が出来そうなものだと思うのです。

小林　飛んでもない。私の方から折口先生のお話を伺いたいのです。

編輯部　芭蕉や西鶴はだめでしょうか。

小林　まだ勉強が足りないからだめですよ。やりたいことが沢山ありますが、出来ませぬ。僕はとても気まぐれで何でも興味があるので困ります。

折口　新しい雑誌「本流」は、元の「国学院雑誌」の愛読者を継承して知識の水準を上げるという目的も一方にあるのですから、今の小説家についてでも適切な批評でも聞か

八犬伝　「南総里見八犬伝」のこと。曲亭馬琴作の伝奇小説。文化一一～天保一三年（一八一四～四二）刊。全九輯九八巻一〇六冊。安房の武将里見義実の娘伏姫の胎内から飛び散った仁、義、礼、智、忠、信、孝、悌の玉をもつ八犬士が、里見家に参じてその再興に活躍する。

して頂きたいと思います。

小林 僕は実に読んでいないのです。

編輯部 ちょうど小林さんが批評界に出て来られたときは、川端さんとか、横光（利一）さんなんかと同じですか。

小林 僕は後輩です。

編輯部 そうすると批評の対象にしたのですね。横光さんとか、堀*（辰雄《たつお》）さんとか、川端さんを……。

小林 僕は批評家になるとは思っていなかったのです。

編輯部 作家としては、「X*への手紙」などがあるのですね。

小林 僕なんか自分でも考えておりますが、こういうごたごたした時代の本当の子供ですね。何も纏《まと》まらないでしょう。

編輯部 何か新しい文学運動なんかをやるという気持はございませんか。

小林 ありませんね。自分のことだけ考えておりまして……。

堀辰雄 明治三七年（一九〇四）東京生れ。作品に「聖家族」「風立ちぬ」など。昭和二八年（一九五三）没。

Xへの手紙 小林秀雄初期の小説。昭和七年九月、『中央公論』に発表。

演劇について

編輯部　日本の演劇なんか見る機会がございますか。

小林　僕はよく歌舞伎を見ました、学生のときに。その後は余り行きません。

編輯部　歌舞伎ではどういう方が御ひいきですか。

小林　そんなものは……。折口さんは今でも歌舞伎を御覧になりますか。

折口　私は若い時から無駄に見て居るだけです。今でも、若い仲間が行きますから、つい誘惑せられまして。だから結果は、何十年見ていても、何一つ見ていないのと同じことです。

編輯部　芝居は時代物*の方が好きですか。それとも世話物*の方が好きですか。

小林　何でも好きでしたね。あの頃は築地*小劇場のあった頃です、私は新劇の方はあまり見ませんでした。僕は歌舞

時代物　浄瑠璃や歌舞伎で、江戸期以前の武家社会に題材をとった作品。

世話物　浄瑠璃や歌舞伎で、江戸期の町人社会に題材をとった作品。

築地小劇場　大正一三年（一九二四）、小山内薫・土方与志を中心に結成された劇団。また、その劇団が、東京築地に建てた新劇専門の劇場。翻訳劇などを上演したが、昭和五年、劇団は解散した。

伎ばかり見ておりまして。新劇の方は芝居を見るより書物を読んでいた方がいい様に思いましてね。この間、随分久し振りで*真船《まふね》(豊)君の「*黄色い部屋」を見て面白かったです。日本の新劇もやっとのんき気に見ていて面白い処《ところ》まで来た、という様な気がしました。観衆もいろいろで、新劇ファンという様なものではなかった様です。いつまでも新劇ファンを相手にしていて、新劇が発達するわけはないと思います。中国の新劇も日本の翻訳劇からもともと発達したのですが、どんどん大衆化しております。向うの方が現実派です。日本人は理想派です。

折口　支那に行ってあちらの舞台を見ると、新劇もなかなか盛んなようですが、構成を改めたりしたことはありませんか。……古典的なものから新劇までみんなありますか。

小林　みんなあります。いろいろのものをやっております。

折口　技術や工夫は、そのまま出て来ますか。

小林　僕は、上海で洋画の展覧会を見ていましてね。日本

真船豊　劇作家、小説家。明治三五年福島県生れ。この年四八歳。作品に「鼬《いたち》」「中橋公館」など。昭和五二年没。

黄色い部屋　昭和二三年九月、俳優座で初演。敗戦直後、東京山の手に焼け残った二階家の、階上の若夫婦と階下の老夫婦を対比しつつ当時の荒廃と混迷、生への執着を描く。

人が実に理想主義者だという事を痛感しました。中国には西洋の技術だけがはいっているのです。日本の洋画運動は技術がはいったというよりも、新しい思想がはいった、思想運動だった。*ゴッホが耳を切ったと聞けば、鼻を切る画家が出て来るという調子なのです。新劇だってそうなのですよ。西洋の第一流の近代劇の忠実な再現でなければ承知しない。芝居が経済的に成りたたなくても、それでなければ承知しない……。

平安朝の時代

編輯部　平安朝時代も詩や漢詩文の方は或《あ》る意味でよいが、物語のように新しいものが出て来ない、だから尊重するとすれば歌のあたりが一番だと思いますね。

小林　平安朝時代の漢詩には立派なものは全くないのですか。

折口　やっぱり伝説上の偉人になるだけあって、*道真《みちざね》は漢

ゴッホ　Vincent van Gogh　オランダ生れの画家。一八五三〜一八九〇年。一八八八年、フランスのアルルで画家ゴーギャンとの共同生活を始めたゴッホは、次第に彼と対立し、一二月二三日、口論の末、錯乱して自分の左耳の一部を切り落とした。

道真　菅原道真。平安前期の学者、政治家。承和一二〜延喜三年(八四五〜九〇三)。宇多天皇、醍醐天皇に重用され右大臣になったが、延喜元年、大宰権帥《だざいごんのそつ》に左遷され同地で没した。編書に「類聚国史」、詩文集に「菅家文草」など。

文学の上では、立派な人です。唯《ただ》前型を追うというのが、道徳だった時代ですから、概して誰も彼も独立したものを持っていませんね。模倣という事実になって現れます。技術などみすぼらしくても、奈良朝以前の方が、作物も少いが、生活力は出ているようですね。平安時代の類型尊重の習慣――というより伝統――を考えないでは、意味のない文学史になります。尤《もっと》も、日本どころか、本家の支那の文学だって、伝統々々で、類型を追っていたのです。

編輯部　女の方が偉かったんじゃないのでしょうかね。

小林　どうも僕はそういう所がよく分らないのです。やっぱり男が偉かったのでしょうが、あの頃の男の偉さということが今は分らなくなって了《しま》ったのじゃないかと思います。女の偉さというものは、今の人から見ても分りやすいというに過ぎないのではないかと思います。

折口　本当はあの頃の一流の人というのは、文学に行かなかったのです。だからその人の天稟《てんぴん》*で文学にかかりあうと

*天稟　生れつき備わっているすぐれた才能。

いうだけでも、第一等の貴族のすることではないと思っていたのです。だから、道真は才能以下に侮辱せられたのです。大貴族と言われた人々は古い自由の生活をそのまま続けており、共に新しい才学もとり入れて来るが、此《これ》は装飾だと思っている。だから装飾を身につける必要はあるが、装身具専門家になっては駄目だった。学者芸術家は装身具の製作者で、生活力のある人は、そんな才学者の階級にあるとは思わなかった。実際、当時第一流の人物の人間としての生活力というものは、素晴らしかったと思いますね。「色好み」という語が、此を表していました。女の作家が勢いを持っていた時代ですが、これも結局は装身具業者みたいなものですね。一流の人たちに親近している。其《それ》で男性の才学を持った人たちを見るのに、自分の主人のするような見方で対していた訳です。だから事務官よりも下に博士級の人がいる。其等は女性たちの軽蔑《けいべつ》の的です。そうして才学を根柢《こんてい》として頭をあげた事務官連に手腕はあっても、これもやはり其が才学によって立つ以上、世の中から軽く見られる。其の世の中のまなこの代表者が、当時の女流だったのです。

編輯部　*藤原公任《きんとう》なんか割合面白いでしょうね。

折口　藤原公任でも、やはり事務官らしい色彩が濃厚だし、あの天分に相応するだけの評価は得ていない。まるで*幇間《ほうかん》みたいな面ばかり著しく伝えられている。

編輯部　*紀貫之《きのつらゆき》なんかを一流と言えば三流から四流ぐらいありますね。

折口　貫之を私は軽蔑しないけれども、為事《しごと》よりも天稟の方が低い様ですね。企図する所は正しいが、動機が伸びない嫌いがありますな。歌なんかでも計画性だけがはっきり出ていて、情熱が燃えていませんね。散文はそれと性質が違うだけに、この方は成功しましたがね。公任など、そんなに問題にしたくありませんが、どうしてあれで小説、物語というようなものを書かなかったかと思われるでしょう

藤原公任　平安中期の歌人。康保三〜長久二年（九六六〜一〇四一）。故実に明るく、名筆家として知られる。「和漢朗詠集」「拾遺抄」などの撰者。著書に「新撰髄脳」、家集に「公任集」など。

幇間　酒席にはべり、面白い話や滑稽な短い芸で客を楽しませる職業の男性。たいこもち。男芸者。

紀貫之　平安前期の歌人。貞観一〇年頃〜天慶八年頃（八六八頃〜九四五頃）。紀友則らとともに「古今集」の撰者となる。家集に「貫之集」、著作に「古今集仮名序」「土佐日記」など。

が、尤も、書かなかったとは限りませんが、書いて見たところで物語の為には、男では、文体が違うからね。女文体でなければ、自由な物語的の発想が出来なかったのだから、やっぱり書けないでしょうな。尤も、*源　順《みなもとのしたごう》や、*堤中納《ちゅうな》言《ごん》（兼輔《かねすけ》）などが、物語作者に擬せられているけれど、此は信じないのですから。文体が違うということに、其で行かねばある種の文学は出来ないということになるのですから。我々が簡単に思うようなものではないと思います。

詩と小説

編輯部　話は変りますが、もののあわれの歌が生きている物語という点で川端さんの「雪国*」なんかどういうふうに考えておりますか。

小林　やっぱり川端さんの代表作でしょう。こういう事があるのです。例えばフランスですと、近代になっても文学運動の先端を切るとか、革新的なことをやるとか、そうい

源順　平安中期の歌人、学者。延喜一一～永観一年（九一一～九八三）。「後撰和歌集」の撰者の一人。著書に「倭名類聚抄」、家集に「順集」など。「宇津保物語」「落窪物語」の作者に擬せられている。

堤中納言　藤原兼輔。平安前期の歌人。元慶一～承平三年（八七七～九三三）。家集に「兼輔集」など。「堤中納言物語」の作者あるいはモデルに擬せられた時期があった。

雪国　川端康成が昭和一〇年（一九三五）から昭和二二年にかけて諸誌に分載した小説。雪国の温泉町を舞台に、主人公の文筆家島村と芸者駒子、少女葉子の心の動きを描く。

う事は詩人がやった事が多いのです。二十世紀になってもそうなのですが、日本では外国文学が入って来て詩人の権威というものが近代文学の中になくなって了ったのです。だから文学の先端を切るのは小説家という事になった。ところが小説という形式は、もともと社会的な大衆的な形式なのだから、そこにいろいろ日本独特な動きが現れたわけです。純文学と大衆文学との異常な対立という事も日本でなければ考えられぬ現象です。日本では、文学の指導性というものを小説家が握っているという事になったから、そうならざるを得んのです。純文学なんていう言葉も妙な言葉です。純文学運動は小説の運動というより、寧《むし》ろ西洋流に言えば詩の運動なのです。小説の形式で詩を書いているのです。それが日本の純文学。川端さんの「雪国」でも散文詩というものでしょうなあ。世界に通用する意味での小説ではありませぬ。

編輯部　そういう流れというものが近頃の小説家に、日本の文学界自体にそうした小説という物語の中に抒情詩《じょじょうし》的な、詩的なものが含まれるという伝統、そういうものがあって、そういう所を取ったのじゃないか。「源氏物語」にしても、*女房ものにしても、西鶴のものにしても、そこには和歌とか、詩というようなものが土台になって小説ができ上っております。それが今の日本人にも或る意味ではたらいておるように思いますが……。

小林　まあそういう国柄というところもありましょう。併《しか》し、純文学と大衆文学はだんだん近付いてくる傾向でしょう。

編輯部　何かそうした種子を持っておるような人を見出されておったのでありますか。

折口　もう一遍新しい形で生れ更《かわ》って来ているかも知れませんが。なるべく抒情詩的な散文学は我々でうちきりにしてやりたいものです。子孫の為にね。我々はその為に苦しんだから。苦しみを再びさせない為に。詩その物にし、詩

女房もの　「女房」は朝廷に仕える女官で、一人住みの房を賜っている者、の意。ここは、清少納言、和泉式部など、文才のある女房の手による文学作品のこと。

的な感覚が文章に出て来るということも結構だが、どうも此は新感覚派＊が人道主義の時代＊についで出た、あの頃の程度ではもういけないと思います。西洋では、詩人から、小説家に転向したのに、傑《すぐ》れた人が多いではありませんか。ろうま語の限界を超えた国＊では、もうわからん。いくら翻訳しても詩というものは、根本普遍性のないものですな。あんな文学に普遍性を要求していながら、外国詩は、日本人が読めば、西洋の詩はわからない。日本の現在の詩も、西洋人が見ても分らないでしょうね。それでも此頃のは、外国文体に近い表現ですから、外国人に分りましょうかね。どうもあぶないものだと思います。私の知って居る詩人たちは、みんな翻訳体で行ってるが分るのでしょうかな。英語だけしか読めない、其も心細い我々では、外国の詩は見ても散文を読むのと同じですしね。翻訳味の詩は、おもしろくない上に決る所を逸《そ》らしてます。

小林　僕なんかもフランス語の詩を訳したことがあります

新感覚派　大正末期から昭和初期にあらわれた文学の一流派。同人雑誌『文芸時代』に拠った横光利一、川端康成、中河与一らがこの名で呼ばれた。

人道主義の時代　「人道主義」はここでは白樺派のこと。文学・美術雑誌『白樺』(明治四三～大正一二)に拠った作家たち、武者小路実篤、志賀直哉、有島武郎、岸田劉生、高村光太郎などが輩出した大正時代をさす。

ろうま語の限界を超えた国　ラテン文字文化の影響が及ばない国、すなわち日本のこと。

がね。こちらのものを向うに分らせるのと、向うのものをこちらに分らせるのとでは、やはりこちらの方が、私達の方が分り易《やす》いように思いますね。その点日本人というのはどうも得をし過ぎております。（笑声）併し又原語でなければ分らないということはよく言いますが、原語で読むと言いましても、私達はそれを訳しながら読んでおりますからね。

折口　そうでしょうな。原語で読むと言っても、勿論《もちろん》すぐに這入《はい》らないのだから、やはり分らぬところは出て来るでしょうな。

小林　寝言もフランス語で出て来るような域に達しない限り原語で読むなどとは言えませぬ。

折口　日本の漢詩のように、半分以上日本語で、半分以下だけ支那語的に読む。作る時も、支那風に発想するのでもないというようなものは一種の散文詩ですからな。（笑声）*室生（犀星《さいせい》）さん、*佐藤春夫さんのような人が、此《これ》からも

室生犀星　詩人、小説家。明治二二年（一八八九）石川県生れ。この年六一歳。詩集に「抒情小曲集」、小説に「あにいもうと」など。昭和三七年（一九六二）没。

佐藤春夫　詩人、小説家。明治二五年和歌山県生れ。この年五八歳。詩集に「殉情詩集」、小説に「田園の憂鬱」「都会の憂鬱」など。昭和三九年没。

出て来るでしょうか。

小林　又、出て来ると思います。

折口　そうであってほしいものです。

編輯部　それではこのくらいにしまして、……有難うございました。

一同　どうも御苦労さま。

一同　うんと尾を引いて……
ワーイッ
同勝治　なんだちやわからねえ、みんなでデモるんだ、
社口　ちよつとその葉つぱこつちへ
小林　父さん今度はね、
出よ来るやうに……

福田恆存

芝居問答

福田恆存（ふくだ・つねあり）

一九一二年―九四。文芸評論家、翻訳家、劇作家、演出家。東京市本郷区東片町に生まれる。三六（昭和十一）年、東京帝大英文科卒。「作家精神」「行動文学」の同人となり、「横光利一論」「嘉村礒多《かむらいそた》論」等を発表。四七年「思索」に「一匹と九十九匹と」を発表し、政治と文学との明確な分離を主張。また、近代的知性や自意識や日本の知識人の偽善にも鋭い眼を向け、『平和論の進め方についての疑問』『人間・この劇的なるもの』を刊行。『私の国語教室』では歴史的仮名遣い擁護論を展開し、劇作家として『キティ颱風《たいふう》』『竜を撫《な》でた男』『明智光秀』等を、翻訳家としては、名訳の誉れ高い『シェイクスピア全集』を刊行した。また、「文学座」「劇団雲」「劇団欅《けやき》」「劇団昴《すばる》」等で演出した。七一年「総統いまだ死せず」で日本文学大賞、八一年に芸術院賞をそれぞれ受賞。八二年に芸術院会員。

芝居問答

福田　いろいろ小林さんに伺いたいと思いますけど、何から……?「誤解」とイプセン

小林　芝居の話ばかりでなくてもいいんでしょ?

福田　まあ、ぼつぼつ話しましょう。最近、なにか新しい戯曲を読みましたか。

小林　カミュ*の「誤解」*(「演劇」八月号)っていうの読みましたよ。

福田　サルトル*の芝居は?

◆昭和二六年(一九五一)一一月、『演劇』に掲載。

カミュ Albert Camus フランスの小説家、批評家。一九一三年アルジェリア生れ。小説に「異邦人」「ペスト」、戯曲に「カリギュラ」など。一九六〇年没。

誤解 Le Malentendu カミュの戯曲。一九四四年初演。暗い生活から逃れようと罪を犯すホテル経営者の女性マルタを描く。

サルトル Jean-Paul Sartre フランスの文学者、哲学者。一九〇五年生れ。小説に「嘔吐」、戯曲に「蠅」など。一九八〇年没。

小林　いや、読まなかったな。
福田　どうですか、カミュの芝居は?
小林　ぼくはそんなに面白いと思いませんでした。
福田　ぼくも、カミュもサルトルも、あんまり面白いと思わないんですけどね。どういうことでしょうかね、その面白いと思わないというのは。
小林　あれ、例えば*イプセンなんかと同じテーマだけどね、イプセンが書くと、どうも全然ちがう書き方をすると思うんだが。あれには心理的なものがないんだな。
福田　ないですね。観念劇です。
小林　心理的なものをわざと抜かしてるんでしょうね。
福田　ええ。
小林　しかし、わざと抜かしちゃって、それを舞台にかけてだね、何んで抜かしたものを取返すかね。
福田　原文を読まないから判《わか》らないんだけども、セリフの美しさというようなものがあるんじゃないでしょうか。た

*イプセン　Henrik Ibsen　ノルウェーの劇作家。一八二八～一九〇六年。作品に「人形の家」「野鴨」など。

しかに心理的なものはないわけですね。だけど、相対的に考えりゃ、前の部分のほうにそれがあって、後の部分のほうはないんじゃないですか。心理的っていうと、少しズレて来るかな。いわば日常性っていいますかね、そういうようなものは、前半にはいくらかありますね。それで前半の場合には、後半にああいう観念が出てくるっていうことは、ほとんど予期しないでお客は見ちゃうんじゃないでしょうか。

小林　ええ、そう。例えば、あのマリアっていったかな……。

福田　マリアっていうのは、奥さんのほうでしたか。

小林　ええ、奥さん。あれがさ、夫が殺されたことを知るでしょ？　知るとね、驚かないで途端に名セリフが出てくるんだね。ああいうようなところ気にかかるんですよ。あ あいったところを、いったい俳優はどういうふうにやるかな、と思うんですよ。

福田　ええ。あの男が死んでしまってから、マリアとマルタの会話から芝居が始まるっていう感じがしたんですよ。何か次元がちがっちゃってるんじゃないかっていう気がするんです。

小林　そう。イプセンなんか読むと、非常に古典的な感じがするのだが……。

福田　ええ。

小林　非常によく構成された、形式的に隙《すき》のないもので、俳優もチャンと動けるようになってる。だけど、あの芝居は何か呑《の》み込めないところがあるんだな。

福田　カミュの場合は、こういうことじゃないでしょうか。あれは原文は散文劇ですね。散文では古典的な形式と日常性との間の、うまい練り合せが出来なかったんじゃないか、そういう気がするんですね。あれの最初の思いつきは新聞記事でしょう？　それを楯《たて》にとって言うわけじゃないけど、そういうものを古典的形式に高めるまでに観念が熟してないんだと思うんですよ。

小林　ええ、そうかも知れない。それから、観念がもうちがうな。古典的な悲劇の観念ではないから。

福田　ちがいますね。うっかりすると、スリラーになってしまいそうなものです。

「カクテル・パーティ」の原型

小林　例えばエリオット*の「カクテル・パーティ*」ね。あいうようなものを読むと、破綻《はたん》がないと思う。観念と劇形式とが、ピッタリしてるんですよ。

福田　小林さんのおっしゃる、悲劇の観念がちがうというのは、イプセンなんかはギリシャ悲劇*の観念に近いという意味でしょう。それでカミュ、サルトルというのは、ちょっとちがうんですね。それをもっと根本的にいうと、どういうことなのかな。

小林　カミュの観念は、悲劇をこしらえるのにはあんまり

エリオット　Thomas Stearns Eliot　イギリスの詩人。一八八八年生れ。作品に「荒地」など。一九六五年没。
カクテル・パーティ　The Cocktail Party　エリオットの詩劇。一九四九年発表。
ギリシャ悲劇　紀元前六世紀後半に、古代ギリシャのアテナイでディオニュソス神に奉納する芝居として始まり、前五世紀のアイスキュロス、ソポクレス、エウリピデスの三大悲劇詩人によって洗練完成された演劇。アイスキュロス「オレステイア三部作」、ソポクレス「オイディプス王」、エウリピデス「メデイア」など。

グロテスクな観念なんですよ。むしろ、あれは喜劇にいくんですよ。

福田　そうですね。喜劇にすれば面白いですね。「*毒薬と老嬢」みたいなスリラー喜劇になればね。

小林　それを悲劇的に書いたところが、難かしい事になったのではないだろうか。

福田　ぼくは翻訳したあとで知ったんですけどね、「カクテル・パーティ」――あれはギリシャ悲劇の*エウリピデスから採ってるんですね。エリオットが自分で種明かしをしてるんですよ。――あれを読んだ人だって、私が事こまかに説明しなければ、エウリピデスから来てることは、ご存じないだろう、そう書いてるんです。エリオットはあれをエウリピデスの「*アルケスティス」という悲劇から採ったんですね。

アルケスティスというのは、アドメトスという男の妻です。アドメトスが運命の神からつけねらわれたとき、アポ

毒薬と老嬢　Arsenic and Old Lace　アメリカの劇作家ケッセルリング Joseph Otto Kesselring（一九〇二～一九六七）の喜劇。一九四一年作。砒《ひ》素《そ》を使って人殺しをする無邪気な老姉妹が主人公。

エウリピデス　Euripides　古代ギリシャの悲劇詩人。前四八四年頃～前四〇六年。作品に「メデイア」「トロイアの女」など。

アルケスティス　Alkestis　エウリピデスが前四三八年に上演した戯曲。

ロンの口添えで助けてもらって、その代り、妻が身替りになればという条件をつけられるんです。それで妻のアルケスティスが身替りになって死のうとするんですね。そうすると、死んだ途端にヘラキュレスがやって来るんですよ。主人公のアドメトスは、奥さんが死んだということをハッキリ言わないで、誰か他人が死んだようなふうをして、遠来の客だからと言って歓待するんですね。それでヘラキュレスは酒を飲んで歌を唄うんですよ。「カクテル・パーティ」ではライリーがおなじことをやってます。ところが、あとでそこの家の奥さんが死んだんだと知って、ヘラキュレスが奪回にいってやるんです。ですから、これは悲劇ですけれども、最後は一種の「めでたし、めでたし」で幕がしまるっていう芝居でしてね、これからエリオットは採ったんです。

ぼくの推察じゃ、このアルケスティスという女を、「カクテル・パーティ」では、シーリヤとラヴィーニヤの二人に分けて書いてるんじゃないか、という気がするんです。烈《はげ》しい性格で、ほんとうの愛を追求して、自分が死んでいくという役を、シーリヤのほうに負わしちゃって、ふつうの奥さんの役を、ラヴィーニャに負わしているらしい。元の「アルケスティス」も完全な意味でのギリシャ悲劇じゃないんで、エウリピデスあたりになると、だいぶ俗臭ふんぷんとしてくるんですが、それがエリオットの「カクテル・パーティ」を成功させたひとつの理由じゃないでしょうか。さっき小林さんが喜劇にしたらよかったというのも、それと関連があると思うんです。エリオットはエリートと普通の俗人とを分け、俗人の側に立って作品を書いているんで、だから悲劇にはならないが、またそこに成功があったんじゃないか。カミュのほうは、非常に日常的な人間にギリシャ悲劇的な重荷を負わせようとするから、かえってほんとうの悲劇概念が出て来ないんじゃないかっていう感じが、ぼくはするんです。

小林　まあ、比較することはむずかしいけども。

福田　ええ、むずかしいけども。何かしかし、カミュの芝居でもサルトルの芝居でも、滋味というものがない感じがしませんかしら。そういうものは、ぼくはギリシャ悲劇にもあったように思うんです。

グロテスクな笑い

小林　エリオットっていう人は、どういう人なんです。あの人はキリスト教信者なんですか。

福田　国教*信者です。

小林　ああ、国教信者ね。……まあ、その滋味っていうようなことは、そこから来ていたのですか、あの人の信仰から。非常に英国風な芝居だね。

福田　ええ、そうですね。

小林　作者は問題を解決しているからね。作者は沈着なのですよ。だから、ああいう喜劇みたいな間接な形式をとっ

国教　イギリス国教会。イギリス国王を首長とするプロテスタント教会。一六世紀にローマ教皇の支配から独立した。

ても、思い余ったような形式をとらなくても、表現できたのだね。

福田　そりゃそうですね。その悲劇と喜劇の問題ですけど、カミュの「誤解」は悲劇に書いてあるけども、むしろ喜劇に書いたほうがよかったという……。

小林　いや、よかったかどうか知らないが、まあ、ボードレール流にいえば、喜劇にしてもグロテスクな笑いになるね。決してモリエールみたいな笑いにならない。

福田　それはどういうところから来るんでしょうね。

小林　それはやっぱり、彼の不条理（アプシュルド）*の哲学からすれば、劇はただ外部にのみ起るんだ。

福田　ええ。だから、こういうことになるんじゃないですか。劇でないものを劇と思え、ということになっちゃうんじゃないですか。

小林　そう。

福田　何か押しつけがましいようなところがありますね。

アプシュルド　absurde（仏）不条理。「不条理の哲学」は、人間は本来、生の意味も生への希望も見出しえないという不条理を背負って生れている、しかし、この不条理を曖昧にせず、あえてこれに反抗し、克服しようとして生きていくところに真の不条理があるとするカミュの思想。

そういうことは、小林さんが「演劇」創刊号に書かれた「悲劇について」で簡単に解決がついちゃってるんだけど。

過去のない芝居

小林　まあ、ああいう文学が出てくる必然はあるだろうね、確かに。

福田　ええ。

小林　そういうことは同じこったね。*ゲオルギウの「*二十五時」なんかも、同じこったね。劇の否定です。

福田　ええ。

小林　そうするとね、劇をしてる人間は作者だけになる、作者の書くという行為だけが悲劇なんです。カミュにもそういうものがある。舞台には劇がなくてね、ああいうものを書いたカミュが劇をしている。観客は滓《かす》だけ見せられるんだ。（笑）だから、そこで名セリフが要るんじゃないですかな。……そんなに意地悪く考えなくてもいいんですか

ゲオルギウ　Constantin Virgil Gheorghiu　ルーマニア出身の小説家。一九一六年生れ。一九九二年没。

二十五時　La Vingt-Cinquième Heure　ゲオルギウの長篇小説。一九四九年刊。第二次世界大戦の混乱に翻弄されるルーマニアの国民の悲哀を描いた。

な。

福田　ぼくもそう思いますね。だから、あれを芝居で見ても、どうしても楽しいとは思えないな。ぼくはサルトルの芝居も、何か押しつけがましいというか、脅迫がましい気がするんですよ。いろんなセリフがズーッと並んでるんですがね、あとで考えてみると、セリフを言った人物というのが、一つも残らないんですね。だから、脚本に書かれた以外のセリフを言う余地のないような人間ばっかりなんですよ。見ていると、この一つのセリフの次にこのセリフが出るというような、第二のセリフは第一のセリフだけからしか出て来ない。その人間全体からは出て来ないんですよ。だから、論理的必然性は初めからあるんですけども、それでいて、ちっとも面白くないんですね。そういう芝居がどうして書かれちゃったか。カミュとは少し違いますけど、やっぱり、さっき私が言った、滋味がないという点では、共通なんだと思うんですがね。

小林　そう、例えば「誤解」を読んでみても、あの男が何をしていたか、判《わか》らないでしょ？　過去がさ。過去がないんですよ。

福田　ええ、ないですね。

小林　あの女、あれは何人も人を殺してるにちがいない。それが判らないですよ。まあ、全然判らないことはないけどさ……。

福田　過去がないっていうことは、実存主義*の一つの表看板みたいなものでもあるんでしょう。人間の過去もないし、未来もないし、現在だけを捉《とら》える……。まあ、公式的に言えば、それが実存主義の人間の見方なんでしょうけれども、そこが一つ間違ってますね。

小林　そう、そう。それはそれに違いないけども……。

福田　違いないけども、そこからでしょう、芸術とか思想が始まるのは。

小林　そうですよ。

実存主義　existentialisme（仏）人間の個的実存を哲学の中心におく立場。科学的な方法によらず、人間を主体的にとらえ、人間の自由と責任を強調する。

福田　だから、出発点に戻したから全部が解決点に達した、ということにはならないんでね。

小林　だって、実存というのは、そういうことなんじゃない？

福田　ええ。

小林　過去も未来もあることなんじゃない？

福田　そうなんですよ、現在のうちにね。……またむずかしい話になっちゃった。（笑）

エリオットの詩劇観

小林　あれを読みましたよ、エリオットの「文化論」*（文化の定義についての覚え書）というのを。

福田　いかがでした。

小林　ええ、面白かったです。

福田　ぼくも、とても面白かったんだけども。

小林　ボン・サンス*だね。

*文化論　Notes towards the Definition of Culture　エリオットの評論集。一九四八年発表。

*ボン・サンス　bon sens（仏）良識の意。

福田　そうですね。

小林　あれが英国人なのかね。

福田　まあ、そうでしょうね。

小林　実際、英国人ていうものが、よく判るな。

福田　あのボン・サンスの裏に、非常なエリートの意識が強いでしょう?

小林　強いんだ。

福田　ああいうものと「カクテル・パーティ」とのつながりを、お感じになりますか。

小林　感じますね。

福田　エリオットは「カクテル・パーティ」の前に、二つ芝居を書いてるんですけどね(「*伽《が》藍《らん》の殺人」「*一族再会」)、そいつはみんなポエティック・ドラマなんです。そうしてギリシャの神話に例を借りたり、イギリスの殉教史に例を借りたりして書いてるんですね。これはたいへんなエリートなんです。理想主義でしてね。そういうものを詩で支え

伽藍の殺人　Murder in the Cathedral　一九三五年に発表された詩劇。一九三八年まで三度にわたって改訂された。一二世紀、キャンタベリー寺院で起こった大司教トマス・ベケットの殉教を主題とする。

一族再会　The Family Reunion　一九三九年に発表された詩劇。北イングランドの貴族一家の長男が妻を殺す。古代ギリシャの悲劇詩人アイスキュロスの「エウメニデス」を踏まえた悲劇。

てたわけですよ。それが「カクテル・パーティ」へ来てから、詩的なセリフを書いちゃいけないっていう考えに到達したわけなんですね。だから、「カクテル・パーティ」は完全な日常会話なんですよ。それまでは、精神の高揚とか飛躍とか、そういったものを詩的な表現でズッとやって来ておりますけどね、詩劇のほんとうの姿というものは、そういうもんじゃない、ということを言い始めて、それで「カクテル・パーティ」を書いたんですけどね。

小林　あれはやっぱり詩なんでしょ？

福田　ええ。だけど、日常会話の文脈は全然崩れてないんですよ。語彙《ごい》も。だから、もしも行をあけないで続けて書かれたら、われわれ日本人なんかは、うっかり普通の散文と思っちゃいますね。

小林　そういうことが英語じゃ出来るのかね。

福田　エリオットは「*ハムレット」の冒頭を例にひいていますが、現代ではまあ稀有《けう》な例でしょうね。ほかにそうい

ハムレット　Hamlet　イギリスの劇作家シェイクスピアの戯曲。主人公ハムレットはデンマークの王子。父王を殺して王位に就いた叔父への復讐に苦悩する。

うのを、あんまり知らないけども。

小林　しかし出来るわけなんだな。

福田　例えばシング*やメーテルリンク*というような作家がありましょう。あれもポエティック・ドラマだっていうわけですよ、エリオットはね。だけど、そのポエティック・ドラマは、メーテルリンクの場合は主題が詩的であるということ、シングの場合は方言が非常に詩的であるということで可能だった、あれではあらゆる主題、あらゆる人物を取扱うことは出来ない、というんですよ。それで詩劇におけるセリフは、観客は芝居を見に来て詩に感心するんじゃない、詩なんてものは一行もがまんして読んでいられないような人が芝居へ来て、そのセリフを聴いて、そのセリフが芝居のあとでも日常生活に生きているものでなければいけない、というんですね。これは結局、文化論に通じるもので、そういう考えで書いたらしいんですね。まあ、あれは彼の唯一《ゆいいつ》の成功した芝居なんだけども、あと、あんな調

シング　John Millington Synge　アイルランドの劇作家。一八七一〜一九〇九年。戯曲に「海へ騎《の》り行く人々」「西の国の人気男」など。

メーテルリンク　Maurice Maeterlinck　ベルギーのフランス語詩人、劇作家。一八六二〜一九四九年。詩集に「温室」、戯曲に「青い鳥」など。

子で書けるかどうか、ちょっと疑問だな。

芝居と生活

福田　こんどは日本の芝居を話しましょうか。ぼくは昔の築地小劇場を見てないんですけども。

小林　ぼくも見てないんだ。嫌いだったから。(笑)ぼくは、ほんとは芝居って、好きじゃないんだよ。

福田　そうでしょうね。

小林　芝居が嫌いで、見もしないのに、雑誌へ芝居のことを書かされたり、座談会で考えさせられたりするのは、なんとも困ったことなんだ。やっぱり芝居っていうのは、劇場にあるんですよ。活字とは違うんだね。

福田　困ったな。結論みたいなことになっちゃったな。しかしサルトルなんていう人だって、そうでしょう。あれは芝居が好きで芝居の中で育ったという人じゃないし、カミュだってそうでしょう。

小林　アヌイ*という人は、どうなんです。
福田　アヌイのほうが面白いですね、芝居としては。
小林　やっぱり芝居の中にいた人なんですか。
福田　さあ、それはどうですかね。よく知りませんけども、しかし、もっとズッと芝居らしい芝居ですね。……歌舞伎のほうは？
小林　歌舞伎の話なんてないですよ。亡《ほろ》びた芸術……。とにかく芝居っていうものは、机上で成るもんじゃないんだからね。そういう雰囲気があって、そういう注文があってさ、それでやるもんじゃないの。
福田　……どうも、そういえば、文学者はみんな芝居嫌いなのかも知れないな。
小林　あなた、「シラノ*」見た？
福田　芝居のほうは見ましたけど、映画*のほうは見ません。
小林　あれも何だか妙な気がして来るなあ、見ていると。
福田　それは原作の問題ですか、文学座*で今やるっていう

アヌイ　Jean Anouilh　フランスの劇作家。一九一〇年生れ。作品に「アンチゴーヌ」など。一九八七年没。

シラノ　Cyrano de Bergerac　フランスの劇作家ロスタン（一八六八〜一九一八）の韻文戯曲。一八九七年初演。全五幕。鼻が大きく醜い剣客シラノの、従妹ロクサーヌに対する悲恋を描く。

映画　アメリカ映画「シラノ・ド・ベルジュラック」のこと。

文学座　昭和一二年（一九三七）久保田万太郎らが設立した演劇集団。新劇の劇団としては最も古い。

ことですか。

小林　あなた、芝居っていうのは、スペクタクル*じゃないだろう?

福田　ええ、スペクタクルじゃないですね。

小林　だから、そういう意味だよ。だって、生活がなきゃダメだもの。実際に親しい生活がなきゃ。そういうことは判り切ってることなのに、どうしてちっとも判んないのかね。

福田　それは実に不思議なんです。歌舞伎が亡びたって小林さんが言われるのも、そうでしょう?

小林　歌舞伎はちがうんだよ、「シラノ」とは。

福田　ええ、「シラノ」とは違いますけどね、歌舞伎を支えてた生活と、われわれの生活とは、ギャップがありますね。だけども、歌舞伎はまだわれわれの生活感情に通うものがあるんだけど、「シラノ」には全然ないですからね。あの「シラノ」をまた、お客が楽しんで見てる。ぼくは実

*スペクタクル　spectacle（英）壮大な見世物。

は不思議なんだけども。

小林　一種のショウみたいに思えて来るんだね、見ていると。ああいうものは如何《いか》に名翻訳でも、やって芝居にする事は難かしいのだな。

福田　ずいぶんお客が入ったけど、若い人が多かったですね。新劇*のお客っていうのは、交替するんだな。いま面白がって見てるのは、戦争中、新劇なんていうものを見なかった人でね。だから、あの新劇っていうものに食いついてるでしょう。しばらくすると飽きちゃうんですよ。長い間、続かない。そうすると空白時代が来て、いわゆる新劇の寂《さび》れる時代が来るでしょう。その空白時代がしばらく続くと、新劇を知らない連中が溜《たま》ってきて、それがまた見出す。そういうことを繰返しているんじゃないかな。なぜ飽きるかというと、自分たちの生活感情と全然合わない翻訳劇をやってるっていうこともあるだろうし、レパートリーの問題、その俳優のオハコができるくらいにやって初めて面白味が

新劇　明治末期、ヨーロッパ近代劇の影響を受けて、近代的理念を反映させた演劇。歌舞伎劇などの伝統演劇に対していう。

出るものじゃないかと思うんだけど……。こういうことは、小林さんはもうずいぶんいろいろ言われましたね。
小林　そうだよ。もう、言う事なんか何にもありません。

芝居嫌いの由来

福田　編集部から出された問題に「現代の西欧作家は何故《なぜ》戯曲を書くか？」というのがあるけど、これはどの程度まではんとかかな。向うへいってみないと、ほんとのことは判らないけど。
小林　至極簡単だろうね。芝居小屋がたくさんあって、見るやつが沢山あって、金が取れる。それだけだよ。それから、劇で成功する名誉心ていうものはね、作家としては誘惑的なもんだと思うね。印税でとるより賑《にぎや》かでいい。むずかしい文学理論からそんなものが始まるわけがないね。後から理窟《りくつ》はいろいろ付くだろうけどさ。
福田　ただ劇作家っていうやつが、どういう所から出てくるんだか、ぼくは自分で芝居を書いてみても、判らないんですけどね。

小林　君はまだ書こうと思ってるの？

福田　思ってるんです。

小林　やっぱり小説なんかより戯曲のほうへ手が出るのかね。

福田　ええ。

小林　それはどういうことなんだろう。

福田　どういうのかな、何か、小説じゃ不安な感じがしてしようがないんですよ。戯曲がうまく書けるとか、小説がへたに書けるとか、そういうことじゃないんですよ。自分の書きたいことを書くのに、小説じゃ何か不安な感じがするんです。

小林　生きてる人間が出てくれないと、不安なのかね。描写じゃ不安かな。

福田　どうかな、そこは……。描写する力がないんで、戯曲が出てくるのかも知れませんね。

小林　だけど、劇を書くのには、やっぱり俳優と交わりを結ばなければダメだろう？

福田　ダメですね、ええ。それがむずかしい問題ですね。それは俳優ばかりじゃなくて、日本人の肉体や、セリフで表現しうることと、こっちの観念とが、なかなかうまく結びつけられないでしょう？　それで劇作家っていうものは、みんな困ってるんじゃないでしょうかね。そういう点じゃ、さっきのエリオットの場合も、前の二つの作品では失敗してるんですね。「カクテル・パーティ」になって、やっとそれが出来たんです。

翻訳劇じゃなくて創作劇の場合、新劇を見にいって面白くないっていうのは、小林さん、どういう所ですか。まあ、なぜ面白いのかじゃなくて、なぜ面白くないのかなんていうことは、話したって詰らないかも知れないけど、なぜ詰らないんでしょうね。根本は戯曲ですか。

小林　俳優でしょう。

福田　しかし、もっとその前の問題として、芝居嫌いっていうことですね、それはどういう所から出てくるんでしょう。

小林　ぼくの？

福田　ええ、小林さんの。もっともぼくも学生時代には*戯曲を書いたことがあるんですが、それはもうバカバカしいもんだけど、とにかく書くくらいにまで面白かったんですがね、それから詰らなくなって、芝居嫌いになってしまったんですね。自分は芝居嫌いであるとばかり思ってたんですけど、そのうち、また書きたくなって来たんです。だから、小林さんだけじゃなくて、芝居嫌いっていう人は、ずいぶん多いと思うんですけど、人のことは兎《と》に角《かく》として、小林さんはどういう所で芝居嫌いなのか……。

小林　ぼくは歌舞伎ばっかり見てたからですよ。だから築地小劇場が詰らなかったんです。片っ方で小説読んでたで

＊学生時代には…　福田は、旧制浦和高校に進んだ頃から演劇に関心をもち、脚本募集に応募したこともあった。

しょ? 片っ方で歌舞伎を見て、あれは踊りだとかなんとかいうけど、やっぱり芝居なんでね。面白いところは芝居なんでね。それはやっぱり、あそこで人間が何かやるうまさですよ。そういうものが……。

福田　歌舞伎はスペクタクルじゃないですね。そういう要素はたくさんあるけども、根本はそういうところじゃないですね。

小林　ええ、根本は俳優ですよ。なんとも文句のない魅力っていうものはね。だから、ぼくはそういうものはたいへん好きなんですよ。まあ、画も好きだし、音楽も好きなんだけど、そういう感覚から入ってくるものはね。ぼくを芝居嫌いにさせたものは、新劇なんだよ。

福田　大抵の人がそうかも知れない。

小林　面白い芝居があれば、きっと小説なんかよりズッといいですよ。とにかく目で見て、耳で聴くんだからね。こんな魅力のあることは、ほかにはない筈《はず》なんだよ。

俳優というもの

福田　新派*は御覧になりましたか。
小林　見ませんね、あんまり。
福田　新派でも新劇よりいいと思うんですよ、まだ。
小林　それはつまり成り立ったということでしょう。
福田　ええ。
小林　とにかく芝居というものは、成り立つことですよ。
福田　その根本は……。
小林　俳優でさあ。作曲家だって、ピアノでも、ヴァイオリンでも、ほんとうに知悉《ちしつ》してなきゃいけないだろう？　劇作家にとって俳優というものは、もっと大切なもんでしょう。芝居は一つの実際の協同組織ですからね、実際のね。そういう協同っていう意識を無くなしてしまえば、これは散文芸術さ。散文という孤独な芸術の流行が、だんだん芝居の協同生活を壊していったんでしょう。

*新派　新派劇。歌舞伎などの旧劇に対して、明治中期に興った現代の世話物を演じる演劇。

福田　ぼくは、俳優っていうものを作曲家の楽器と同じように知悉することが一番大切だ、ということは判るんですけどね、同時に俳優は楽器でもあり、演奏家でもあるわけです。その場合、例えば現代の名優がモリエール劇やラシーヌ劇*をやりますね、そうすると、モリエールやラシーヌは、現代の俳優を目当てに書いたものじゃ勿論《もちろん》ないでしょう。その当時の俳優を目当てに書いたんだけど、当時の俳優というものは、その時の生活とか文化を背負ってるわけですね。その文化は今日にいたるまで連続していて、今日の俳優でもラシーヌやモリエールをやってのけられるんです。そういうことが、今の日本にはないでしょう。だから役者も劇作家もつらいんだけれど、役者が演奏家として自由に解釈しうる戯曲を書かなければならないとぼくは思っています。

小林　とにかく劇作家はモリエールのように生活すべきだね。困難があるったって、無論困難はあるんだけども、そ

＊ラシーヌ劇　「ラシーヌ」Jean Racine はフランスの劇詩人。一六三九～一六九九年。コルネイユ、モリエールとともにフランス古典劇を代表。作品に「アンドロマック」「フェードル」など。

の行く道は一つしかないと思うな。

福田 しかし理窟はとにかくとして、書き始めると絶対に俳優が頭に浮びますね。

小林 それはそうでしょう。外国で何とかいう役者の何とかいう演技を見て来て、ひとつ、そんなふうに俳優をこさえてみようとか、育ててみようとかいうことは……。

福田 それは役に立たないですね。

小林 ダメなんじゃないかと思うんだよ。理窟は確かに正しいかも知れないけどね。歌舞伎だの新派と手を切るとなると、全然手を切る。俳優の演技の持続性がなくなっちゃうんだね。それで新しく俳優学校を建てて、新しく教育して、近代のナントカカントカ……。これは理窟としてはあるんだね。だけども、俳優っていうものは、そういうもんじゃないと思うね。芸人はね、そんなことからモノをおぼえるもんじゃないな。

「炎の人」など

福田　だから、演出家でも俳優でも劇作家でも、外国の芝居を見て来て、ほとんど役に立たないと思うんですよ。だって、一つ一つの身振りがどうのこうの、そんなことを日本でやってもしようがないですもの。滝沢修*がこんど「炎の人*」で成功してるのは、一般観客のゴッホ——あるいはゴッホでなくてもいい、芸術家でも何でもいい、そういうものに対する感じに、ちゃんと則《のっと》ってるからじゃないかな。三好*(十郎)さんの作品は、悪口を言えば、ゴッホが非常に単純な英雄になってしまっているわけだけど、そういう点で観衆のゴッホだとか芸術家に対する感情と、ちゃんとマッチしてるわけなんです。だけど、もし観衆が信じている芸術家というものを意地悪く見た芝居を書いた場合、芸術のカラクリだとか、裏だとか、そういうものを劇作家が書くとすると、それは果して民衆の支持を受けるかどうか。

＊滝沢修　新劇俳優。明治三九年(一九〇六)東京生れ。この年四五歳。前年の昭和二五年(一九五〇)、劇団民藝を結成した。平成一二年(二〇〇〇)没。

＊炎の人　ゴッホの生涯を劇化した作品。三好十郎作。この年、昭和二六年九月初演、三ヶ月間で六万人を動員した。

＊三好十郎　劇作家。明治三五年佐賀県生れ。作品は他に「浮標《ブイ》」など。昭和三三年没。

その前に俳優の支持を受けるかどうかということを、ぼくはちょっと疑問に思うんですよ。ぼくはそう考えて、自然と芝居から遠ざかってしまったんですけど、そういうふうなことはお考えになりませんか。

小林　ええ、そう。

福田　芝居じゃ裏は使えないみたいなもんですね。

小林　楽屋は御覧にいれるもんじゃないでしょう。芝居っていうのは、いま成功しなきゃいけない芸術でね。

福田　そうです。

小林　一般観衆が楽しんでくれなきゃ意味のない芸術でしょ？

福田　ええ。

小林　全然勝手に出来ない芸術だもの。だけども、半分ぐらい判って、充分楽しんでくれたっていい戯曲は書けるわけだね。

福田　ええ。大劇場でなくても、小劇場でも出来る戯曲という意味ですか？

小林 ううん、そうじゃないのよ。例えばイプセンの芝居は、芝居に現われてる半分くらいしか、人は見ないかも知れないっていうことさ。だけど、半分見てくれりゃ、充分なんだ。そういうことはあるでしょ？

福田 ええ。

小林 だから、ゴッホ*だって、ぼくはあれでちっとも構わないと思うな。ゴッホは第一、自分でスッカリ表現してしまった人だしね。それをまた表現するっていうことは、だいたい出来ないやね。だから変ったものになるんでね。

福田 芸術家の秘密っていうやつは、ちょっと芝居でやるのは無理ですね。ゴッホは画をもってるのに、そうじゃない面を芝居の上でやってみても、どうにもならないような感じがするんです。

小林 そう。

福田 だから、あれだけの画をかいた人だということを、

＊ゴッホ　小林秀雄はこの年、昭和二六年（一九五一）一月から「ゴッホの手紙」を『芸術新潮』に連載していた。

ちゃんと前提に持っていて見なきゃいけないわけでしょう。

小林　そう。ただゴッホっていう人は、画で全部をまとめられなかった人だね。そういうところがあるから……。

福田　まあ、それで書きたくなるようなものがあるんでしょう。

小林　滝沢修は熱演だね。芝居は熱演から始まるかな。……まだ芝居の話をしなきゃいけないかな。(笑)芝居っていうのは苦が手だよ。ほんとに、あたしにゃ無理だよ。

音・耳・放送劇

福田　放送劇っていうものがありますね。

小林　うん。

福田　あれは少くとも舞台用の戯曲とは、全然ちがうものですね。

小林　技巧なんかは非常に考えられてやってるんですか。

福田　ええ、かなり意識的にこころみられています。まあ、ラジオ・ドラマは回想形式の自由なこと……。例えば二人で話していて、昔のことを思い出すでしょ、その時には何か音楽を入れて、それからまた現実に戻る時にも同じ音楽を入れる、というようなやり方ですね。それから、これは少し邪道だと思うんだけど、ラジオは眼で見えない、音だけだというので、やたらに音を立てますよ。戸をあけたてする音とか、障子にはたきをかける音とか、ふだんわれわれが生活している時に意識する以上の音を、ラジオ・ドラマは強制的に入れるんですよ。

小林　機械との調和っていうものが、うまくとれるのかな。

福田　それが一番問題ですがね。

小林　ラジオ・ドラマというような問題は将来に属するからね。何とも言えない。併《しか》し、なんていうかな、ラジオ・ドラマの完成したものはやっぱり音楽でしょう。

福田　ああ、音楽ねえ。

小林　純粋な観念としては音楽だから。……一般に人間の耳っていうのは、よくないと思うんですよ。みんな悪いんです、耳っていうものは。

福田　ほかの感覚に比べて?

小林　ええ。眼に比べてね。特に耳を訓練している少数の人々をのぞけば。だからまだラジオ・ドラマをちゃんと聴ける耳を持っている人はいないと思うんですよ。人の声っていうものは、非常に表情に富んだものでしょう。見ないで、声で人間がわかる、そこまで耳の訓練が出来ている人はいないんだよ。ラジオ・ドラマが非常に発達すると、そういう訓練ができるかも知れない。そうすると、見なくても、声のほうがよっぽど表情的でね、ラジオ・ドラマ専門の名優というものが出てくる。……ぼくら、眼を開けて暮しているから、耳はおろそかになっている。芝居っていうやつは、眼と耳と両方で鑑賞しているしね。まあ、はなし家や講釈師になるとどうかな。例えば落語だって、話術の生命はやっぱり物語を追ってるんだけども、同じ物語を何度聴いてもいいでしょ？　何度聴いてもいいというのは、つまり音なんだよ。そいつの声の音楽なんだよ。そいつを聴いて楽しんでるわけだな。
福田　だけど、機械を通した声というものは……。
小林　だからさ、これはまた全然別問題なんだよ。ぼくはね、どんな芸術でも、「みんな生きてるもんだと思うんだよ。これからラジオ・ドラマがどうなるかということは、なかなか予想できないんだ。
福田　ラジオ・ドラマって、一度も聴いたことないんじゃないですか。
小林　それはありますよ。だけど嫌いなんだ。今話した事もただの空想さ。現物は嫌いなんだ。蓄音器もラジオも嫌いです。ラジオや蓄音器が非常に完全になって、ぼくの耳が聴きうる以上の音を、全部ラジオが取ってくれれば、これは演奏会場で聴くのと同じものでしょう。だけど、それは理論なんで、音楽会の聴衆は音だけを捉《とら》えてるんじゃないんだからね。蓄音器やラジオは音だけしかくれないでしょう。演奏会っていうものは、あれは一種の劇場ですからね。観客がいる。雰囲気がある。演奏家が見える。拍手がある。いろんなことがある。そんなものみんなに心理的に影響されている。あそこで聴えてくる音は、いい蓄音器で聴く音よりは、もっと悪いかも知れないです。だけど、よく聴えるんです。それはみんなその時の身体《からだ》のコンディションだね。だから、美学っていうものは社会心理学になるんだな。

福田　ラジオ・ドラマでなくて、舞台の中継放送っていうものがあるでしょう。あれは殆《ほとん》ど意味ないんじゃないですか。宣伝広告なら別だけど、少くともジャンルとしては意味ないですね。野球の中継放送のほうがもっと芸がある。

小林　そりゃそうだ。

福田　じゃ、このへんにしておきましょう。

梅原龍三郎　美術を語る

梅原龍三郎（うめはら・りゅうざぶろう）

一八八八―一九八六。洋画家。京都府京都市下京区生まれ。一九一四（大正三）年まで名を良三郎と名乗った。伊藤快彦《よしひこ》の画塾に学び、次いで聖護院洋画研究所（現在の関西美術院）で、浅井忠に師事。〇八（明治四十一）年、渡仏。アカデミー・ジュリアンに入るも翌〇九年からはルノアールに学ぶ。一三（大正二）年帰国。白樺《しらかば》社の主催で「梅原良三郎油絵展覧会」を開催。一四年、二科会創立に参加するが、一七年、退会。二〇年から翌二一年にかけて再渡欧。二二年、春陽会創立会員となるも数年で退会し、国画創作協会に洋画部を創設。二八年、国画会を設立し主宰する。三五年、帝国美術院会員。四四年、帝室技芸員、東京美術学校（現東京芸術大学）教授。五二年、東京芸術大学教授を辞任。同年文化勲章受章。五七年「富士山図」で朝日賞受賞。安井曾太郎《そうたろう》とともに「日本洋画壇の双璧《そうへき》」と称された。

美術を語る

画家の気質

梅原　小林さん、見ましたか、このごろ、展覧会。

小林　いいえ、全然いかないんです。

梅原　「メキシコ展」*というのはどうなんだか、わたしは、あれ、パリでね、わりあい大掛りでやってるのを見た。一九五二年にパリの近代美術館*の広い範囲を使ってね、盛んな展覧会してた。同時にメキシコの物産店のようなものがオペラ街に出来たりね、それからテアトル・シャトレ*でもって、メキシコの踊りを見せたりして、メキシコを一挙に

◆昭和三〇年（一九五五）一一月、『文藝』増刊号に掲載。

メキシコ展　昭和三〇年（一九五五）九月〜一〇月、東京国立博物館で開催された「メキシコ美術展」。

近代美術館　当時の国立近代美術館。三三〇頁「ラル・モデルヌ」参照。

テアトル・シャトレ　Théâtre du Châtelet　パリのシャトレ広場にある劇場。シャトレ座。一八六二年創立。当時は主としてオペラ、オペレッタ、ミュージカルを上演した。

宣伝していてね、大したものだと思ったな。つまり政府の仕事だろうと思うけれども、ああしたことに力瘤《ちからこぶ》を入れるというのは、ぼくは偉いと思った。

小林　画はいいんですか。

梅原　画はね、非常にアクの強いものというか、なんというか、国民性が濃厚に出てる画でね、そういう点で圧倒的なものだけどね、しかし、それが果して美しいかどうかというのは問題だと思うな。

小林　きょうは梅原さんに画描《えか》きの話をききたいんですけれどね。梅原さんもお描きになるばっかりで、画の話はあんまりなさいませんね。

梅原　見たり描いたりするだけでね。話というのはヘンなものになっちゃうと自分で思ってるんでね。話というのは、画をほんとに伝えることがわりあいに少いんじゃないかと思ってね。

小林　それはまあそうですけどもね、画のことを非常によ

く書いたり話したりする画描きがありましょう。それから
まあ、話さない質《たち》の人とね。日本の画描きの方は、やっぱり話さない方のほうが多いですな、日本画の人も。たとえば*岸田劉生《りゅうせい》なんていう人は、描くほうも、それから理屈のほうも……。

梅原　そうそう、よく話した。

小林　やっぱり、ぼくたちにしてみるとね、いろんなことを話していただくと、面白いんだがな。ルノアール*なんていう人は、話の嫌いな人ですか。

梅原　実に画の事は話さない人だ。セザンヌ*は存外に何か言ってる人だけれどね。

小林　そうですな。あの手紙なんか見るとね、いろいろ面白いことを言ってる。ゴッホ*なんかも勿論《もちろん》いろいろなことを言ってるな。西洋の画描きのほうが、やっぱりおしゃべりですな。それはどういうんだろう。

梅原　それはね、フランス語なんていうものはね、つまり

岸田劉生　洋画家。明治二四～昭和四年（一八九一～一九二九）。作品に「麗子像」など。「図画教育論」などの著述がある。

ルノアール　Auguste Renoir　フランスの画家。一八四一～一九一九年。梅原龍三郎は明治四一年から大正二年（一九一三）にかけての渡仏中にルノアールに傾倒、師事している。

セザンヌ　Paul Cézanne　フランスの画家。一八三九～一九〇六年。若い画家たちに宛てた手紙は絵画論に富み、編集・刊行されている。

ゴッホ　Vincent van Gogh　オランダ生れの画家。一八五三～一八九〇年。弟テオや友人ベルナールに宛てた手紙に多くの絵

表現がね、充分できるんだろうと思うな。日本語っていうものはね、なんだか不充分なものなんじゃないかしらん。

小林　なるほど。日本画のほうでも*南画《なんが》なんかは文学と親しかったが、画は画でもって純粋に描くということになってから、非常に離れてしまったんですね。

梅原　*文人画というものにはね。ずいぶん画を語った人がある。ところが、その後の日本画というものはね、職人芸が大部分でね、話す材料があまりなかったんじゃないかな。

小林　それはまあ、画を純粋にするにはいいけれどもね、その画を純粋にするという運動が、結局、文学的教養というものを、全然無視するというようなことになったんでしょうな。画描きには文学なんか要らん、学問は要らん、教養は要らん、ただ純粋に美しい画を描いていくのが画描きの本道だっていうような考え方が、だんだん強くなってね、考えとしては立派かも知れないけれども、結局、だんだん職人になって来た、というようなことがあるんじゃないか

画論・絵画観が記されている。

南画　中国における文人画の画風の一つ。日本においては、中国色の濃い絵画や文人画を総称して南画と呼んでいる。

文人画　本来は文人が余技として描いた絵のこと。中国で北宋時代に始まり、明末に南宗画の流派が成立して以来、南宗画（南画）とほぼ同義になった。

な。それから洋画のほうは、洋画というものと日本語の表現というものは、なかなか結びつくのに手間がかかると言ったものですかな。

梅原　そういうことはある。

小林　おっしゃられてみると、なるほど、そうかなと思う。やっぱり画を純粋に描こうというような運動は、西洋のほうから日本へ入って来たものでね。

梅原　そうでもないんじゃないかしらん。早く言えば、日本の大和絵《やまとえ》なんか物語を描いてるけれども、要するに純粋美術、と言っちゃヘンだけどね、つまり文学の表現といったような意味からは、わりあい遠いものだと思う。そういう人はあんまりしゃべっていないんじゃないかしらん。

小林　でも、大和絵は絵巻物としていつも文学と一緒になってね、自分は物語を絵にすればいいんだ、という職人気質でもって、テーマはきまってるんだから、自分は画を描けばいいんだ、という意味では純粋でしょう。

＊大和絵　日本の風物や風俗を描く平安時代以降の伝統的絵画の総称。特に水墨画を唐絵と呼ぶのに対しての称。倭絵。

梅原　それとね、花鳥画、山水画というものが多かったんだから、あんまりしゃべる余地がなかったんじゃないかしらん。その画風っていうものは、だいたい統一されてたしね、自分の主張を作品以外に発表するっていう必要というか、衝動といったようなものを、感じなかったんじゃないかしらん。

ルノアールにつかれて

小林　ルノアールという人を先生になすったのは、やっぱり、この人だ、とお思いになったんですか。
梅原　つまりルノアールの画がね、これが自分の夢見てる画だと思った。
小林　ほかは全然考えずに……。
梅原　そう。初めにそう思った。しかし同時にね、あの当時の印象派*というものには、みんな興味を持った。
小林　それは日本におられる時に、もう……。

印象派　一九世紀後半からフランスで興った絵画の運動。対象を写しとるより対象から受ける感覚的・主観的印象を表現しようとした。モネ、ドガ、ルノアール、セザンヌらがその代表。

梅原　なにしろ、ルノアールの名を知ったのはね、つまり、ヨーロッパに初めていく船の中で、ぼくと一緒にいったのが、*田中喜作という美術評論家で、それが美術史か何か本を持ってて、その中にルノアールのことがあってね、それで初めてルノアールの名を知ったくらいでね、そのほか名前を知っていたのは、*モネとか*シスレーそのくらいだった。それは作品がね、*住友の須磨の別荘にあったのを見てるから。それから印象派の仲間のように日本では考えてた*アンリ・マルタンというような画描きの画を、住友の別荘で見て、そういう名前は知っていたけれども、それ以上、あんまり印象派の人の名前は知らなかったな。

小林　あのパリの雪の画がありますね。青一色で描いたような、ああいう画はルノアールにつかれてからじゃないですな？

梅原　前、前。

小林　前ですな。それから裸婦の画も？

田中喜作　美術評論家。明治一八～昭和二〇年（一八八五～一九四五）。著書に「浮世絵概説」など。

モネ　Claude Monet　フランスの画家。一八四〇～一九二六年。作品に「印象─日の出」「睡蓮」など。

シスレー　Alfred Sisley　フランスの画家。一八三九～一八九九年。印象派の風景画家。作品に「サン・マメスの眺め」など。

住友の須磨の別荘　神戸市舞子にあった。明治二七年、有栖川宮家の別荘として建てられ、大正中期に住友家の別荘となった。現在は神戸市営ホテル「舞子ビラ」となっている。

アンリ・マルタン　Henri Martin　フランスの画家。一

梅原　そう。

小林　それがルノアールを、ああ、これだな、と思ってから、ああいうふうな赤におなりになったんですか。

梅原　それはね、ルノアールにしても、若い時はいわゆる青の時代を経過していてね。ぼくら知った当時にはすでに非常に赤い画であったけれども。

小林　そういうことが不思議なんだなあ。あれだな、と思う所へ理屈もなしにいっちゃう、ということがね。そういうところが画描きにはあるんだな。

梅原　画っていうものは、つまり批評家が説明するものでね、画描き自身はみんな勘でもって何かしてるんだと思うな。

小林　まあ、それはそうでしょうけれどもね、画描きさんで、言葉の上の表現も非常にゆたかな人もいるでしょう。たとえばドラクロア*でもミレー*でもね。だから、一概にそうじゃないんじゃないかな。

八六〇～一九四三年。作品に、パリ市庁舎の装飾画など。

ドラクロア　Eugène Delacroix　フランスの画家。一七九八～一八六三年。作品に「キオス島の虐殺」「アルジェの女たち」など。日記、書簡集、評論集がある。

ミレー　Jean-François Millet　フランスの画家。一八一四～一八七五年。作品に「種をまく人」「落穂拾い」「晩鐘」など。著述に「芸術についてのノート」がある。

梅原　しかし言葉で表現を巧みにしてるっていうのは、多くフランス人に限られていないかしらん。

小林　このごろの日本の西洋画描きでは、岸田劉生さんだな。

梅原　その以前の人で。十九世紀前後の人で。

小林　日本で？

梅原　いや、西洋で。

小林　近代の絵の中心はフランスだったという事でしょうね。画家が絵について語るという事は、やはり絵の独立の価値が、詩だとか何だとかと並んで、自覚されて来たと言う事に照応しているのではありませんかな。まあそうなっても、言葉の好きな人と、しゃべらん人と、二種類はあると思うんだ。

梅原　ただね、描いてしゃべった人はあるけどね。まず、しゃべって、それから描いたという人はない。

小林　岸田劉生というような人と、梅原さんというような人は、気質が非常にちがうから、そういうところからも来てるな。岸田さんの画っていうものは、やっぱり非常に精神的ですね。

梅原　精神的というよりも、むしろ知的じゃないかしらん。だからね、しゃべりたくなったんだと思う。

一気呵成に描く

小林　そう。そうですね。ぼくは梅原さんの昔の桜島の画を一つ持ってますがね、ちいさい画をね。

梅原　へーえ。

小林　いくつも持ってたけど、みんな無くなしちゃって、それだけ今ありますがね、あのころの画から見ると、実に梅原さんの画っていうものは、何んにも考えない……。

梅原　要求が単純だったと思う。

小林　それできれいでね、宝石みたいに。ああいうような画から見ると、今の梅原さんの画っていうものは、ずいぶんいろいろ思いあぐんだような画になりましたな。

梅原 つまり要求が複雑になってるんじゃないかしらん。

小林 一気呵成《いっきかせい》っていったようなものがあったですな、前は。

梅原 うん。でも、このごろでもね、出来るのは結局一気呵成がとどめを刺すんだけどもね、そこに来る道中がね、昔のほうが単純でね、一気呵成に出来ちゃったんだと思うな、早くに。このごろはね、一気呵成に達する道中が長いもんだから、それでまとまりつかないものが多いんじゃないかしらん。しかし、あの時代でもね、わりあい小さくて一気呵成でまとまってるものもあるけれども、やはり急にはまとまらなくてね、一遍白で塗りつぶして、その上へ描いて一度に出来てる、といったような画が、ちょいちょいある。青い桜島なんていうものも、そんなようなことで出来たものがあるんだけどね。

小林 白くしちゃうんですか。

梅原　描いたやつを、一遍、薄く下が見えるくらいに塗っちゃうの。それから一気呵成に描いて、どうにかまとめられたものがあるような、記憶があるな。

小林　最近はよくパステル*でお描きになるですな。あれはどういうわけですか、パステルで幾度もやってみるというのは。

梅原　パステルというのはね、その技巧を要さないものでね、即座に結果を得られるしね。油絵具というものは、幾度も重ねて初めて美しさが出る、といったような困難があるんでね、印象を現わすのにパステルが便利だ、といった場合が多いと思うな。

小林　それをいくつも描いて？

梅原　いくつも描いてみて、これをもっと強く表現してみたい、それには油のほうが適当だ、というような考えで油にぶつかることはあると思うな。

小林　富士山*なんか、ずいぶんたくさん、パステルでお描

パステル　pastel（仏）棒状の乾性絵具。素描に用いる。

富士山　梅原は昭和一七年（一九四二）夏、山中湖畔で富士山を描き、一九年一〇月からは伊豆大仁のホテルで富士の連作に取り組んだ。同じ頃、小林は「モオツァルト」執筆のため同ホテルおよびその近隣に滞在、梅原の仕事を眼の当りにした。

きになりましたね。そうすると、まるでちがったものが出来てますな。パステルはパステルで、ちゃんとパステルの画ですな。

梅原 結局そうなっちゃってるけれども。

小林 一種の楽しみですな。描く前のウォーミング・アップみたいなもので。

梅原 そういうことも言えると思うけどね。それは別にとどめておかなくちゃならないということはないと思うけどね、たとえばルドン*の画は両方あってね、どうかすると、パステルの画のほうがいいものが幾らもあるんだから。

小林 ぼくは梅原さんのパステルというのは好きだな、といっても動きがあって。梅原さんはいつでも自然を見てお描きになるですね。

梅原 そう。やはり一つは習慣でね、見て感激を表現したいといったような状態にならないとね、なんだか勢いづけられない。そうでないとね、何か考えて、結局、デタラメ

ルドン Odilon Redon フランスの画家、版画家。一八四〇～一九一六年。パステル画に「ペガソス、岩上の馬」など。

を描いちゃったりしてね。何か自然という対象があると、それが一つのブレーキになってね、思い切ったこともできるし、そう踏み外すこともないんじゃないかと思う。

小林　まあ、一種の精神統一法ですな。

梅原　そうなのかも知れない、それは。

小林　写生っていうことじゃないですね？

梅原　写生といえば、ちょっとちがうんじゃないかと思うな。ただね、美しく見たものを現わそうという、写生は写生でも、感覚の写生でね、物質の写生じゃないんだと思うな。

小林　やっぱり、そこはセザンヌ流ですな。

梅原　要するにね、そういう基本的な知識っていうものはね、セザンヌに限定されてるかも知れないと思う。

ルノアールのモデル

小林　ルノアールなんていう人は、女をいくつも描いてるな。あれはどういうやり方で描いたんでしょう。

梅原　あれは必ずモデルがいたな。もっとも、リンゴを描いてて、そのリンゴが子供の顔に化けたり何かしてることはあるけどね、そういう場合は必ずしもモデルがいなかったけれども、しかし初めモデルで描いてね、あと、どんどん自分でそれを盛り上げていった、というようなのは見たことがある。とにかくモデルなしで描いてるということはね、ほとんどなかったんだろうと思うな。一つは習慣もあったと思うんだ。

小林　あの女はいつでもあの女だったんですか。

梅原　そう。

小林　死ぬまで？

梅原　ほかにもね、古くから出入りしてるモデルといったようなものがあってね、その後パン屋の細君になって、「パン屋、パン屋」と言ったモデルでね。とにかくガブリエルというのが一番古くて、十四、五の時に田舎から来て女中のように働いて、同時にモデルとしてポーズをしていた。ルノアールの作品の幾割か、七割くらいはガブリエルがポーズしてるかも知れないな。それと身近な子供とかね。わりあい少いのは細君だな。もっとも今アメリカにある舟*の上で昼食しているきれいな作品で、犬のそばにいるのは細君がポーズしたんだ、という話だけどね。それから*「ル・ムーラン・ド・ラ・ガレット」を描いた時も、あるいは細君がポーズしたものかも知れないと思う。それとまたドガ*という人がね、あれ、やっぱりモデルがないとね、描けなかった人らしいな。もっともオペラの踊りの場面なんかたくさん描いたんでね、あんなのは手帳のスケッチから描いたかも知れないけども、大体において物を見ないと描けない人だ、ということを聞いてたな。あの連中はね、描くっていうことは見ることだ、見ることが描くことの延長だ、といったような考えになってたんでね、頭の中にあるものを描くということは、常識になかったかも知れない

舟の上で昼食… 「船遊びの人たちの昼食」Le Déjeuner des Canotiers のこと。一八八一年制作の油彩画。アメリカのワシントンDCにあるフィリップス・コレクション所蔵。

ル・ムーラン… Bal du Moulin de la Galette　一八七六年制作の油彩画。パリのモンマルトルにあった社交場「ムーラン・ド・ラ・ギャレット」の庭で踊る大勢の人々を描いている。

ドガ Edgar Degas　フランスの画家。一八三四〜一九一七年。作品に「踊り子」など。

な。ルノアールなんか、晩年クラシックに変えていってから、「パリスの審判」*のようなものも、かなり描いていて、部分的には男のパリスのポーズも、女のガブリエルがしていたんでね、三美神*も、パリス、メルキュール*も、ガブリエルが一人で引受けたようなものだったんだけれども、何か見ないと描けない習慣だったんだな。

小林　やっぱり印象派の影響というのは、非常に大きいんですな。それには深い意味があるのかも知れない。ただの精神統一といったようなことでもないかも知れないな。

セザンヌのこと

梅原　大体あの当時の人はね、見える物を描いたんだから。モネがあれだけ変化のある、そうしてこれまでなかったような感覚を表現してるんだけどもね、あの人はことごとく自然を追っかけて、あれだけの仕事が出来たんだしね。要するに肉体の仕事だったんでね、セザンヌになると、すこ

パリスの審判　Le Jugement de Pâris（仏）　ギリシャ神話を題材としたルノアールの油彩画。一九〇八年と一九一四年の二作ある。主神ゼウスから美を争う三女神の審判をまかされたトロイアの王子パリスは、美女ヘレネーを与えると約束したアプロディテに「最も美しき女神へ」と書かれた黄金のリンゴを渡す。

三美神　ゼウスの妃で貞節の守護神ヘラ Hera、知恵・戦争・工芸などを司る処女神アテナ Athena、愛と美と豊穣の女神アプロディテ Aphrodite。

メルキュール　Mercure　ギリシャ神話の神ヘルメス Hermes のローマ名メルクリウス Mercurius のフランス語形。ゼウス

し頭の仕事になって来ると思うな。それでね、マチスが一九二〇年に、ルノアールは珍しく年取ってから進歩した人だって言ったんでね、セザンヌがもう少し長く生きていたらどうだろうってマチスに聞いたら、セザンヌの場合は判《わか》らない、あれは頭で描く人だから、よくなったかどうだか判らないって言ったけどね。しかし、それはやっぱり長生きしたらしただけの仕事を充分した人だと思うけれども。

小林　ぼくは今度向うへいって感じたですよ。セザンヌという人は、ほんとに色がきれいな人だ。

梅原　そう。ただね、今日のフランスでは、セザンヌを充分知るということは、ほとんど不可能なくらい、セザンヌの傑作はすべてアメリカへ流れ出しちゃってね、フランスには、どこへいってもセザンヌのいいもののないことを淋しく思った。昔はね、ノルウェイ人だったか、ペルランという人がセザンヌの大蒐集家《しゅうしゅう》でね、大きな邸《やしき》で、立派な一軒の館《やかた》を持っててね、そこは入るから出るまで、壁とい

から、三女神をパリスのもとに連れて行くよう命じられた。
マチス Henri Matisse　フランスの画家。一八六九〜一九五四年。作品に「オダリスク」、ヴァンスの礼拝堂装飾など。

う壁全部、階段の段々の道まで、ことごとくセザンヌだった。そこにいけば、セザンヌの若い時の肖像から晩年のものまで、主なるセザンヌを全部見ることが出来た。そんなのがみんな散らばって、多くアメリカにいっちゃってね。

小林　やっぱり、それは値段の関係でしょうかな。

梅原　つまりアメリカに高く売れちゃう。この間ルーヴル*展の時に、ドリヴァル*という若い人が来てね、わたしが最近フランスへいって、セザンヌがあんまりいいものが見られないことが残念だった、と言ったらね、よく見られないどころでなくて、非常に悪くセザンヌというものが代表されてる、それが悲しいことに全部アメリカにいっちゃって、この間も一ついいものが出ていった、それはえらい高い値段を言ってたな、何百ミリオンとか言ってたんだけどね、そのためにフランスにとどめることができないんだ、と言って歎《なげ》いてたけれども。

小林　みんな金持ちが持っていっちゃうんだな。

ルーヴル展　昭和二九年一〇月一五日から一一月二五日まで、東京上野の国立博物館で開かれた「ルーヴル国立美術館所蔵フランス美術展」のこと。絵画・版画・彫刻・工芸など三七〇点余りが展示され、入場者は延べ五二万人を数えた。

ドリヴァル　Bernard Dorival　フランスの美術史家。一九一四年生れ。当時、国立近代美術館副館長。ルーヴル展の担当者として来日した。二〇〇三年没。

絵具の話

小林　もう一つ、ぼく、梅原さんに聞きたいのはね、*岩絵具というものね、お使いになってるでしょう。あれはどういうことでお使いになるんですか。

梅原　油絵具よりも美しいと思うから。*チチアン、あるいは*ラファエルの作品でね、*フレスコの作品と油画の作品とある。わたしはフレスコのほうがはるかに美しいと思っている。フレスコというのはね、岩絵具と同じような質のものだし、また同じような効果のものなんでね、やはり自分で美しいと思うもののほうを選ぶんです。

小林　あれ、いつごろからお使いになったんですかな。

梅原　大正十年ごろから少しずつ使っていてね、昭和十年頃からは岩絵具を油で練って、油絵具と混ぜてね、使っていた。白なんか、日本の*胡粉《ごふん》なんていうものは、油に混ぜるとネズミ色になっちゃってね。あれは貝殻なんだ、ガラ

岩絵具　東洋画に用いる顔料で、鉱物から製造する。岩群青《ぐんじょう》・岩緑青《ろくしょう》・黄土など。水に溶けないので膠《にかわ》によって定着させる。岩物。

チチアン　Tiziano Vecellio　イタリアの画家。一四九〇年頃〜一五七六年。ティツィアーノ。フレスコ画にパドヴァのスクォーラ・デル・サントの壁画「聖アントニウスの奇跡」など。

ラファエル　Raffaello Sanzio　イタリアの画家。一四八三〜一五二〇年。ラファエロ。フレスコ画にローマ・ヴァチカン宮の壁画群など。

フレスコ　fresco（伊）　西洋の壁画に用いる技法。また、その壁画。下地の漆喰が乾ききらないうちに水性の顔料で描く。

スなんかへくっつけるパテ*と同じでね、だからネズミ色になっちゃう。そういうのは油絵具の白を使い、それから黄色も岩絵具で適当なのがないのは油絵具を使い、それから群青《ぐんじょう》とか緑青《ろくしょう》のたぐいはね、岩絵具のほうが自分は色が美しいと思うので使う。つまり群青にしても緑青にしても、本来、黒くなるんですよ。油だと殊《こと》に油が焼けてね、明るい緑の空が、幾年かすると黒い空になったり何かする。油を混えない岩絵具ならば、油と混ぜたほど黒く焼けない。それでニカワ*の類をメディアム*にして使ってね。ただニカワは腐りやすかったり、凍りやすかったり、いろいろな不便があるんだけれども、今はビニール*っていう、着物なんかを作る原料、あれを溶解してね、それでもって絵具を溶いて描くと、そういう変化が少いしね、それで今ぼくはそればかり使っている。

小林　そうすると、今はもう全然、向うの絵具はお使いになりませんか。

胡粉　日本画に用いる白色の顔料。貝殻を焼き、砕いて粉末にしたもの。

パテ　putty（英）　ゴム状の接合剤。窓ガラスを枠に固定するためなどに用いる。胡粉と亜麻仁油の混合物。

ニカワ　動物の骨・皮・腸などを水で煮た液を濃縮・乾燥したゼラチン。透明または半透明で、物を接着するなど広く用いる。膠。

メディアム　medium（英）　ミディアム。顔料を溶かす媒剤。

ビニール　vinyl（英）　ビニル樹脂。アセチレンを主原料にした透明な合成樹脂。

梅原　しかしね、このごろはわりあいに油画が多い。それはね、戸外で描く場合には油絵具が便利なんでね。また、ある自由が油画にはあってね、油画もまた棄《す》て難く、油画ばかりでも満足できなくてね、つまり両方の作品があるわけなんだけれども。

好きなものを描く

小林　梅原さんはきれいなものばかりモデルになさいますね。

梅原　……（笑う）

小林　ジャガイモだとかタマネギなんか、お描きにならない。そういう好みはおあんなさらないですね。

梅原　うん。要するに、あまり好みがない。

小林　景色でも富士山とか、ああいうきれいなもの。平凡な景色にも美しさがあるということは、梅原さん、お嫌いですな。

梅原　嫌いじゃないけれどもね。

小林　でも、画にはないですな。やっぱりルノアールという人がそうだな。

梅原　それはね、いろいろの美しいものがあるけどもね、ルノアールは自分には大きな景色は要らない、かたまりの雑木で十分だと云っていたが。やはりその中で好きなものと、それほど好かないものとあって、やっぱり好きなものに傾くのは自然だと思う。勢いよく画が描ける。

小林　人体のほうには興味をお持ちだけれども、顔なんか、あんまり興味をお持ちじゃありませんね。

梅原　やはり興味はある。

小林　それはおありでしょうけどさ。だけど。……

梅原　そう。つまり自分の好きな型っていうものがあってね、そうでない面白さを描いてみようっていうような興味は薄いかも知らんな。

小林　いったい肖像画なんていうものは、あんまり興味がおありになりませんな。

梅原　たまに描いてみたいと思うものがある。しょっちゅう描いてみたいと思うようなものはないな。

小林　そういうものは、お描きになって、やっぱり失敗するでしょうな。

梅原　結果がそう面白くない。それと一つは、実際に描こうという場合にね、便利、不便利ということがあるな、顔はね。顔を絶えず置いといて、好きな時にいつでも描くということは、その画が面白くなって来るまで描くということはね、相手が人の顔だから、なかなか出来ないしね。リンゴとか花とかだったら、遠慮なく出来るしね。まあ、そういう実際の条件が関係すると思う。いま犬を描いてみようと思うんだけどもね、あんまりチョコチョコ動くと、もういやになっちゃってね。あの犬、姿はちょっといいんだけども、動くから。

ピカソ、クレー

小林　近ごろの新しい画ですね、ああいう画は、どういうふうに……。こういう漠然とした質問はダメだけれどもね、たとえば、そういう画描きで代表的な*ピカソなどは。

梅原　むしろピカソはクラシックの線に沿っていてね、たまたま少し踏み外したものがあるんだけどもね、それよりも新しい画の代表的なものは*ポール・クレーね、今日の新しいいろんな要素を、ほとんどあの人一人でやっているんじゃないか、といったような気がするんだけどもね。クレーが死んで何年になるか、相当になるけれども、その後、非常に多数の人が、ほとんどヨーロッパ全体が、いわゆるモダン・アートというか、*アブストレイに傾いているけれども、それは後になれば、あるいはいいものが多少は残るのかも知れない。しかし今の所はどれを見ても同じようでね、あれをもう一度見たい、というような記憶に残るもの

ピカソ　Pablo Picasso　スペインの画家。一八八一年生れ。「青の時代」「立体派」の時期を経て、抽象絵画に取り組む。作品に「アヴィニョンの娘たち」「ゲルニカ」など。一九七三年没。

ポール・クレー　Paul Klee　スイス生れの画家。一八七九〜一九四〇年。パウル・クレー。初期には線画や銅版画で風刺画などを描いたが、やがて立体派的空間構成、超現実主義の自動書記的手法等々による各種の画風を次々試み、最後は単純な形象を用いた抽象画に至った。

アブストレイ　abstrait（仏）抽象美術。アブストラクト。

はなくて、むしろクレーのものなんかに、それらのものが含められていてね、比較的いいものがあるんじゃないかと思っているけれども。

小林　クレーなんていうのは、ほんとに主観的ですね。物がそこになくたっていいですね、あれは。

梅原　あったら、かえって……。

小林　困っちゃう。

梅原　しかし、あの美しい要素というものは、やはり自然からぬき出してるんじゃないかと思うけれどね。美しさというものは、やはり自然の美しさと並行したものであってね、背馳《はいち》したものじゃないと思うんだけどね。それがこのごろは自然を否定してかかるようなものがあるんじゃないかと思う。そういうものは発展の道がないんじゃないかと思うけどもね。

小林　そう。クレーなんていう人のほうが徹底してますね。

梅原　そう。

小林　ぼくはピカソという人は、だいたい文学的な人だと思うんですがね、初めからの画を見ると。
梅原　そう。初めごろの画は、文学的というか……。
小林　一種センチメンタルなものがあるでしょう。一種の妙な、＊浪漫派文学みたいなものがね。
梅原　やっぱりスペイン人の血っていうものが、ハッキリとあるんじゃないかと思うんだけどね。初めは旅芸人のようなものに興味を持って、そうした文学的なものが相当あるしね。とにかく何をやってもあの人は腕力が強いんでね、自由に表現して、どんどん出来ちゃってね、次から次と転々と変化してるけれども、あれでやっぱり背骨は一つのような気がする。
小林　ぼくはピカソのああいうセンチメンタルな、浪漫派文学みたいな、若いころのものは、あの人が何をやろうが、決して消えていないと思うんですよ。またクレーなんていう人は、無論、これ、素人《しろうと》のぼくの感じなんだけれども、

＊浪漫派文学　「浪漫派」は、一八世紀末から一九世紀初めまでヨーロッパで展開された文学・芸術上の思潮・運動。古典主義・合理主義に反抗し、自然・感情・空想・個性・自由の価値を主張した。

もっと徹底してますね、画っていうものに。

小林　ぼくもそう思う。

梅原　ピカソという人は、もっと眼が悪いとか手が悪いとかなら別だけれども、手と眼がたいへんな技巧だもんだから、あれだけやれるんじゃないかな。

小林　とにかく何をやっても人をひきつける力があるんだから、やはり腕力の物凄《ものすご》いやつだと思うな。（笑う）

梅原　この間、「戦争と平和」*というのを描いた、あの画集を見てね、ぼくはデッサンは非常に面白いと思った。出来上りの色刷りが大きく出てるけれども、何か面白くない。どうしてこう面白くなくなるんだろう。これがぼくにはよく判《わか》らない。デッサンは実に……。

小林　デッサン力は非常に強くてね、デッサンがうまいのは、近世で一番て言っちゃヘンだけど、現代で一番うまいと思うな。

梅原　あたしもそんなふうな気がする。実にうまい。

＊戦争と平和　ピカソが一九五二年、南フランス、ヴァローリスの城館付属礼拝堂のために描いた二大作「戦争」「平和」のこと。

梅原　写実的なものを描くと、そのうまさがハッキリするな。ずいぶんヘンテコなものを描いてもうまいんだしね。その点、あれは恐ろしいやつだと思うな。

小林　魔法使いみたいな腕ですな。あの腕は確かに純粋に画描きの腕で……。何んでも出来るから何んでもやっちゃった、という事でしょうね、あの人はそういう腕があるから画描きとしているんでね、案外、ぼくは詰らん男みたいな気がするんです。そういうふうにぼくは考えるんですがね、どうも言葉が足りない。

梅原　いや、ぼくにはその気持ちは判るな。

小林　そうですか、クレーが、お好きですか。

梅原　ピカソはね、両面を持ってる。純粋に写実的なものと、何か変ったことをやろうという、両方を同時にやっていてね、要するにラクラクと両刀を使ってると思うんだけどね。しかし写実的なものなんかにも、非常に魅力があってね。殊にデッサンなんかに美しいものがある。

小林　だから、クレーのほうが、なんていうかな、純真だな。

梅原　そういうことは、ぼくも考えるな。

小林　純真で、ほんとに画描きだな。あの人は「戦争と平和」なんていうテーマも思い付かないですよ。ピカソはそういうことを考える。センチメンタルですよ。

梅原　それで絶えず人の意表に出て、びっくりさせようという……。

小林　そんなふうに思うなあ。

梅原　みんなと同じようなことをやってるのは面白くない、というようなことを、若いころから言っていて、それがね、あいつ、腕力が強いから、余裕をもって何んでもやれるんでね。

小林　そういう所は偉いな。あの線というのは、ぼくは偉いものだと思う。ほんとに、物を見たまま手が動いちゃうようなものですな。

梅原　そういうものだ。

小林　眼と同じような早さで動いてるような線ですな、あの線は。

梅原　一代の化けものみたいなやつだと思うけどね、あれは。

小林　ぼくはある人のピカソに関する本を読んでいたら、若いころにいろいろデッサンをやってて、そのデッサンの描き溜めで、ひと冬、ストーブの薪《まき》が要らなかった、というんですね。それくらい練習した腕だね。あのくらいに手が動きゃ、これは手が動くだけでもって大したもんだな。

梅原　このごろでも、一日に何十枚ってデッサンの出来る日があるらしい。フランス人はわりあい遠慮がないもんだから、ルオー*なんか、青の時代のピカソはちょっといいけども、その後のものは認めることが出来ないしああいうものは美のために有害だ、というふうにハッキリ言ってるんだけどね。そういう意味も判らないことはないけども。美

＊ルオー　Georges Rouault　フランスの画家。一八七一年生れ。サーカスの芸人や娼婦などを水彩、グアッシュで描き、のちに油彩で多くの宗教画を残した。作品に「キリスト教的夜想曲」、版画に「ミセレーレ」など。一九五八年没。

のために有害かどうだか知らないけどね、後進のためには相当有害な面もあるかも知れない。

ルオー、ゴッホ

小林　ルオーはずいぶんお好きなようですね。

梅原　要するに、非常に純粋なもの、それから徹底してる意欲、それから近年のものの美しさ、そういうものをぼくは無条件に好きだけれど。

小林　ルオーのこのごろの画は、どうしてああなったんですかな。

梅原　え？

小林　ツヤがないような……。変りましたな。

梅原　色は明るくなってるな、前は暗かったけれども。

小林　あの暗い色がね、非常に繊細でしょう。乱暴なようで繊細でね。だから、非常に光ってるように見えたんですよ。

梅原 また事実、光りがあったな。

小林 このごろのやつは、どうして画が平べったいんですかな。画は明るくなったけれども。

梅原 つまり非常に厚みは感じるけどもね、一つは材料がえらく厚塗りだということ。それからね、このごろは長くかかっているんでね、その途中のものは、わりあい光りだの輝きのないような、ボソッとしたものもあるな。しかし出来たものはね、ぼくは非常に光りの多いものだと思うけども。

小林 ぼくの勝手な感じかな。ぼくは晩年のルオーのものを、晩年のセザンヌみたいに思うんですよ。昔の淫売婦《いんばいふ》の画やなんかの、こまかい、底から光って来るような、不思議な、あれはあの人の非常な才能だと思うんだけども、あいうふうな才能がみんな無くなっちまってね。というのは、セザンヌの一番いい時、精力盛んな時の画は、画に妙な底光りのある、なんとも言えん色があってね。それが晩年になると、妙な化けものみたいな、感動はするんだけども、画としては化けものみたいなふうになって来るような、そんなふうなものを、ぼくはルオーに感じるんですがね。その人の発展かも知れないけどね、何か色っぽい様な美しさが無くなって来ている様に思う。たとえば塗るでしょ、それと同じ色で額ぶちを塗っちゃってね、青なら青で。なんということをするのか、と思うんですよ。それはちっとも効果がないんですよ。ボケちゃったのか、ほんとに偉くなっちゃってヘンなことを考えこんでそうなったのか……。

梅原　ぼくはその額ぶちを塗ってあるのも、効果はあるとは思っているけどね、ただね、とにかく額ぶちまで塗りこくらなくちゃいられない、そこに描くという精神が横溢《おういつ》してるらしいな。

小林　それはセザンヌの晩年と同じでしょう。ぼくはああいう偉い画描きは、そんな所に落ちていくような気が、ちょっとした。それから「秋」っていう妙な感じの絵がありましたね、キリストの秋で、キリストがどこかにいる秋で日本人には難解な秋なんです。何か凄い感じがあるのだけれども、昔のものの様に直接の魅力が来ない。簡明になって、強くなって来ているのだが、感じが難かしくなっているんです。

梅原　そうかしらん。つまり今日のルオーが好きでなければ、ルオーの線とか色のハーモニイ、それから強さといったようなものに、そう魅力を感じなければね、そんなふうの見方というのは、ぼくには判るには判る。ただね、あれはみんな非常に宗教的だというけれども、題材はそれは宗教的だけどもね、しかし、あの精神というものは、非常に絵画精神だと思うな。純粋に何んでも描かずにはいられない、飽くまでも描こう、といったような、そういうものは、ぼくに非常に興味があるな。ぼくには魅力だな。何か描けばいいっていうんでなくて、飽くまでも、描けなくなるまで描いている、といったような……。

小林　それはよく判るな。

梅原　そういう興味があるな。それでね、今日でない時代のルオーというものは、福島コレクション*のルオーで、ぼくは代表されてると思うんだけどね。

小林　福島さんよりもう少し後に、あれよりももっと何か色っぽい女を描いてましょう。艶《つや》のある、非常に魅力のある……。それがどういうわけで、ああツヤが消えちゃったのかな。ぼくはどうも未《ま》だ判らないのです。

梅原　このごろのやつは厚塗りだしね、前のやつは油を混ぜて描いては、ナイフで上を削って、描いてはまた削って、というような画でね、そこにツヤのある油で上から描いたから、ああいう効果になったんだろうと思うけどね。

小林　パリのラル・モデルヌ*にいくと、やっぱりルオーの画というものはずば抜けていますね。

梅原　ほかの人よりズッといい。

小林　あそこだけが伝統的な大家の色だ。梅原さんはゴッ

福島コレクション　美術評論家の福島繁太郎（明治二八〜昭和三五年）がパリで収集したルオー、マティス、ピカソらの作品のコレクション。

ラル・モデルヌ　L'Art Moderne　当時の国立近代美術館Musée National d'Art Moderne。現存作家を含め、同時代の作品を収集、展示するため一九四七年に開館、セーヌ川の右岸、アルマ橋の近くで、一九三七年のパリ万国博覧会のために建てられた建物（現在のパレ・ド・トーキョー、パリ市立美術館）におかれていた。所蔵作品はいまはポンピドゥー・センター（現在の国立近代美術館、一九七七年開館）に展示されている。

ホはお好きですか。

梅原　好き。昔はそれほどにも思わなかった。ところがね、後に、今日に至って非常に好きだし、昔は認めてはいたけども ね、セザンヌと同じように考えることに、ぼくは不服だった。このごろでは同じじゃないけども、二つとも同時に尊敬していいものだと思う。殊《こと》にこのごろのパリの美術館じゃ、しばしばゴッホのほうがいいものが出てるな。セザンヌのものは影が薄くってね、ゴッホのお寺の画なんか、びっくりするような美しさが出ていたな。それでセザンヌのもっといいものを並べなくちゃいかんと思った。

小林　ゴッホの画はよく見ると実に渋いですね。色の使い方が。あれはやっぱり天成の画描きですね、何と言おうと。

梅原　物凄いやつがいたもんだな。

小林　不思議なものですね、みんな人間が出ますな。近代の画っていうものは、その人が出なきゃ詰らんですね。

梅原　そりゃそう。

小林　それをやらなきゃ、いくらアブストラクトといったって詰らんですね。

梅原　アブストラクトになると、殊に型に嵌《はま》ったもんでね、今日のアブストラクトは、デパートのショウウインドウを見てるのも同じような気がしてね、一つも印象に残るものはないな。

小林　表現派*とか、いろんな派がありますね、あんなふうなものをいろいろ考えてね、パリへいってたくさん見るでしょ、そうすると、まず先きに感じたことはね、色の汚なさでした。たとえばローランサン*もシャガール*も色が汚いので驚きました。

梅原　若い時にはそんなになかったのが、近年の色というのは実にいやな色だ、ローランサンは。

小林　画描きというのは、要するに色なんだから、文句なく色がきれいでなければ何を言い張っても駄目でしょう。色はきたないが新式だなぞというものはあるものじゃない。

表現派　Expressionismus（独）第一次世界大戦前のドイツに始まり、戦後各国に広がった芸術思潮。自然主義や印象主義に対抗し、作者の感情、思想、夢などの主観的表現を通して事象の内部生命に迫ろうとする。画家では、カンディンスキーがその代表。

ローランサン　Marie Laurencin　フランスの女性画家。一八八三年生れ。作品に「シャネル嬢の肖像」など。一九五六年没。

シャガール　Marc Chagall　ロシア生れの画家、版画家。一八八七年生れ。一九八五年没。

梅原　色に対する愛情がないな。ただ刺激的に塗りこくってみるだけで、愛情がないと思うな。このごろの画描きには。
小林　ありませんな。
梅原　近ごろのものにはね、絵具の美しさというものはどこにあるのかと思うな。
小林　クレーの色のバランスは実に複雑ですな。ピカソの小さい画なんかも、色はいいですね。実に色がこまかい。
梅原　ピカソっていうのは、なかなか大した画描きで、そうして相当悪趣味の人だと思うんだがな。あの悪趣味っていうのは、ぼくは惜しいもんだと思う。悪趣味でも画にこなすような腕力は持ってるんだけどね、あの悪趣味がなかったら、もっと立派な作品を残してるだろう。
小林　先生、*ゴヤはどうです。
梅原　ゴヤはなかなか美しいものがあると思うな。
小林　あたしはこんど*マドリッドにいってね、*グレコにも

ゴヤ　スペインの画家。
マドリッド　Madrid　スペインの首都。マドリード。
グレコ　スペインの画家。

*ヴェラスケスにも驚いたが、やっぱり実に驚いたのは、ゴヤだったんですよ。グレコっていうのを、こんど初めて、なるほどな、と思ったのは、あの色の美しさだな。なんとも言えない、紫と緑ね。*ブリュウもなんとも言えないな。

梅原　*エスコリアルにあるやつね。また保存がよくてね、昨日描いたかと思うくらい、ブリュウが生生しく冴《さ》えて美しくてね、美しいなあ、あれは。

小林　美しいなあ。画を見るということは、むつかしいことを言やあ、たいへんむつかしいかも知れないけれども、むつかしいことじゃないですね。色ですね。いい色だなと思えばそれでいい。

梅原　今年の暮か来年くらい、ゴッホの展覧会が日本で出来るらしいな。

小林　ゴッホはやっぱり*サン・レミイ時代の画がいいですね。実にいいですね。それから*オーベールへいって、すぐ

ヴェラスケス　スペインの画家。

ブリュウ　bleu（仏）青。

エスコリアル　El Escorial　マドリード北西の地名。同地のサン・ロレンソ・デル・エスコリアルは宮殿・聖堂・修道院からなる大建造物で、修道院にグレコの油彩画「聖ペテロ」がある。

サン・レミイ時代　「サン・レミイ」Saint-Rémy は南仏のアルル近郊の町。一八八九年五月～九〇年五月の間、ゴッホはここに滞在した。この時期の作品に「星月夜」など。

オーベール　Auvers sur Oise　パリの北北西に位置し、セーヌ川の支流オワーズ川に面した村。一八九〇年五月からゴッホは、

死にましたけど。

梅原　*アルルのものはどうかしらん。

小林　サン・レミイのほうがいいですな。ぼくはそう思いました。ぼくはこんど*百年祭にぶつかって……。

梅原　それはよかったな。

小林　最後の画なんて、あれはもう画じゃありませんな。表現してるんじゃなくて、破壊している様なのです。とても長くは見ていられません。

梅原　どんな図か知りませんが。

小林　最後の、*麦畑でカラスが飛んで……。

梅原　うん。

小林　複製は出来が悪いから、ボヤけていて、未だ我慢出来ますが、現物は生生しくってね、これはもうドカンとやる画なんです。

梅原　もう疲れていたのかしらん。

小林　ええ。

同地の神経科医のもとで療養生活を始め、同年七月、ピストル自殺した。

アルル　Arles　フランス南部の都市。ゴッホは一八八八年二月、アルルへ向かい、ゴーギャンとの共同生活を試みる。この時期の作品に「ひまわり」「夜のカフェ」など。

百年祭　小林秀雄がヨーロッパ旅行をした一九五三年は、ゴッホの生誕一〇〇年にあたっていた。

麦畑でカラスが…　「鳥のいる麦畑」。一八九〇年作。

梅原　ぼくもあれは複製で見てるけれども。
小林　複製はね、それが、どうしたって、調子が弱いから。現物は昨日描いたような生生しさですよ。一つも変色なんかしてませんね、きっと。ゴーギャン*という画描きね。これ、向うで見て、案外感動しなかったんです、ぼくは。
梅原　タヒチ*の作品は、環境がよかったか、ぼくはやはり特色があると思うんだけれども、タヒチ以前のものは、全然興味ないな。
小林　あなたの画はだんだん日本人でなきゃ描けないものになって来ましたな。前のはそうじゃないけど、いつごろからかな。このごろだと思うんですけどね。なにも日本の女を描いたとか、そんなことじゃないんですよ。そんなことじゃなくてね、あれはもう西洋人には描けない。
梅原　それは結構だけどもね、ぼくはね、それは意識しないな。
小林　でしょうね。その方が本当でしょうから。

ゴーギャン　Paul Gauguin　フランスの画家。一八四八～一九〇三年。晩年はタヒチに渡った。作品に「タヒチの女」など。
タヒチ　Tahiti　太平洋の南東部、ソシエテ諸島の一島。フランス領。

梅原　洋画家と言われることは、ちっとも嬉《うれ》しくないな。もう、いやな気がするな。

大岡昇平

文学の四十年

大岡昇平（おおおか・しょうへい）

一九〇九—八八。作家、翻訳家。東京市牛込区新小川町に生まれる。一九二八（昭和三）年、小林秀雄と出会い、仏語の個人教授を受ける。小林を通し、中原中也、河上徹太郎らを知る。三二年、京大卒業。三六年、小林の主宰する「文學界」にスタンダール論や書評を寄稿するようになる。四四年、召集。フィリピン・ミンドロ島に着任。四五年一月俘虜《ふりょ》となる。収容所内で敗戦を知り、一二月帰還。翌四六年上京。四九年「俘虜記」で横光利一賞、五一年『野火』で読売文学賞、六一年『花影』で毎日出版文化賞、新潮社文学賞、七二年『レイテ戦記』で毎日芸術賞、七四年『中原中也』で野間文芸賞、七六年、朝日文化賞、七八年『事件』で日本推理作家協会賞、八九年『小説家夏目漱石』で読売文学賞をそれぞれ受賞する。他に『武蔵野夫人』『酸素』『常識的文学論』『天誅組《てんちゅうぐみ》』『将門記《しょうもんき》』等。スタンダールの翻訳でも評価が高い。

文学の四十年

◆昭和四〇年（一九六五）一一月、「小林秀雄」（「日本の文学43」）月報に掲載。

大岡　小林さんに会ったのは、昭和三年*、ぼくが十八歳のときだから、もう四十年近くになるわけだね。
小林　はじめ、どこで会ったか、俺はおぼえていないな。
大岡　渋谷の俺の家だよ。成城高校*の教師をしていた村井*康男の紹介で、あんたはフランス語の個人教師としてあらわれたんだ。
小林　どうして村井を知ってたの。
大岡　前の年、村井さんは富永太郎*の詩集を編んだでしょう。ぼくの成城の同級に太郎の弟の次郎がいた。だから、しょっちゅう富永家で顔をあわせていたんです。

昭和三年　一九二八年。
成城高校　旧制の私立高校。大岡昇平は大正一四年（一九二五）成城第二中学校に編入、翌年、同校が七年制の高等学校に改編されるに伴い成城高校生となった。
村井康男　文学者、哲学者、歴史家。明治三五年（一九〇二）栃木県生れ。昭和五八年（一九八三）没。
富永太郎　詩人。明治三四〜大正一四年（一九〇一〜一九二

小林　そうだ、成城の先生だったな。いまなにしてるの。

大岡　法政大学の教授、そろそろ定年だろうけど。

小林　そうかい。

大岡　フランス語の授業がすむと、あとは文学を教えてもらったな。一つよく覚えているのは、君の帰るのを渋谷駅まで送ったことがある。宮益坂の上まで散歩に行って、そこで君は、日本人というのは実に敏感だと言うんだよ。村井さんは三味線の音を聞くと情感を催すと言ったんだが、ぼくの世代では、なんにも感じない、どうだろうって、あんたに聞いたわけだ。するとあんたは、日本人は敏感だから、ああいう楽器が発達したので、それはそう急に抜けるものじゃないと言った。そのころの話はヴァレリー、ジイド*ばかりだったから、へんに覚えているんですよ。あんたがあとになって、古典に復帰したとかなんとかいわれるけれど、あのころからそういう考えがあった。

小林　三味線はよく妹がやっていたからな。おっかさんも

五)。肺結核で早世。小林秀雄は、同人雑誌『山繭《やままゆ》』を創刊するなど親交を結んでいた。

詩集　「富永太郎詩集」。富永没後、村井康男が家蔵版として編んだ。村井は東京府立第一中学校で富永と同級、一学年下に小林がいた。

＊**ジイド**　André Gide　フランスの小説家、評論家。一八六九〜一九五一年。小説に「狭き門」「贋金つかい」など。

やっていたし。

大岡　戦争中*、あんたが「西行」*とか「無常という事」*を書きはじめたころ、俺は月給取だったが、そのうち馘《くび》になって神戸から上京して相談をもちかけたりしたことがあった。戦後はあんたの離れに世話になったけれど、そんなとき、こんどの「西行」をどう思う、とあんたが聞いた。俺なんかものを書いても、先方が言い出すまでそんなことを聞いたりしないんで、これも覚えているんだ。あんたはいつも新しいことを試みているけれど、「無常という事」なんて、どういうつもりだったの。

小林　俺は気まぐれなんだね。いつでもなにかやるときに、これはどうなるなんてことは考えないね。振りかえってみるとそうなんだよ。なにか慎重派みたいに思われているんだけれども、やったことってえのは、どうもそうじゃないな。だからやっていて横へ行くと、ずうと横へ行っちゃうだろう。

戦争中　第二次世界大戦中。

西行　小林秀雄が昭和一七年（一九四二）一一月、一二月、『文學界』に発表した評論。西行は平安末期から鎌倉初期の歌僧。元永一～建久一年（一一一八～一一九〇）。

無常という事　小林秀雄が昭和一七年六月、『文學界』に発表した評論。

大岡　「モオツァルト」を読み返してみて、あの悲しみは、なにか戦後と関係があるような気がする。やはり敗戦はあんたにとって打撃だったんじゃないかな。あの形で書くということは、戦争中から決まっていたの。

小林　あんなふうな調子になるなんて、ちっとも思わなかった。なんだかそれは、おっかさん*が死んだことと関係があるかもしれない。

大岡　お母さんが亡《な》くなったのは昭和二十一年の五月、「モオツァルト」が発表されたのは、その年の十二月だったね。この間、中原中也詩碑*の除幕式のとき、あんたは、お母さんに言っていたね。中原が先に死んで、あとに残ったおっかさんは淋しかったろうって。だけど、あんたのお母さんは、あなたが立派になったのを、とても喜んでいたと思うな。俺は鎌倉で一度か二度、お母さんから聞いたことがあるよ。

小林　おふくろは弱かったから、死ぬ予感がいつもあった

おっかさん　小林秀雄の母精子。昭和二一年五月二七日、死去した。

中原中也詩碑　中原中也は詩人。明治四〇～昭和一二年（一九〇七～一九三七）。詩集に「山羊の歌」「在りし日の歌」。この年、昭和四〇年六月、中原の郷里山口市の井上公園（高田公園）に詩碑が建てられた。碑文は小林秀雄の揮毫。

気がする。

大岡 あのとき、いくつ。

小林 六十七かな。君なんか、お母さんのこと、考えないかね。

大岡 おふくろはあまり若く死んじゃったからね、四十八だった。

小林 君なんかそんなに苦労かけたことはないだろう。

大岡 そのとき、俺は二十一か二だったからね。酒を飲んだというくらいだ。父親よりも先に死んだ。

小林 ぼくのは、親父*が先だろう、だからその苦労といったらひどいもんだよ。ぼくなんかああいう愚連隊だったからね。……それがいつもあるんだな。ぼくはこのごろ、おふくろのことばかり考えている。恩が返せなかったんだよ、ぼくは。それを思うんだよ。

大岡 だけど喜んでいたぜ。俺には言っていたよ。子供のときから秀雄ちゃんは、ってね。八卦見《はっけみ》がこのお子さんは

＊親父　小林秀雄の父豊造。大正一〇年（一九二一）三月二〇日、死去した。

いまに誰もしなかったことをやる、と保証したそうだぜ。そんなことはめったに言わない人だったが……。

小林 君の叔母さんのことを書いた小説（「叔母」*）は、俺はいいと思ったね。

大岡 あれはまあ、追悼文ですからね。

小林 なんということはないけれどさ、文章としていろいろなことがよく出ているね。

大岡 それはありがとう。ああいうものを褒めてもらうと、非常にうれしいんです。

小林 とにかく文章でね。おもしろい文章とおもしろくない文章というのは、俺には簡単なんだよ、このごろ。簡単なふうに読んでいるからね。作者の苦心がどうのこうの、そんなことは面倒くさくなってきたな。いらないような気がしてきたんだよ、このごろ。

大岡 そうですね。

小林 「叔母」はそういうところから出ていないからな。

*叔母 大岡昇平が昭和四〇年六月、『群像』に発表した小説。

大岡　あれは楽に書けたんです。

小林　文章は、もちろんそういうものなんだ。

大岡　正宗白鳥さんの文体を、実にはっきりほめているね。

小林　ぼくは、はじめから*ほめている。

大岡　それなのに、正宗さんと論争*がおこったことなんだけれども、正宗さんはときどきあんたのことを冷やかすようなことを書いていたような気がする。正宗さんは人にほめられると、喜んでいるわけじゃないぞということを、ちょっと示したいってな趣味があるわけですよ。

小林　そうかい。

大岡　終戦後の正宗白鳥さんとの対談*はおもしろかったな。論争以来はじめてでしょう。

小林　あれは君、ひどい対談なんだよ。戦後の酒なんかないときだよ。そのときに、本屋がウィスキーを一本持ってきたんだ。はじめて飲むんだ、スコッチ*なんて。しゃべっていてぼくは一本あけちゃった。それからあと酒だろう。

はじめから…　昭和七年（一九三二）一月、「正宗白鳥」を『時事新報』に発表、以後、文芸時評などでもしばしば言及した。

論争　昭和一一年（一九三六）、小林秀雄と正宗白鳥の間で交わされた「思想と実生活論争」のこと。小林が同年一月、『読売新聞』に発表した「作家の顔」が契機となった。

対談　昭和二三年一一月、雑誌『光』に掲載された、「大作家論」と題された対談をいっている。

スコッチ　Scotch（英）「スコッチ・ウィスキー」の略語。イギリスのスコットランド地方で生産されるウィスキー。

だから酔っぱらっちゃって、別れたときは知らねえんだよ。目がさめたら沼津*にいるんだ。数日たって対話録なるものが来たよ。酔っぱらっていて、読めたものじゃないよ。こんなもの、やめろと言ったんだ、とうてい出せないしね。正宗さんのところに持って行ったものを、私のところに廻して来たんだがね、正宗さん、ちっとも直していないんだ。俺はひどいこと言っているわけだが、正宗さんは自分の言葉をなにも直していないんだ。そして対話録の冒頭に「この対談、内容浅薄」と書いてある、走り書きで。はじめのうちはいいさ。しかし、あとになると俺のは先輩に対する言葉でなくなってきちゃったのさ。実に失礼なんだ。だからこんなものやめろと言ったんだが、相手はやめないと言うんだよ。出すなら出してもいいけれど、俺は失礼な言葉は削る。出すなら、その削り料を持って来い、そうじゃなければ俺はいやだ、と言ったんだ。そんなことがあって出たわけなんだ。そうしたらな、正宗さんは酔っぱらいとい

沼津　現在のJR東海道本線沼津駅。鎌倉へ帰るはずの小林秀雄が乗り換える大船からは約二時間寝過ごしたことになる。

うものはしょうがないと、「文藝」に随筆*を書きましたよ。

大岡　そのときのことを。

小林　薄暗いなんとかの二階につれていかれて、酒飲みと一緒に話して、こんな辛《つら》いことはなかった。わからないのは酒飲みの心理となんとかの心理であるとか書いていたよ。それはだね、正宗さんは対談が出ると同じときに出るようにしていた。正宗さんは正義派だから、いくらなんでも書き加えるということは絶対にしないですよ。そのままにして「内容浅薄」と書いただけなんだ。それじゃ癪《しゃく》にさわるから、別のところに酔っぱらいというものは、しかたないもんだという感想を出すようにした。それは僕の方が悪いんですよ、あの人の癖でもなんでもない。

大岡　あの対話録は、和気藹々《わきあいあい》という定評ですよ。

小林　むろん、和気藹々だよ。あの人はおこりゃしないよ、笑っただけですよ。だけれど、活字になれば先輩に対する言ではないんだよ。生意気な、失礼な言葉になるわけだ。

＊随筆　「座談会出席の記」。『文藝』昭和二三年一一月号に掲載した。

それをやめただけなんだよ。まあまあ、酔っぱらいだからしょうがないというところを残したわけ。妙なところは削っちゃったけれども、削るときに正宗さんが答えていれば削るわけにはいかないけれども、向うは相手が相手だから、うんうんと言っているだけだからね。

大岡　あのころ、あんたは柳田国男*を泣かせたり、よく年寄りをいじめたときだったけれど。

小林　それは絶対デマだよ、そんなことは絶対にない。

大岡　だって、俺にそう言ったじゃない。岩波文庫でフレイザー*の「金枝篇*」が出たころ、お前、なんだ、「金枝篇」を読んだらまるで骨格が違うじゃないか、と言ったら、柳田さんはなにも返事をしなかったが、ぽろっと涙を一つこぼしたって、言ってたよ。

小林　思い出せないね。君が覚えているならしょうがねえや。それはまあ、俺が言ったから涙をこぼしたわけじゃないよ。

柳田国男　民俗学者。明治八～昭和三七年（一八七五～一九六二）。著書に「遠野物語」「蝸牛考」など。

フレイザー　James George Frazer　イギリスの人類学者。一八五四～一九四一年。未開人の信仰や習俗を比較し、文化の進化を研究した。

金枝篇　The Golden Bough　フレーザーの著書。一八九〇年刊。一九三六年、補遺一巻を加えた全一三巻が完成。岩波文庫版は原著の簡約一巻本（一九二二）を基に、永橋卓介訳による五分冊版として昭和二六年（一九五一）三月～二七年一〇月に刊行された。

大岡 俺の感じではね、とにかく相手は民俗学を長くやってきた大家でしょう。しろうとの君に罵倒《ばとう》されて、それを聞いて我慢しなければならない。正宗さんは、内容浅薄と書いたけれども、柳田国男は返す言葉もなかったんじゃないか。

小林 俺は酒を飲むといけなかったけれども、罵倒というようなことはした覚えがない。お前さんにはそう伝えたかもしれないけれども、そういうことはないよ。柳田さんが*亡くなる前、向うから呼ばれて三度ほど録音機を持って行ってるよ。つまりあの人は、なにか晩年気になったことがあったらしい。というのは道徳問題だよ。日本人の道徳観、それを言い残しておきたかったんだよね。筆記をとってくれというので行ったけれど、結局それは駄目だったな。話がみんな横にそれちゃって、中心問題からはずれてぐるぐる回ってしまってね。あの人の研究の話をして、面倒な、辛い話になり、愚痴みたいなことになってしまった。

柳田さんが… 小林秀雄は昭和一一年一二月頃から創元社の顧問となり、創元選書の企画に参与して、「昔話と文学」をはじめ柳田国男の著書を多数編集・刊行していた。

大岡　外国は駄目だ、日本人はフレイザーを誤解すると言って、戦前には「金枝篇」の翻訳はさせなかったということだしね。日本全国から民話を集めたのは動かせない功績だよ。だけれど、全国の後輩から吸いとって自分の説として発表したそうだ。死ぬときになって気になったというのは、それじゃないかな。

小林　そうか。

大岡　だと思うな。日本人が死にぎわになってちょっと言うということは、とかく私生活のことなんだがね。正宗白鳥には、やはりあるかもしれないよ。家庭のこととかね。

小林　俺はそういうこととは考えないな。

大岡　柳田さんの場合が？

小林　それはぜんぜん違うね。やはり日本の将来の思想問題が心配だったということだと俺は思ったね。俺は君の言うような感じをあの人に持っていないもの。

大岡　あんたは柳田さんの文体をほめていたね。

小林　それはいいよ。

大岡　小林さんは昔から正宗さんの文体をほめているわけだが、そのほめ方は横光利一へのほめ方、「志賀直哉《なおや》*」みたいなよそいきのほめ方じゃなくて、親身なものの言い方があらわれている。こんど読み返してはじめて気がついたんだ。あなたのいまの文体が、あのころの文芸評論の中にはさまった感じなんだ。しかし、あなたは文学の批評はとっくの昔にやめちゃっているので、いまの読者は、「私の人生観*」「考えるヒント*」など、つまり人生の教師としての小林さんを頼りにしている、ということが言えるんじゃないかね。

小林　そうかね。

大岡　「近代絵画*」には、わりとあんたの過去の思い出があるように思うな。ボードレールのことを、あんなにていねいに書いたことはなかったでしょう。

小林　つまり回顧的になっていることか。

志賀直哉　小林秀雄は昭和四年一二月、『思想』に「志賀直哉」を、また昭和一三年二月、『改造』に「志賀直哉論」を発表している。

私の人生観　小林秀雄の講演録。昭和二四年一〇月、創元社から刊行。

考えるヒント　小林秀雄の随想集。昭和三四年六月から三九年六月にかけて『文藝春秋』に連載、単行本は昭和三九年五月、文藝春秋新社から刊行。

近代絵画　小林秀雄の画家論。昭和二九年（一九五四）三月から昭和三三年二月にかけて、『新潮』『芸術新潮』に連載。単行本は昭和三三年四月、人文書院から刊行。

大岡　「セザンヌ」の章がとくにいいな。

小林　セザンヌは好きだからな。だけれど、ピカソはほんとうは好きじゃないんだよ。ただ問題性があって別なところで好きなんだ。ピカソにはスペイン気質というか、旺盛《おうせい》な生活力があるんだが、それがつかめないからぼくのピカソ論というのは不具なものですよ。やはり好きにならないと、見方が意地悪くなるもんですよ。あれは意地悪な論文ですよ。

大岡　ピカソはあんたが気質的にうけつけないところがあるんじゃないの。

小林　だめだね、僕には。

大岡　ところで文学の研究家というのは不思議な存在だね。一つの筋を調べはじめると、そっちの方ばかりに頭が行っちゃうんだ。その筋に関係のある材料だけをひっぱってくる。

小林　人生を知らない者が、人生について知った人のことを研究しようとしているわけだ。これは無理だ。最初からもう、逆の方向に走っている。それがどうしてうまい具合に行くか。不自然なことだ。研究者が人為的に事柄を合わせるんだよ。

大岡　つじつまをな。

小林　つじつまを合わせるんだな。これは困ったことなんだ。

大岡　駄目だと言っても、耳に入らねえんだから。

小林　ぼくは、とにかく人を説得することをやめて二十五年くらいになるな。人を説得することは、絶望だよ。人をほめることが、道が開ける唯一《ゆいいつ》の土台だ。このごろ、人にはそれだけの道しかないように思っているんだけども、なんでもいいから僕の好きなものは取る。人から取るの。そういう道はあるよ。だから説得をやめたということは、人に無関心になったわけじゃないんだ。取れるものは取ろうと思い出したんだよ。ずいぶん昔のことだけれど、サン*ト・ブーヴの「我が毒*」を読んだときに、黙殺することが第一であるという言葉にぶつかったが、それがあとになって分ったな。お前は駄目だなんていくら論じたって無駄なことなんだよ。ぜんぜん意味をなさないんだ。自然に黙殺できるようになるのが、一番いいんじゃないかね。

大岡　二十五年来か。そうすると、やはり論争をやめたのは戦争中のことだな。

小林　僕の論戦の最後というのは、正宗白鳥さんですよ。これを最後にやめような、とおもってやめたんだ。

大岡　ぼくはやっと、三年前にはじめたんだけど、もうやめちゃったよ。

小林　批評家は自然に黙殺するようになるということにならなければ駄目だよ。僕はときどき文壇的座談会なんか読むけれども、なにも理解することができないな。絶対理解できない。よくもそこまで迷う人は迷うものだと思うけれ

＊サント・ブーヴ　Charles-Augustin Sainte-Beuve　フランスの批評家。一八〇四〜一八六九年。近代批評の創始者。著書に「月曜閑談」など。

＊我が毒　Mes Poisons　サント・ブーヴの断想集。原著者没後の一九二六年、未発表の手帖をフランスの批評家ヴィクトル・ジロー Victor Giraud（一八六八〜一九五三）が整理・分類し、同題を付して発表した。

どね。だんだんと迷うから、とんでもないところへ行っているのが、当人はわからないわけなんだ。曖昧《あいまい》な問題を発明しては、今日二つ迷って、明日三つ迷うという迷い方をしているからな。ちゃんと迷うことなんかできやしない。曖昧な迷いというものは、どうにもしょうがないな。

大岡　迷いに欲がつくからね。欲がつかなければ迷いもつかない。

小林　正宗さんという人は、八十過ぎまで生きてさ、聖人のごときものだね。ほんとうにあれはソクラテス*みたいだよ。

大岡　そうだね。

小林　現代のソクラテス。現代ではジャーナリズムの中にいたわけだけれども、白鳥さんが古代ギリシャにいれば樽《たる》*なんかに寝ていますよ。

大岡　正宗さんの小説は実におもしろいね。

小林　それはみなおもしろいよ。ただ正宗さんという人物

ソクラテス　Sokrates　古代ギリシャの哲学者。前四六九〜前三九九年。

樽なんかに…　前四世紀のギリシャの哲学者シノペのディオゲネスのことが連想されている。大きな樽を住居とし、虚飾を排し簡素・無欲を信条として生きた。

がわからないとおもしろくない。*自然主義ではない。才はないさ。才というよりはもっと違ったものを持っちゃった人だ。

大岡　才能がないと言っても、それは人をだます才能がないというだけのことでね。

小林　そういう意味ですよ。つまり芸というものを磨こうともしなかったし、磨かなかっただろう。

大岡　なるほど。

小林　あの人の文章は、*アランなんかの文章とたいへん似たところがあるよ。だけれどもアランというのは芸人でしょう。芸を誰が育てたかというと、伝統なんだよ。哲学的伝統ですよね。日本では、これが混乱した。いわば思想的芸術の伝統が壊れたんだよ。その意味での知識人の孤独を、私はよく考える。大岡だって、福田恆存《つねあり》だって、*大江健三郎だって、みんなそうだとおもう。知的伝統の援助が当てにできない辛さをみな持っている。磨きをかけているけれ

自然主義　日本の自然主義は明治の末期、島崎藤村、田山花袋らを先駆として本格的に興隆、正宗白鳥も自然主義の小説家とされる。元来は一九世紀後半にフランスを中心として興った文芸思想・運動で、自然科学と実証主義の成果にのっとり、自然的・遺伝的・社会的環境下にある人間の現実を客観的に描こうとした。

アラン　Alain　フランスの哲学者。一八六八～一九五一年。著書に「幸福論」「芸術論集」「精神と情熱とに関する八十一章」など。

大江健三郎　小説家。昭和一〇年（一九三五）愛媛県生れ。作品に「飼育」「個人的な体験」など。

ど、磨かれないものがいっぱい自分の中にあるんだよ。それはなぜかと言うと、いかに自分を磨こうとしても、環境が磨かしてくれないだろうが。だから僕らが自分でカットしたり磨いたりするところはほんのわずかなところだよ。たくさん隠れているんだよ、宝が。それはつらいね。

芸について

永井龍男

永井龍男（ながい・たつお）

一九〇四―九〇。作家。東京市神田区猿楽町（現在の東京都千代田区猿楽町）に生まれる。一九二〇（大正九）年、十六歳にして文芸雑誌「サンエス」の懸賞に応募した「活版屋の話」が当選。二三年、菊池寛に持ち込んだ短編「黒い御飯」が認められて「文藝春秋」に掲載された。小林秀雄らと同人誌「青銅時代」「山繭《やままゆ》」を創刊。二七（昭和二）年、文藝春秋社に入社。「オール読物」編集長、「文藝春秋」編集長を歴任。戦後しばらくして筆一本で立つ。四六年『朝霧』で横光利一賞、六五年『一個その他』で野間文芸賞、芸術院賞、六八年『わが切抜帖《ちょう》より』で読売文学賞（随筆・紀行賞）、七三年『コチャバンバ行き』で読売文学賞（小説賞）、また「長年の作家活動」に対して菊池寛賞、七五年「秋」で川端康成賞をそれぞれ受賞する。六八年芸術院会員。八一年、文化勲章受章。

芸について

◆昭和四二年（一九六七）四月、『婦人公論』に掲載。

小林　永井君は「毎日新聞」に小説（「*石版東京図絵」）を書くんで、職人の本を集めてたくさん読んでいるという話だが、職人の本てどういうもの？

永井　みんな現代のものです。小説が終ったら一度、引用させてもらった本を全部ならべるつもりですが、とてもいい本がありますね。みんなに少し読んでもらいたいと思いますよ。一番感心したのは「職人」という題名で出ている*竹田米吉という人の本です。神田の大工の棟梁《とうりょう》の息子で、小学校を出るとすぐ何のなにがしという棟梁のところに*奉公にやられて、ほかの小僧同様にひっぱたかれるわけです。

石版東京図絵　この年、昭和四二年（一九六七）一月四日から六月一日まで、『毎日新聞』に連載された。

竹田米吉　大工職人、建築家。明治二二年（一八八九）東京生れ。昭和二二年（一九四七）、竹田建設工業を設立。昭和五一年没。「職人」は昭和三三年、工作社刊。

奉公　他人の家に住みこんで使われ働くこと。

十二、三の子供が、松板を一日に六十枚けずるというような修業をしながら夜学へ通って、夜学から早稲田の工手学校というのを出て、やがて北海道苫小牧《とまこまい》の王子製紙工場など大きな建物の建築にも参与するようになるんですがね。その人の修業時代、明治から大正初年の話というのがとてもおもしろい。

小林　その人が書いたんだね。

永井　文章がととのっているから、しかるべき人の談話筆記かも知れません。それから「細工師」*（鈴志野勤著）。細工師というのは建具職ですが、江戸時代の自分の先祖からずっと調べて単行本を四冊出している人がある。細工師初代篇、二代篇、三代篇、四代篇とね。四代目は自分ですが、なかなかおもしろい。

小林　大工でぼくは思い出したけれどもね。いつか福田（恆存《つねあり》）君がどこかに書いていたんだ。どこかの大工さんの話なんだ。仕事場に行って、先輩の年よりの大工と一緒

細工師　「足立屋五代物語」の総題で、昭和三七年から四一年にかけて、建具工芸社から刊行された。

に仕事していて、小がんなを忘れて来たんだな。じいさんに「ちょっと小がんなを貸してくれ」といったら、「あいよ」といって、「あれば重宝なものさ」といって貸してくれたんだってさ。そしたら、そのときに妙な表情をしたっていうんだな。そのじいさんの大工がね。ニヤッと笑って妙な顔をして見たというんだよ。相手を見ながら、「あいよ」といって貸してくれた。それからあとでね、そのときのじいさんの表情を、あれは何て顔したんだろうと思った、ふっと、ああそうか、あの時にじいさん、まるで女房を貸せっていわれたような気がしたんじゃないか、ということに思い当るんだな。それでなるほどと思って、それがあの時の顔だということに、それに違いないと気がついてね、とても恥ずかしくなった。もうあまり恥ずかしくてたまらなくなってね、地面を這《は》って歩いたという話を書いていてね。ぼくはとてもおもしろい話だなあと思ってまだ覚えているんだがね。

永井　あれはいい話です。こんど文藝春秋から出た「職人衆昔ばなし」という本の中にあるんですが、最初は「室内」という建築雑誌に連載されたので、たぶんその時に福田君は読んだんでしょう。

小林　ああいうのは実におもしろい話だね。職人に道具は大事だなんていうことは、だれでも言うわな。だれでも知っていることだけれども、そんなこと言ったって聞いたってしようがないんだな。何にも解《わか》っちゃいないんだ。

永井　同じ人が言っているんだが、四寸《しすん》がんなというかんなでね、柱をスウーッと削ったかんな屑《くず》は、手の中へ入れるとなくなるくらいやわらかだそうだが、それを手のひらに感じた時は、何とも言えねえ、手間賃なんぞはこっちから差上げたい位いい気持だよと言っているんですよ。また同じ本の中で、ある建築会社の建築士と対談させられた、また別の大工さんが気焔《きえん》を吐いて、西洋のかんなは台が鉄でできている、だから狂いがなくていいと言いや

職人衆昔ばなし　児童文学者斎藤隆介（大正六～昭和六〇年〔一九一七～一九八五〕）が、職人たちからの聞書を編集したもの。正・続二篇が昭和四二、四三年に刊行された。言及の挿話は正篇〈大寅道具ばなし〉に出る。

室内　工作社が刊行する建築とインテリアの月刊雑誌。発行者・編集者は、後に随筆家として知られる山本夏彦（大正四～平成一四年〔一九一五～二〇〇二〕）。

四寸がんな　幅が四寸のかんな。「寸」は長さの単位。四寸は約一二センチメートル。

がったけれども、おれたちの木の台のかんなの良さというものを知らないからだろう。あれは柱なんか削ると、ピタッと吸いつく。それをスウーッと引く時の味というもの、それから、おのずと木の肌につやが出るんだそうだ。スウーッと引くとね。そういうものは鉄のかんななんかやっていてはわかりっこない、と言っているんですけどね。あなた、あれ読んだかな、*如是閑《にょぜかん》さんの「日本さまざま」という本。

小林　読まないな。

永井　これもなかなかおもしろい本ですよ。あの中に、明治十年に世界博覧会というのがローマであった。それに行っているのね、日本から大工が。日本館みたいなものを建てたんでしょうね。そのまま向うにいついちゃってね。五十年前に如是閑さんがロンドンに留学していたときに、その大工のおじいさんが如是閑さんの下宿へ訪ねてきたというんだ。そうしたら、宿のおかみさんがね、「あれはサム

如是閑さん　長谷川如是閑。ジャーナリスト、文明批評家。明治八年（一八七五）東京生れ。著書に「現代国家批判」など。昭和四四年（一九六九）没。「日本さまざま」は昭和三七年、大法輪閣刊。

ライか」と聞いたというんだ。「いや、あれはさむらいじゃない。クラフトマン（職人）だ」と答えたら、おかみさんびっくりしちゃって「あまり立派な態度のジェントルマンだから、有名なサムライかと思った」と言ったというんだ。そのクラフトマンだが、「クラフト*というものがなくなっちゃって、みんなサラリーマンになっちゃったわけでしょう、このごろはどこの世界もね。

小林　サラリーマンにはかんなはいらないからな。頭の才覚さえあればいいんでしょう。頭で計算して、計画を立てて、そのとおりやれば、それですむ。だけど、今のかんなのおやじの場合は、頭で考えたって、かんなの方で、ウンと言わなければ、事ははこばない。大変な違いだなあ。何から何まで、かんなとの相談だな。だけど、かんなと談合するわけにはいかないしね。だから、まあ言ってみれば、かんなとのつきあい、長いつきあいというものが、どうしても要るんだな。まるで女房とのつきあいみたいなものが、

クラフト　craft（英）技能、技術、わざ。

出来上がらなければならないのではないかな。女房はおれの計画どおり動くわけじゃないが、だけど動いてくれるでしょう、あきれるほど上手に動くかも知れない、つきあいによって。大工の名人が、仕事をしたのが、自分かかんなか知っているわけがない。いい職人というものは、みんな自分のした仕事に驚いているものなんだ、きっと。

永井 かんなに従うために、年季を入れなければならないという訳ですからね。

あのかんなの台、あれだってなにもああいうふうに刃を入れるようにできて売っているんじゃないんですよね。台木を買ってきて、自分でちゃんと彫り抜いて刃を入れた。さんざひっぱたかれてる小僧のころに、なけなしの小遣いの中からかんなの台を買って来て、長い間枯らすんです。十分枯れて狂いがないということになったら、そこで彫りにかかるわけですよ。何のなにがし作という、これも長い間欲しくて欲しくてならなかった刃を入れて、自分のかんなというものがそこではじめて一つできるわけだ。

小林　できるわけだ、自分のかんながね。

＊

小林　ぼくはこの間、偶然のことからファッツィーニ*（現代イタリア三大彫刻家の一人）という人の彫刻を一つ買ったんだ。ぼくはそんな人のこと、何にも知らないんだけど、持って来た人があって、とてもいいから買ったんだ。どうしていいかというと、職人なんだな。現代の新しい彫刻には違いないんだけど、やっぱり、ごく古ぼけた、いまのかんななんだな。そこから入っている彫刻だということは直覚できるんだよ。現代彫刻にはそういうのは少ないんだ、ことに日本には。大方は逆から入っているんだな。インテリのやり方なんですよ。頭から入るんで、かんなから入っていないんだよ。どっちから入った彫刻かということは直覚的にわかります。ぼくはファッツィーニが何派の彫刻家

*ファッツィーニ　Pericle Fazzini　イタリアの彫刻家。一九一三年生れ。作品に「ウンガレッティ像」など。一九八七年没。他の二大彫刻家はマリノ・マリーニ（一九〇一～一九八〇）とジャコモ・マンズー（一九〇八～一九九一）。

だか知らないけれど、ああ、これはもう職人だなあという感じはパッと来るんだ。つまりああいうものは下から入っていなきゃだめだというのが、ぼくの確信だ。上の方から入ろうとしたって、入口はない。

永井　如是閑さんがその説ですね。本来の日本の文明は、宗教も哲学も全部手から入ったというんですよ。

小林　それは、大変な問題になるだろうが、僕は、今、日本の特殊な問題として考えてはいない。今どこにでもある問題ではないのかな。

ファッツィーニという人はどういう人かと聞いてみたんですよ。彼に会って彼をよく知っている人がいたのでね。話を聞くとやっぱりそういう人らしいんだ。要するにいまの文化人なんていうものとは関係がない人だというんだよ。やれ批評家だとか、やれ何だとかいう連中とつきあったって、芸には何にも関係ないんだからね。ただ好きで彫っている。そのうちに、みんなが、えらいとかなんとか言うから、社会的にはだんだんえらくはなっていくんだがね。ぼくはそんなことも何にも知らなかったんだけれど、姿からふっとそんなものを感じて。

永井　あなたはピカソのことを書いておられるけれど、ピカソの絵なんていうものはどういうことになるんですか、いまの話の続きにすると。

小林　あの人も、大した職人芸を持って、画に入った人なんでしょうね。ピカソの仕事は、創造的というより、むしろ批評的、まあ問題的というか、そういうものなんだね。その問題的な性質に、ぼくは興味を持った。あんなふうな人が現われてくるということは、たいへん現代に特徴的なことだろう。その特徴的なことを自分一人でもってしょって立っているだろう。非凡なことには違いない。そこを狙《ねら》って、ぼくはピカソ論を書いたのだが、出来はよくないんですよ。いろいろな人がピカソ論を書いているが、ピカソ像というものは、描き難いものなんだな。ぼくはセザンヌなんていうものはほんとに好きだが、そんな愛着はないですよ、ピカソには。

永井　セザンヌから出ていったんでしょう、あそこまで。

小林　出ていった。まあそういう批評家的伝説があると言ったものかな。まるで違った人間なんですからね。セザンヌという人は、死ぬまで、まっとうな職人で押し通したんだ。芝居っ気なんか、てんでないね。まわりを見まわすようなところはないですね。考えているのは、要するにかんなのことだけだよ。どういうふうに刃を入れたら柱に吸いつくか、また吸いつかないかって、それだけですよ。死ぬまでそれだけですよ。そんなものでは、現代ではもうだめだ、とピカソは考える。

永井　まわりを見ているということは、現代を意識しているということですね。

小林　そういうことです。セザンヌという人は、特にいい画をかき出してから、世間なんかと何の関係もないです。

弟子もなし、友人もなし。世界の情勢も、フランスの情勢も何にも彼は知りはしなかった。全然引っこんでいて、画は出来上がったんです。そんなものがどうして全世界に訴えるのかね。実に不思議なことだ。実に不思議なことだと考えこまない奴は、ぼくは馬鹿だと思う。

現代に関心を持てということがよく言われるが、現代の日本に暮していて、このことばの具体的なはっきりした意味合いはと言えば、それは新聞雑誌をよく読めという意味ではないか。それに気が付かずに、そんなことばを使っている奴も、ぼくは馬鹿だと思っている。

職人っていえば、まあぼくらでも職人には違いないんだが……。ぼくらの道具と言えばことばだからね。ことばという小がんなを持っているかいないかというところだけが、ぼくらとしろうととが違うわけだろう。まあ文士でかんなが使えているやつがいるかどうかということだよなあ。（笑）

永井　この間ある運座《うんざ》で「寒弾《かんび》き」という季題が出ましてね。いい季題だなあと思ったんだけど、寒弾きというと、なにか三味線のほんとうのいい音が聞えそうな気がするし、そういう厳しい修業があったろうと思うしね。文章なんかでも、やはりそういう寒弾きを経てこなくちゃいけないようなところがあるんだろうと思って、心に残ったんですが。

小林　それはあるでしょうね。でも、ぼくなんか、やっぱり評論をやっているでしょう。評論というものは、だいたい論理を働かせる仕事ですからね。やっぱり頭から入っているわけだ。だから、そんなことではだめだと悟るのには、ずいぶん時間がかかるね。だいたいこのごろの小説でもたいへん評論の要素が多いでしょう。ずいぶん頭のほうから入る傾向が強いやね。だから、ことばとつきあって、そのつきあいの中から、生きた観念や思想がうまれる、というふうな時間のかけ方をする人が少ないのだね。

永井　ぼくは寒弾きという季題を聞いたとき、すぐ「徒然《つれづれ》

運座　俳句を作る会合。出席者が優れた句を選びあう。
寒弾き　三味線の寒中稽古。
季題　俳句を作る詠題として出される季語。
徒然草　鎌倉末期の歌人、兼好（弘安六年頃〜文和一年以後〔一二八三頃〜一三五二以後〕）の随筆。

草《ぐさ》」を思い出したんですがね。ああいう文章なんていうものは、なかなかうまれないんでしょうね。しかもそれを壁かなにかの下貼《したば》りにしちゃったということだが。

小林　そういう伝説があるけれども……。

永井　いい伝説ですね。後世の人がそれを探し出してああいうものが残ったという。貼っちゃったという心境ね、自分の書いたものを。西鶴*だって、秋成*だってそうじゃないかと思うけれど、やっぱり自分のために書くという文章というところから離れると、なにか甘くなるところがあるんじゃないですかね。ことに小説の場合はね。ぼくの書くものなどは、そのよい例ですが……。あなたは西鶴はあまり買ってないんでしょう。

小林　いや、そんなことはありません。それは「徒然草」なんていうのは別格なものでね。時代も時代だが、二度と出ないようなものじゃないかと思うけれどもね。とにかく調子で書き流したところなんぞ、一つもないのだからね。

西鶴　井原西鶴。江戸前期の浮世草子の作者、俳人。寛永一九～元禄六年（一六四二～一六九三）。作品に「好色一代男」「世間胸算用」など。

秋成　上田秋成。江戸中期の読本作者、歌人。享保一九～文化六年（一七三四～一八〇九）。作品に「雨月物語」「春雨物語」など。

それこそ君の言うように寒弾きみたいな文章だ。それに戯《げ》作《さく》者になれば、売らなきゃならんし、どうしてもそうはいかない。芭蕉*だって、俳句はすごいけれど、散文はずいぶんいい気なものだからね。いろいろ調子でもって流しちゃっているでしょう。そんなところが「徒然草」には全然ないんですからね。あんなもの、とても珍しい文章じゃないのかね。

永井　自分しかないね、あの文章には。

小林　しかし、巧《うま》くいかないものだ。あの散文の名人だってやっぱり歌はだめだから。

永井　兼好さんの歌というのは、なにか変に悟りのほうが先に出ちゃっているように見えますね。

小林　それは宣長《*のりなが》さんだって、あれだけ歌がよくわかっている人でいて、歌を詠《よ》めばつまらないからね。やっぱりあれは芸だね。あの人にとって、学問とは芸なのです。散文と歌と、それだけ違っただけでも、やはりかんなが違うと

芭蕉　松尾芭蕉。江戸前期の俳人。寛永二一〜元禄七年（一六四四〜一六九四）。句集に「猿蓑」「炭俵」、俳文に「笈の小文」「奥の細道」など。

宣長さん　本居宣長。江戸中期の国学者。享保一五〜享和一年（一七三〇〜一八〇一）。著作に「紫文要領」「石上私淑言」「古事記伝」「玉勝間」など。

いうようなものがあるのだね。芸には一般的なものなんてないのよ。一つもない。一人一人が、自分の狭い道を辿《たど》るのだね。その他に何かを創《つく》り出す合理的な道はないのだし、これを、職人の非合理主義などと片付けるのは、思想の上の怠慢だよ。

＊

永井　こんどの「芸術随想」*の中にね、いろいろな瀬戸物*はみんな壺《つぼ》になりたかったんだというところがありますね。あれもずいぶんおもしろかったな。やっぱり壺というものが一番真髄なんですか、瀬戸物の。

小林　そんなことよく考えたこともないけれどもね。このごろでこそ、やれ、美だ何だと言っているけれども、昔の人にとっては、あれは生活の必需品なんだからね。酒をとっておこうとか、大事なものをしまっておこうとか、そういうものでしょう。そうすれば、ああ、こういうふうな姿

芸術随想　小林秀雄の随想集。昭和四一年（一九六六）一二月、新潮社から刊行した。

いろいろな瀬戸物は…　「芸術随想」所収「信楽大壺」に書いている。

にしたいというものがあるでしょう。だから、壺の姿は、大事なものは大事に取っておいてあげるから安心し給《たま》えという、そう言っているような姿に見えるんだ。そう、向うから語りかけてくるんですよ。壺がそう言うんですよ。こっちから、私が意味を付けるわけではない。向うから何か教えてくれるんだよ。

そういう経験は、道具類が好きで、手元に置いている人は、みなよく知っている経験なのだ。これは、博物館ではなくて、経験出来ない。妙な言い方をするがねえ、壺を見るのではなくて、壺から眺められるという経験が、壺の姿を納得するコツみたいなもんだな。何もかも手元に置くわけにはいかないが、このコツは極めなければね。ぼくみたいに、何かというとすぐ物を買う癖のあるやつのことを、インテリは骨董《こっとう》趣味とかなんとか言うがね、インテリというものはみんな美に対してずいぶん自負心が強いものだよ。美は自分の言うことを聞くと思っているんだ。おれの思うとおりになるんだから、おれが美術館に出かけていけば、それですむと思っている。美術は現代の教養の一部だ、しかもかなり重要な一部だ、などという自負心の生んだ空想のうちに暮しているんだ。

近頃、小金をためた金持連が、私立美術館をこしらえるのが流行だね。税金を逃れて文化事業が出来るのだから、当然流行するわけだが、インテリの方でも、器物が金持の専有から解放されるのは結構なことだと思っている。いやな流行だねえ。あすこに入ってしまえば、みんな死んでしまうんだからね。ガラス越しに、名札をはられて、曝《さら》し首のように並んでいるだけだ。しかもどうせ小金で買ったんだから、第一流品はありはしない。二流三流のものばかりだ。ということはね、世間に再びばらまけば、愛好者の手によって、また息を吹き返し、現実の美の経験を人々にさせてくれるものばかりだ。その息の根を止めてしまう。それだけのものだ。

文学だってそうじゃないですか。古典を読まなきゃいけないというようなことなんか、だれも、言うんだけどね、ちっともそうはならない。それも、けっきょく自分のほうが古典よりえらいと思っているところが、大もとなのではないかな。古典なんか、こっちからいくらでも解釈してやるという、そういう了見なんだよ。「万葉」*をよく読んでいれば、「万葉」というものは壺みたいになるでしょう。そうすれば、いろいろのことを教えてくれますよ。

永井 この時代というのはこうこう、こういう時代で、こうだったから、こういうものが出来た、こういう事が起こったという、そういう筆法ですべてがおしまいになっているのが現代の研究という気がしてなりませんがね。

小林 出来てくる秘密までわれわれにわかっているというんだ。興味がなくなるのはあたりまえだ。

しかし「万葉」に、壺に親しむように親しむということは、たいへんなことだね。お恥ずかしいが、しなきゃいけ

***万葉** 「万葉集」。日本における現存最古の歌集。五世紀の初めといわれる歌から八世紀半ばの歌まで、約三五〇年間の長歌・短歌等約四五〇〇首を収録する。

ないとわかっていながら、なかなか出来ませんよね。ぼくがこんど宣長さんを書いていて、すっかり休んじゃっている*というのも、簡単な理由なんですよ。宣長が、あんなによく「源氏*」を読んだでしょう。「源氏」をよく読まないで、あの人の「もののあはれ論」がどうのこうの言ったって、こんな恥ずかしいことはないですよ。すると、大変なことになってしまうのですよ。

宣長には「源氏物語」がたしかに壺に見えています。そうでなければ、「もののあはれ論」なんて出来上がる理由がない。じゃ、おれに、壺に見えるまで読めといったって、それには学力がないし、もう時間はないし、もうだめだよね。だけど、ああ、壺が見えるように見えていたんだな、と想像するぐらいのところまで読まなきゃならんだろうが。その程度のことしか、私には出来ないのですよ。

あたしみたいな好奇心の強い、何でもかんでもやりたい男は、まあ何でもかんでもやりますけれども、そんなふう

すっかり休んじゃっている　小林秀雄は昭和四〇年（一九六五）六月、『新潮』に「本居宣長」の連載を開始したが、翌四一年一一月から四二年三月まで中断していた。

源氏　「源氏物語」。平安中期の長篇物語。全五四帖。

なことになっちまうんだな。そんなさ、がにうまれついたから、それでいいわけなんだろうがね。そんなことを気にするのは空想だな。利口な人がどうなるか、才能のある人が何を書くか、そんなことはとてもとても、わかりゃしませんよ。世の中は才能のある人を滅ぼすようにも出来ているし、馬鹿が壺をこさえるという好運も惜しまないし……。

永井　きょうここへ来る前に、国立劇場で「毛抜《けぬき》」をやっているのをテレビの舞台中継で見ていたんですが、カラーかなんかで見ればまた、いくらかごまかしがきくのかも知れないが、大きな舞台で、「さようしからば」なんてやっていたと思うと、グーンと役者の顔が大写しになったり、全然索漠たるもんです。テレビに映ったものは歌舞伎でも何でもない。どういうわけであんな中継をするのか、している人たちの頭を疑いたくなる。やめたほうがいいと思いますよ。役者たちにも非常に気の毒だと思うんですよ。

小林　さんは歌右衛門《うたえもん》をたいへん認めているんだけれども、

毛抜　歌舞伎十八番の一つ。文屋豊秀の家臣、粂寺弾正が、小野春道の息女錦の前の髪が逆立つ奇病を磁石の仕業と見ぬき、悪家老の陰謀をあばいてお家騒動を収める。

歌右衛門　中村歌右衛門。歌舞伎役者。大正六年（一九一七）生れ。現代歌舞伎の代表的な女形。平成一三年（二〇〇一）没。

歌右衛門にしたって、舞台中継で大写しにされてごらんなさい、それは困ると思うね。芸じゃないですよ。ただ醜悪だね。男が女になった顔を大きく写して見せるというだけのために、あんなことしているんじゃないかという気がしてきますね。

小林　それは無理だ。映画というものは、はじめから写真にとるようにこさえているでしょう。だから、あれでいいんだけれど、芝居は写真をとるようにこさえてないんだからね。それは無理だ。何も彼《か》もぶっこわしちゃうんだ。だが、この大変な無理をテレビがしていることには、案外みんな無関心なのだね。この無関心は映画が養ったものではないのかね。写真を見れば、これは実物だ、間違いない、という安心が、みんなの心のなかに居据わっているんだよ。テレビにうつれば、こりゃ芝居の実物だと思っているんだよ。それで安心なんだ。芝居も芸もへったくれもありゃしないのだよ。

芝居では、とにかくあそこには人間が出てくるからね。ほんとに人間の実体が出てきますからね。その感じと、写された画面の俳優との違い、その感覚を、映画というものに慣れた人は失うのだね。動いている影画に眼が慣れて来ると、実物と肉眼との微妙な関係、これは画家や彫刻家が実によく知っている関係だが、その関係について全く鈍感になってしまうのだ。映画を見ている当人はちっとも気付かないが、写真に対する視覚というものは、全く抽象的視覚なんだよ。その作る感動は非常に観念的なものなんだ。誰もそうとは思っていないが、映画の楽しみ方というものは非常に観念的なものなのですよ。非常に観念的なものは、ひどく動物的なものを挑発するのだ。私はそう考えています。この心理学はやっかいだがね。

永井 六十すぎると、やっと小林さんの言うようなことがおぼろげながらわかってきてね、こんちくしょうめと思うんですよ。思うだけで、相変わらずかんなは思うようには

動かないんだが。(笑)

小林　それはお互い様だよ。しかし頭の計算や計画に決して服従しようとはしない、かんなという道具の存在は、実に大事なことだと思う。これを容認した上での職人の仕事というものは、全く自然で健康な仕事だと僕は思うのだ。それが仕事の楽しみだと言っていいだろう。仕事が楽しみでなくて、一体仕事とは何だい。

永井　ひどいものですよ。かんなが使えるまでということで、一途《いちず》に修業したんだからね、昔の職人は。今の人間はかんなというものは電気で動くものだと思っている。

小林　現代の思想というものは、みんなかんな抜きの思想だな。現代の現実主義*も唯物論《ゆいぶつ》*も。現実主義というのは、実は能率主義の異名さ。合理的生活の能率を高めたいと言っている豪《えら》そうに見える処世法さ。唯物論だってちっとも思想としての力はない。ひっくり返った観念論*さ。知覚とか感覚とかを大切にしている振りはしているが、こいつを

現実主義　理想・空想を排し、目前の事実を最重要事と位置づけて行動する主義。
唯物論　物質のみを真の実在とし、精神や意識はその派生物とする考え方。マテリアリズム。
観念論　物質や自然は精神によって規定されて初めて存在しうるとする考え方。アイデアリズム。

本当に知っているセザンヌの視力には何の関係もない、従って彼のパレットには何の関係もない議論なんだからね。みんな、かんな抜きの思想にちょろりとやられているのだよ。だからレジャーというものがただ一つの楽しみなんだ。仕事にはもうあきあきしているんだ。

五味康祐

音楽談義

五味康祐（ごみ・やすすけ）
一九二一―八〇。作家。通称「こうすけ」。大阪市難波に生まれる。一九四二（昭和十七）年、第二早稲田高等学院中退、翌四三年、明治大学専門部文芸科本科入学。学徒出陣し、中国大陸転戦の後、南京で捕虜となった。四六年、復員後、様々な職業を転々とした。保田《やすだ》與重郎《よじゅうろう》に師事。五二年、「新潮」の編集長であった斎藤十一の庇護《ひご》を得、新潮社の社外校正者に従事する。「喪神」が文芸雑誌「新潮」の同人雑誌推薦新人特集に掲載された。翌五三年、同作品が芥川賞を受賞した。以後、時代小説作家として活躍し、柴田錬三郎とともに剣豪小説ブームを巻き起こした。クラシック音楽の他、手相や観相学、麻雀《マージャン》にも造詣《ぞうけい》が深く、関連の著作も多い。『柳生連也斎』『剣法奥儀《おうぎ》』『柳生武芸帳』『二人の武蔵』『スポーツマン一刀斎』『色の道教えます』『西方の音』『五味オーディオ教室』『五味マージャン教室』『五味手相教室』等著書多数。

音楽談義

再生音の音質について

五味　先日、今《こん》（日出海《ひでみ》）先生のお宅へ寄せて頂いて、オ*ルトホンのカートリッジ*とクォード*のアンプ、ナショナルのスピーカー（テクニクス1）をお持ちしたのですが、ナショナルよりもビクターの電蓄のスピーカーにつないだ方がよかったです。

小林　ナショナルはうちで鳴らしたら、うまいこと鳴ってたね。どうも合うやつと、合わないやつとがあるのかね。

五味　相性みたいなものはございますね。ラッパだけじゃ

◆昭和四二年（一九六七）五月、『ステレオサウンド』に掲載。

オルトホン　Ortofon　レコードプレーヤー用カートリッジで知られるデンマークの音響機器メーカー。オルトフォン。

カートリッジ　cartridge（英）アナログ・レコードのプレーヤーで、レコード針に伝えられた音声振動を電気信号に変換するための部品。

クォード　Quad「Quality Unit Amplified for Domestic」の略。イギリスの音響機器メーカー、クォード・エレクトロアコースティック社。

なくて、カートリッジだって、オルトホンがいいとかシュアー*がいいとか、専門的にいうといろいろあるわけですけれどもね。本来ならば、一番いいので鳴らせば、どんなレコードでもよくかかるわけですけれども、かけるレコードによって、カートリッジを替えた方がいい。少なくとも聴いた感じが。あのナショナルのスピーカーを、同じアンプでわたしの家で鳴らしたときには、えらいいい音でした。部屋というものは、実に大きな影響力をもっているものです。ある部分品だけをとり替えて、これでよかったとか、なんとかいうのは、初期の段階ではそうですけれども、ある段階になりますと、部屋全体がスピーカーみたいなものですから、スピーカー一台いいのを納めたからといって、必ずしもそれだけの差でよくなるかどうかわからないらしいんです。だから、どんな場合だって、納めてみて鳴らさないことには、専門家はわからないというんです。

このあいだも、大がかりなシステムを使っている人の音

＊シュアー Shure　レコードプレーヤー用カートリッジやマイクロフォンで知られるアメリカの音響機器メーカー。

を聴きましてね。それがひどい音なんで。

小林　そのシステムというのは……。

五味　マルチ・チャンネル*で、そのアンプを自分で作っているんです。自分でアンプ作っている人の音というのは、もちろん日本人ですけれども、一度として、いい音だなと思ったことがない、聴くに耐えない音なんですが、その人はいいと思っているわけです。

話が変わりますが、当人はいいと思っている音でも、ほかの人が聴けばなんてひどい音だろうということがよくあるんですね。そうすると、同じハイフェッツ*ならハイフェッツを、千種、千人、千様の音色で聴いているわけでしょう。千人のハイフェッツがレコード界にはいるわけです。このことを、レコードの鑑賞……とくに批評する場合、どうお考えになりますか。

小林　……。

五味　大体、ぼくの体験で見ますと、少しずつよくして来

マルチ・チャンネル　multi-channel（英）「マルチ」は「多数」の意、「チャンネル」は電気信号の通路のこと。レコードの音響を、たとえば、高音域、中音域、低音域専用の複数のアンプで増幅し、それぞれ独立したスピーカーで再生して聴く方式などをいう。

ハイフェッツ　Jascha Heifetz　ロシア出身のヴァイオリン奏者。一九〇一年生れ。二〇世紀前半の代表的名演奏家の一人。一九八七年没。

たという自負みたいなものが皆さんにある。実際耳できいてきたからなんですが、それ以下で鳴っている音というのはわかるのです。だけど、たとえばぼくのところで、いいと思っているより、もっといいはずだという装置の音を聴かせてもらって、それが良く感じられないと……。

小林　そこまでゆくと、もうその人の慣れの問題だね。耳というのは順応するからね。各自の個性はむろんあるだろうし、ある音に非常に鋭敏な耳かも知れないし、ある程度から上は、もう一人一人のことじゃないのかね。

五味　*高城《たかじょう》（重躬《しげみ》）先生という方がいらっしゃいまして、ぼくらの指導やアンプを作ってもらったりした方なんですけれども、いままで*真空管だったものが、*トランジスターになって、そういう新しいものを採り入れて、高音、中音、低音と別々のアンプで別々のスピーカーを鳴らすマルチ・チャンネル・システムで聴いていられるんです。その音が測定器に映るわけですよ。ところが、これは悪いんですよ、

高城重躬　オーディオ評論家。明治四五年（一九一二）生れ。平成一一年（一九九九）没。

真空管　ガラス管の内部を真空にし、電極を封入して、増幅・検波・発振などのために用いる電子部品。二〇世紀初頭に発明された。

トランジスター　transistor（英）ゲルマニウムやシリコンなどの半導体を用いた小さな電子部品。二〇世紀中頃から、従来の真空管に代わる増幅素子として使われるようになった。

といわれる音の方が、オシロスコープ*に良く映った音よりも、どうもいい場合がある。ということは、こちらの耳が、悪い音に馴《な》じんでしまっている為だと反省はしても、それは口先でいうことでね。ぼくら、そんなに立派なシステムなら、どんなにいい音だろうと思っていくわけです。はじめから、こちらは期待した「音の像」を作ってしまっている。演奏会を聴きに行くときもそうですけれども、蓄音機の場合は、どんなにいいだろうと思って行って、概して良かったためしがない。そうすると、ぼくらが機械から聴いている音は、ナマに近づけばいいにこしたことはないでしょうけれど、ナマに近づこう、近づこうといっているうちに、間違えたところで耳が同化してしまっているのか。それがこの頃、気になって仕方がないんです。

小林　そういう話は、結局のところはステレオのメカニズ*ムというものと耳のオーガニズム*というものの違いという問題に帰するのでしょう。耳のオーガニズムというものは、

オシロスコープ　oscilloscope（英）電気量の変化をブラウン管に波形に映し出して観察する装置。

メカニズム　mechanism（英）機械、装置の仕組み。

オーガニズム　organism（英）生体の組織。

音響のメカニズムにいつも順応するとは限らない。それはぜんぜん嘘《うそ》ですよ。大まかなところでは順応する。高い振動や、低い振動の音を高音低音と聴く。簡単なところでは順応しているけれども、少し微妙なものになれば、服従してないでしょう。機械はこういう音を出しているはずだといったって、聴くか聴かないかは、こっちの勝手ですよ。だから微妙なところへ行けばというそれだけの問題だろうとぼくは思いますね。生きた耳に対応する聴覚空間というのを考えたっていいわけだ。音響学者にいわせれば、幾何学空間だけしかないだろうが、だけれども生きた耳の感ずる聴覚空間というものは、人間のオーガニズムが作っている空間なんだよ。ぜんぜん主観的なものではないとしてもだよ。耳にはそのほかの空間はあり得ない。耳にそういう幾何学的空間をもてといったって、元来もてない。物理学的な振動がどんな風に空間を伝わると説明したって、それで聴覚を説明する事は無理だろう。ある程度は耳というものは物理的な構造をもっているから、それに従うよりほかはないけれども、それから先のもう少し微妙な感受性ということになれば、ぜんぜん精神のもんだもの。常にぼくらの精神が創作しているもんだもの。だから少し気分が悪ければ、音が違って聴こえる。そういうことをただ主観的と片づけるわけにもいくまい。それはどうしようもない現実的なことだ。感受性の上で、精神が創作しているということは、極く自然な現象だ。自分の聴覚的空間を、創作し、つくっているからね。それに従って聴くより、しょうがないだろう。それをどう分析することもできないし、命令することもできない、極端な場合は客観的に測定した音とぜんぜん違っている。細かいところまでいけば、自然な錯覚があるよ。そこの違いがいつもあるわけさ。食い違いはいつだってあって、永遠にどうすることもできないね。「これは理想的な音」なんてものはあり得ないですね。

五味　そうおっしゃれば、そうなんですけれどもね。たとえばスピーカーがご機嫌のいい時と悪い時とあって、ボリウムを同じにして、同じ針で鳴らしているのに、いい音が聴こえるときと、とってもいやに聴こえるときとある。

小林 そういうことはありましょう。

五味 それは全部こちらのコンディションが違うといっているのですが、ちょっとノイローゼ気味になりますと、ソケットのさし方をかえると、音が現実に変わってくる。これは物理的なものでしょう。広がりが違ったり、どうしてもそういうふうに聴こえるのです。こちらは電気は何十サイクル*で来ていると頭から信用しているわけですが、ぼくらの知らないような影響を電気そのものがどこかで受けているのではないかしらと。

小林 それはそうです。波長とかなんとかいったって、非常に抽象的なことなんです。現実にだね、どんな波長が、どんな波長といっしょに、どんな方向でどんなふうに耳を刺戟《しげき》しているかということを考えればわからないですよ。

* 何十サイクル 「サイクル」cycle（英）は電気の周波数の単位。現在では「ヘルツ」（Hz）が一般的。

偶然というのは装置のメカニズムそれ自体にもありますよ。その問題ともう一つはさきにいった、ぼくらが常に主観的に創作している聴覚空間というものが必ずあるということですよ。抽象的な理論で、こうなれば理想的だというものを作っているわけだよ。だけれども、実物というものは、これは物でしょう、たった一つの。理論は一般的ですけれども ね。作るものは一つの物でしょうが。必ず同じものはできませんよ。どんな機械だってできませんよ。二つ同じスピーカーはできませんよ。

五味　できません。

小林　理論は同じだけれども、厳密に言えば、ステレオ装置は必ず一つ一つ違った音を出しているわけよ。それを結局何でしらべているかというと、ギリギリのところは耳に頼って調べている。思うようにはいきませんよ。

五味　だけれども、ああうまいこと鳴ってくれたなという喜びが、どうして持続せんでしょうかね。たとえばきょうはうまいこと鳴った、小林先生にこれお聴かせしたら、どんなに喜ばれるか、という音に鳴るときがあるわけでしょう。それからしばらくしてかけると、こんなものつまらなくて……事実その音が悪くなっていると思うんです。

小林　鳴るということ、或《あ》る蓄音機が或る一つの音を出すということは、考えて行けばやっぱり一つの歴史的な事件ですよ。二度とくり返されないよ。きみは二度とくり返すと思うわけだよ。

五味　そうです。持続させよう……。

小林　いや、持続しないよ。たった一回の事件ですよ。ナマの演奏というものは一つの事件でしょう。これは明瞭《めいりょう》ですわ。蓄音機は何回でもくり返すと錯覚しているんだよ。ところが蓄音機だって、非常に微妙なメカニズムでしょう。二度と同じ音出さんと割り切ってはいかんですかな。あたしは、あんたほど神経質じゃないから……あなたはそういうことがほんとうに、面白いんだね。

五味　決して面白くありません。ぼくは蓄音機があるといえば、どんな機械でどんな音を出しているかということで聴くこと自体は楽しいですけどね。

小林　いったい、ステレオというものは、大体メカニズムの進歩の限度にきているのですかね。それともどんどんよくなる可能性があるものですか。

五味　まだまだ進歩する可能性があると思います。いままでの蓄音機というものは、低音をコーンスピーカー、紙のスピーカーが鳴らしますね。あれは昔のSP*の電蓄のころから、それほど進んでないのです。アンプ*とかカートリッジのほうで長足の進歩をとげていますけれども、紙を振動させて音を出すということでは、少しも変わってないわけですね。小さなスピーカーでも、ある程度の低音を出せるというようなことでは進んでいますけれども、誰かがぜんぜん別のスピーカー方式を考案すればもっとよくなるに違いない。しかし、どんなにいいといったってナマの音には

SP　一分間に七八回転するレコード。standard playing record（英）の略。

アンプ　amplifier（英）　増幅器。オーディオ機器で、電磁波の振幅を増大させて感度を補強する装置。アンプリファイアー。

かなわない。

小林　ナマの音というのを、もう少し考えたらいいじゃないの。ナマの音なんて存在しないかも知れないよ。

五味　だって現実にあるんですから。

小林　いや、客観的に存在しているのは、物質の振動だ。どういうものか分析するでしょう。何サイクルのものが……。

五味　サイクルとは関係なしに、トランペット一つにしたって、パッと鳴り出すと……。

小林　そうです。トランペットの音質を感ずる。音質というものを聴いているんだよ。ナマの音というのは、感受される質なんですよ。計算できるものは量でしょう。量の方を操作して人間の耳が感受できないような音さえ再生する装置はできる。だけれども、そんなものぼくらには一つもいらないでしょう。耳は自分に合った音色、それだけをキャッチするわけだろう。量を研究してみんなナマの音に近づこう近づこうとするんだがそうじゃない。実は自分の耳に近づこうとしているんだ。例えば音楽会にいってこれから音楽がはじまるという期待をもっている、ある一つの雰囲気のなかの、ぼくらの全体の肉体の一つの態度よ。それがぼくの耳を、聴覚をきめてしまうのよ。それがナマの音さ。きょうは蓄音機じゃない、たしかに実物を聴いているという態度があるんだよ。

五味　あのね、ビクターがナマとレコードと聴きくらべて、何百人やらに聴かせたら、十何人しかわからなかったというのは、その十何人は、いかなる場合に聴いてもけじめを聴き分けるでしょう。しかし、商売というのは、十何人を相手にしているんじゃなくて、だまされる何百人を相手にしているわけでしょう。はじめからだまされるものとして作られているんです。もし、ぼくらが選ばれた十何人だとすると、どこまで……。

小林　そういう意味ではナマの音とステレオの音を区別す

ることはできないよ。だってそのときに、人間はナマであるか、ステレオであるか、考えているわけなんだよ。試験台に立たされている事を意識しているんだ。だけど音楽会に聴きにいく人は、そんなこと考えてないよ。楽しみにいくんだよ。ただ楽しいというナマの音と、試験されるナマの音とは違うでしょう。試験される大ていの奴は試験に落第する。ステレオをそこまでもっていくことは可能なのよ。だから可能になっているでしょうが。それでケチをつけている。いつでもケチをつける。これはステレオに対するきみの態度の表われだ。態度が表われるのだ。

五味　それはその通りです。

小林　だけどあなた、相当やられているよ。ステレオの臨場感、リアリズムというようなことにやられているんですよ。それはなんともいえず一つの魅力がある、原音というものは、そんなものはないんですね。ほんとうにないんだけれども観念として居坐《いすわ》るね。

五味　いつもぼくら思うんですが、うまいこと鳴ることがなければ、はじめから割りきれるんですが、ある部分の音はほんとうにうまいこと鳴るから。

小林　うまいこと鳴ると思っているのです。原音でもなんでもないんです。自分の構成した音なんですよ。

五味　自分の気に入った音があるんですよ。いかにもナマらしいという……。

小林　それはあなたが想像した楽音なんですよ。あなたがよりどころとした、あれはいいというような一つの原音なんですよ。そういうものは。

五味　自分の好きな楽器というものがありますね。たとえばぼくの場合は弦ですが、それだけに、スピーカーでいちばん鳴りにくい音は弦の音なんで……。

小林　そうですか。

五味　先生がおっしゃった耳の創造にかこつけたら、そこで終っちゃうような気がするのです。もっといい音というのは、耳が作るのですか。

小林　耳という生きた器官が働いているという事は、耳には創作も発見も可能だという事になると思うのです。耳には耳の知慧《ちえ》がある。そうだからと言って、客観的な音が存在しないという事にはならぬ。耳は原音をなぞるものではない。耳はカートリッジではないという事が言いたいまでです。巨大な音の世界というものが存在します。これについては、僕等はほんの僅《わず》かの事しか知らない。僕等の意識は、その巨大な自然の音の世界のほんの一部で、共鳴を起こしながら生きている。そして音を発見し、創造もしている。それが耳の知慧だろう。

五味　先生のおっしゃるのでいくと、ぼくのように耳が聴こえなくても同じだということになりますね。ぼくの一番怖《おそろ》しいのは、低いところの或る音がスピーカーから鳴っても、ぼくには聴こえない。人には聴こえる。ぼくがいいという音は、ほんとうにいいんだろうか。そういう不安みたいな……。

五味　そうですか。そうですか。

小林　そこから出ている。ぜんぜん問題は別になるんですね。

小林　それはべつの話になります。音楽は単に音の組合せではないからね、音楽の持っている意味を感ずるという事とは別です。つんぼになったベートーヴェン*に何が聴こえていたか。これは怖しいような事だが、しかし、何も格別な病的現象とは言えないからね。彼が耳が聴こえていた頃から、音楽を精神で聴いていなかったら、つんぼになって音楽が彼の内部で鳴ったわけがないでしょう。このあいだアインシュタイン*の書いたものを読んでいましたらね、ヴェルディ*を論じているのです。あれはメロディストで通っている人だが、あのくらいメロディを嫌った人はないということを書いているのですよ。ヴェルディのメロディというものは、おまえたちがメロディだなんて思っている裏の

ベートーヴェン　Ludwig van Beethoven　ドイツの作曲家。一七七〇〜一八二七年。聴覚を失った後の作品には交響曲第九番、荘厳ミサ曲、弦楽四重奏曲第一二〜一六番、ピアノ・ソナタ第三〇〜三二番、ディアベリ変奏曲など。

アインシュタイン　Alfred Einstein　ドイツの音楽学者。一八八〇〜一九五二年。著書に「モーツァルト」「シューベルト」など。言及のヴェルディについては、「音楽における偉大さ」〈第二章　偉大さの確実性・13〉で論じられている。邦訳は浅井真男訳、昭和四一年（一九六六）、白水社刊。

ヴェルディ　Giuseppe Verdi　イタリアの作曲家。一八一三〜

方で鳴っているもので、おまえたちのメロディとはぜんぜん違うもんだ。ということをしきりにいっているのですよ。きみたち「*トラヴィアタ」を聴いても、「*アイーダ」を聴いても、耳に快いメロディだといっているけれども、それは間違いだ。そんなことをいったらきみたちはヴェルディという人を間違える。ヴェルディがどうしてワーグナーと拮抗《きっこう》するくらい偉い音楽家であるかということは、わからないだろう。そういうことをいってるんです。聴こえてくる音というものに、あんまり神経質になれば、音楽が逃げるという事があるでしょう。わたしは*ショパンのほんの一部を聴くとします。これがステレオだろうが、SPだろうが、かまわないのです。その記憶があればショパンを発見します。ザラザラの音を聴いてもショパンをちゃんと聴きます。

五味　おっしゃることはよく分ります。だけど、それなら演奏というものが介在する余地はなくなりはしませんか。

一九〇一年。歌劇に「オテロ」「ファルスタッフ」など。

トラヴィアタ　La Traviata　デュマ＝フィスの戯曲「椿姫」に基づくヴェルディの歌劇、三幕。一八五三年初演。パリの高級娼婦ヴィオレッタの悲恋を描く。

アイーダ　Aida　ヴェルディ作曲の歌劇。四幕。一八七一年カイロで初演。エチオピアの王女アイーダがエジプト軍に捕えられ、その将ラダメスと恋をし、獄中でともに死ぬ。

ショパン　Frédéric Chopin　ポーランドの作曲家、ピアニスト。一八一〇～一八四九年。二曲のピアノ協奏曲と様々なピアノ独奏曲を作曲、「ピアノの詩人」と呼ばれる。

ぼくの言っているのは再生される音の、つまり演奏です。

小林　私は演奏無用論者ではない。演奏がなければ、音楽は実現しない。わかり切った話だが。だが、ステレオの流行が、音楽をステレオ的に聴く傾向を育てている。それが気に入らないのですよ。たとえば、あるパッセージ*を、ぼくがどこかで、ラジオからショパンのマズルカ*を聴きます。あ、ショパンだなとすぐわかる。あとはよく聴こえなくともとっても楽しいですよ。みんなわかる。これがショパンがほんとうに鳴っている事なんですよ。なんともいえない感動はちゃんと受ける。その感動というものは、耳から絶対聴けないという経験をしたことがあります。ぜんぜんなかからきている感動ですよ。その生々しさというものは、耳からくる感動というものと、ちっとも変わらない。ちょっとした音のきっかけさえあれば、ぼくはあとは全部埋めることができる。全部聴いているわけじゃないですよ。だけど聞く以上のものはちゃんとあるね。ははあそういうも

パッセージ　passage（英）主題や旋律の間にあって概して経過的な楽句。ここでは、ある一節というほどの意。

マズルカ　mazurka（ポーランド）ポーランドの農民舞曲。三拍子で、第一拍に付点音符、第三拍に鋭いアクセントをもつ。ここはこの舞曲に基づくショパンのピアノ独奏曲のことで、生涯にわたり約六〇曲を作曲している。

のが音楽だ、音楽とはこういうものだということがわかったことがあるんですよ。三十年も前のことだ。忘れないですね、その印象は。

五味 それは、誰もが経験することじゃないんでしょうか。音はわるいかも知れないけれども、ぼくが初めて音楽を知ったのはよその家の音なんです。どこで聴こうと、だけど、それは自分の音楽だと思うんです。今だって、どんなつまらない蓄音機だろうが、よその家で鳴っている音楽はわかる。この演奏はいいとか悪いとか、全部聴いています。

小林 自分の家に今あると駄目ですか。邪念が入るのですね。音楽以外のことを考えるのですね。

五味 そうです、そうです。

小林 音なんですよ、聴いているのは。音楽ではない。あなたがそのときに聴いているのは、楽音というより雑音だと言ってもいいかも知れないよ。雑音がないかと耳を澄ましている。そういうふうに分析的に聴くのはだめだ。スピーカーが雑音を出さなくなって、楽音だけを上手に出すようになれば、もう安心という事になる。これを音楽として聴く判断力がお留守になるんだ。＊ハイドン聴こうと思うからハイドンなんで、雑音がとれたらハイドンになると思って、雑音をとってもハイドンにはならないですよ。ぼくにはハイドン聴いた記憶もある。＊モーツァルト聴いた記憶もある。＊バッハを聴いた記憶もある。みんなある。こんどベートーヴェン聴こうと思ったらベートーヴェンの音楽はちゃんと聴こえるんだ。音楽的な耳というものは、音楽の記憶を満載した感情をもっているものだ。この記憶のないステレオ・システムの音楽分析に心を奪われるから、ぼくらの音楽感情にいろいろ不都合を起こすのは当然のことなんだ。ステレオ気狂いはみんなそこに入っているんだ。音楽を文化として聴いてない。音として考えている。ステレオさえよければ、快い音を与えてくれる、音楽をそういう音として扱っているとしたら、こんな傲慢《ごうまん》無礼なことはない

ハイドン　Franz Joseph Haydn　オーストリアの作曲家。一七三二～一八〇九年。交響曲形式を確立し、一〇〇曲を超える交響曲を作曲した。

モーツァルト　Wolfgang Amadeus Mozart　オーストリアの作曲家。一七五六～一七九一年。作品に、四〇曲以上の交響曲、二七曲のピアノ協奏曲、二三曲の弦楽四重奏曲、一七曲のピアノ・ソナタ、歌劇「フィガロの結婚」「魔笛」など。

バッハ　Johann Sebastian Bach　ドイツの作曲家。一六八五～一七五〇年。作品に「マタイ受難曲」「ブランデンブルク協奏曲」「平均律クラヴィーア曲集」「フーガの技法」など。

よ。

ワーグナー・人と音楽

五味　先生は以前バイロイト*に行かれまして「藝術新潮」にもお書きになりましたけれど。

小林　困っちゃったね。ワーグナー*についてなんてね。ワーグナーという人はこんどバイロイトに行って、「指輪*」を聴きましょうと思ったのは、こっちでは機会がないし、あの作曲はあの人が一生かけたもんだし、あれを聴けば、だいたいワーグナーというものは、こういうものかいと納得できるだろうと思って聴いた。それはつらい骨の折れることだった。あのなかに入ってね、ときどき強い感動があるのですね。ぼくら、ほんとうにはよくわかりません。音楽的教養がちゃんとあって、ワーグナーを聴くなら別だが、ぼくらみたいなただ音楽が好き、面白いというだけなら先《ま》ず退屈なものですわ。だけれどもね、ちょうどぼくらがお

バイロイト　Bayreuth　ドイツ南東部、バイエルン州の都市。ワーグナーが建設した祝典劇場があり、毎年七～八月、その楽劇上演の音楽祭が行われる。小林秀雄は昭和三八年（一九六三）に訪れた。

ワーグナー　Richard Wagner　ドイツの作曲家。一八一三～一八八三年。従来の歌劇を改革、より総合芸術としての統一感を高めた楽劇を創始した。

指輪　「ニーベルングの指環」Der Ring des Nibelungen のこと。ワーグナー作詞・作曲の楽劇。序夜、第一夜～第三夜の四部からなる「舞台祝祭劇」。世界支配の象徴である黄金の指輪をめぐって、地下の小人族《ニーベルンゲン》と天上の神々とが、地上の巨人族、

能見るようなことでね、やっていますとね、ときどき、とっても凄《すご》いんですよ。ずっとぼくは四日間いきまして、最後に*ジークフリートが死ぬ、お葬式がある、そうすると*ブリューンヒルデが飛び込むでしょう、火の中に。あのへんはすごいですね。ワーグナーの音に毎日行ってたから慣れたということもあるけれどもね。それはちょっと、ブルッとくるようなものがありましたね。だからワーグナーというものは、どうしてあんなに人の心を捉《とら》えたかということが、なるほどそうかもしれんということは、納得できましたね。

五味　ジークフリートが死ぬところは、「指輪」の中でも圧巻ですから。

小林　毎日毎日行ってましたからね、わりと慣れてきたのですよ。それでね、あのジークフリートのお葬式の音楽なんてものは、たいへん有名だけれども、有名になってもいいですね。とにかくぼくはそう思ったな。あんな*フュネラ

人間をも巻込みながら繰広げる権力闘争のドラマを描く。

ジークフリート　Siegfried　「ニーベルングの指環」第二夜、第三夜に登場する英雄。小人族《ニーベルンゲン》の血をひくハーゲンの奸計にはまり、背中を刺されて死ぬ。

ブリューンヒルデ　Brünnhilde　ジークフリートの妻。元いくさ乙女《ワルキューレ》。亡夫を火葬する炎に身を投げる。

フュネラル・マーチ　funeral march（英）　葬送行進曲。「ニーベルングの指環」〈第三夜・神々の黄昏〉第三幕第二場で演奏される。

ル・マーチは書けた人はないし、ワーグナーがでる前にはありませんし、これからもない……あんな、そう、まあ、なんといったらいいか……。

五味 それは舞台をごらんになって……。

小林 いや、舞台なんてつまらんですね。

五味 それはウィーラント・ワーグナー*が……。

小林 ええ、この人は単純に暗くして、ほとんど動きのないようにしていますから、目ざわりということはないのです。ちっともないのです。だけれども、なにか絵がある。助けられるようなものはあります。ぼくは結局、あれは音楽の力じゃないかと思いますね。それからジークフリートが死ぬときに、ジークフリートを担《かつ》いでいくところが見えるということは、あれはいいですね。あれは不思議な男だな、ワーグナーというやつは。

五味 「トリスタンとイゾルデ*」はごらんになりましたですか。

ウィーラント・ワーグナー Wieland Wagner ドイツの演出家。一九一七〜一九六六年。リヒャルト・ワーグナーの孫。

トリスタンとイゾルデ Tristan und Isolde ワーグナー作詞・作曲の楽劇。騎士トリスタンと王の婚約者イゾルデとの禁じられた恋を描く。

小林　あれは見ないですよ。もう一つ「トリスタン」があるから行きなさいといっても、もう勇気がなくてね。「トリスタン」はぼくはレコードでは聴いているからね。これもやはり凄いだろうと思いますね。あれはほんとうにワーグナーのもので、一番シンフォニック*なものじゃないかな。ぼくはワーグナーはシンフォニー作家だと思っている。そういうふうに確信しているのです。これは自分の独断かもしれないけれども、よく知らないからそんなことというのかもしれんけれども、そういうふうに聴くんですね。そういうくせがあるのかな。モーツァルトもこういうふうに聴くんだが、ぼくのくせかもしれん。

五味　ぼくも我流できくほうなんですけれども「指輪」のなかでは「ワルキューレ」*が好きです。

小林　そうですか、あれもいいです。だいたいぼくはワーグナーというものに対する理解というのは、ニイチェ*から貰《もら》ったものが一番なんだけれども、あんな鋭い批評という

シンフォニック　symphonic（英）交響曲的、の意。

ワルキューレ　Die Walküre　「ニーベルングの指環」の第一夜。いくさ乙女《ワルキューレ》の一人で主神ヴォータン最愛の娘ブリュンヒルデは、父の命に背き双子の兄妹を救おうとしたため、炎に包まれた岩上に眠らされる。

ニイチェ　Friedrich Wilhelm Nietzsche　ドイツの哲学者。一八四四〜一九〇〇年。

ものは他にはないだろうと思う。けれども、ただニイチェという人は、文明批評家だからね、とても頑固な文明批評家ですから、ああいうひどいことをいうんだが、それなら他の音楽家について鋭い批評を書いているのかというと、ぜんぜんワーグナーだけです。「カルメン*」が面白いとか、なんとかいってるだけですからね。

ワーグナーという人は、考えているよりもナチュラルな人だと思いますよ。「トリスタンとイゾルデ」でも、あのプレリュード*というものは、やかましいものですけれどもね、非常にナチュラルだね、自然だね。半音階という、自然な音階というものですね。あれが近代音楽のはじめとかなんとか、よくわかりませんし、つまらぬことだ。あれはほんとうにワーグナーの実に自然な音だと思うね。そういうふうに聴きますよ。

五味　ドビュッシー*はどうしてあんなに、ワーグナーにひかれたんでしょう。ドビュッシーの質のなかにあるのです

カルメン　Carmen　フランスの小説家メリメの小説をもとに、フランスの作曲家ビゼー Georges Bizet（一八三八～一八七五）が作曲した歌劇。

プレリュード　prelude（英）前奏曲。

ドビュッシー　Claude Debussy　フランスの作曲家。一八六二～一九一八年。作品に交響詩「海」など。

か。

小林　あの人はドイツではワーグナーより*ブラームスと近い人じゃないですか、しかしドビュッシーという人は、*「リング」を聴いてでてきたときに、なんだい、このなかの一つの分派じゃないかというような、そんな気がしましたよ。そのくらいぼくは違ったんじゃないかと思うのですね、音楽家としてのレベルが。

五味　それはシンフォニーの方じゃワーグナーでしょうけれども、音楽家としてはドビュッシーの質は、質というのはおかしいけれども、上のような気がしますが、そんなことないですか。

小林　そんなことはないと思うね。

五味　*「ペレアスとメリザンド」聴いてると*ワグネリアンというところがちょっとあるのですよ。

小林　分派ですよ。あるですよ。

五味　しかし、「ペレアスとメリザンド」をパリの*オペラ

ブラームス　Johannes Brahms　ドイツの作曲家。一八三三～一八九七年。四つの交響曲のほか、協奏曲・室内楽・声楽曲など。

リング　Ring　「ニーベルングの指環」のこと。

ペレアスとメリザンド　Pelléas et Mélisande　メーテルリンクの台本によるドビュッシーの歌劇、五幕。一九〇二年初演。国王の孫ゴローは、森から連れ帰った謎の乙女メリザンドが、父親違いの弟ペレアスと親密になってゆくのを見かね、弟を殺す。

ワグネリアン　Wagnerian　(英)　ワーグナー崇拝者。

オペラコミック　劇場「オペラ・コミック座」Théâtre de l'Opéra-Comique のこと。一七

コミックで見て、全くつまらなかったですわ。

小林　ぼくはそうでもない。レコードしか知らないけれども。

五味　レコードのほうがよかったですね。いやらしかったです。ペレアスというのはどんな歌手がやっても、ゴローのほうが儲《もう》け役のような気はするのですが。例の有名な、髪を館《やかた》の二階から垂らす場面がございますね、なんといういい音楽だろうと昔は思ったんですが、見たら、つまらなかった。

小林　それはなんといったって、同列のレベルにおいて論じられる音楽家じゃないな。

五味　そうですか。

小林　私はワーグナーを好きにはなれない。しかしなんといったって、偉いということは否定することができないな。感動するんですからね。ニイチェが「なんであんな、われとわが身を引き裂くようなバカなことをするのか」という

一五年に設立された。

ことをいったけれどもね、そういうふうには聴こえないですよ、音楽なんだから。そうじゃないですよ。「トリスタン」の官能性だとか、批評家はいうけれども、あの官能性というものは、ほんとうに音楽ですからね。ちゃんとした、形式が整った、立派な音楽ですから。

五味　ぼくは「トリスタンとイゾルデ」を聴いていたら、勃然《ぼつぜん》と、立ってきたことあるんで、ははぁん、官能というのはこれかと……戦後です。三十代ではじめて聴いた時です。フルトヴェングラー*の全曲盤でしたけど。

小林　そんな挑発的なものじゃないよ。ワーグナーはみんなそういうけれども、ほんとうに慎重で綿密で、とっても意識的大職人だと思うね、ぼくは。あの人の「ベートーヴェン論」*は面白いですよ。論文としては下手くそですがね。あの人、ずいぶんいろいろなものを書いて、とっても注目されたけれども、そういうのはよく知りませんし、自分で弁解したり、説明しようとしたり、理論づけようとしたり

フルトヴェングラー　Wilhelm Furtwängler　ドイツの指揮者。一八八六〜一九五四年。ベルリン・フィルハーモニー管弦楽団の首席指揮者などを歴任。言及の「トリスタンとイゾルデ」は、トリスタンにルートヴィヒ・ズートハウス、イゾルデにキルステン・フラグスタートを起用して、一九五二年にスタジオ録音された史上初の全曲盤。

ベートーヴェン論　ワーグナーが一八七〇年にベートーヴェンの生誕百年を記念して執筆した音楽哲学論文「ベートーヴェン」のこと。

……そんなもの、ぼくはなくても構わないと思うんですよ。ただあの人の音楽家としての意識だね、これは文章とは全く格段なものだ。そういうふうな、あの音楽意識の広さというようなものね、そんなものはぜんぜんドビュッシーなんかと違うものじゃないかと思いますね。
五味 しかし、あれだけ博打《ばくち》をやり、人の奥さんを次から次へ……。
小林 ひどいやつです。しかし音楽だけは、あの人はあのなかでは博打をやっているとは思わないね、音楽のなかで。それをニイチェはひどく叩《たた》きましたけれども、ぼくはニイチェのいうようには思わないのです。あの人の音楽というのは、非常に節度を保った立派な音楽だと思います。あれだけの境地を開いて、よろめいたところなんかないじゃないか。
五味 ジークフリート*が生まれたのは、ワーグナーは五十何歳かのときですね。

＊ジークフリート Siegfried Wagner ドイツの指揮者、作曲家。一八六九～一九三〇年。リヒャルト・ワーグナーが五六歳のとき、三二歳のコジマ・フォン・ビューロー（作曲家リストの娘）との間にもうけた子供。

小林　ぼくはあの人の伝記知りませんけれども、伝記を読むと問題のあるような人だろうと思うけれども、そんなことをいってくると何が何やらわからなくなって、伝記のほうから音楽を聴くようになるでしょうが。そんなことつまらないことだし、どんな悪いやつだって、音楽だけ残っていて、みんな忘れて音楽を聴けばいいんだろうとぼくは思うんだ。

五味　そらそうなんですけど。「トリスタンとイゾルデ」の船のところで*、イゾルデが薬を飲んでから、ガラッと態度のかわってくるところ、何か麻薬を打たれたような感じがしました。つまり麻薬というのが、ワーグナーの場合私生活なんで……。

小林　それはワーグナーはちゃんと計算していることで、それだけのものはあるよ。それはほんとう認める。何度もいうけれども、「神々の黄昏《たそがれ》*」の中でジークフリートが死ぬ。あそこでテューバ*がでてくるだろう、お葬式で。ボッ、

船のところ　「トリスタンとイゾルデ」の第一幕。トリスタンへの秘めた恋心の苦しさから、死の魔酒を飲むことを決意したイゾルデは、侍女ブランゲーネの計らいで取り替えられた愛の魔酒を飲み干す。

神々の黄昏　Götterdämmerung「ニーベルングの指環」の第三夜。ハーゲンの奸計によってジークフリートは殺され、その妻ブリュンヒルデは呪われた指輪をラインの乙女たちに返して炎に身を投じ、神々はじめ旧世界は没落する。

テューバ　tuba（英）低音域に用いられる金管楽器群の総称。特にワーグナーが「ニーベルングの指環」演奏のために考案したものをワーグナー・テューバ

ボッ、ウーというのがあるでしょう、向うへいくときに暗いんだよ。少し坂道になっていて、そこをだんだん棺《ひつぎ》が進んでゆくんだ。あのなかで音楽が鳴っているわけですよ。それは見なくてもいいんですけどね。何ともいえない。あれはお葬式というものじゃ、ぜんぜんないんだよ。これはジークフリートというもんなんだ。ジークフリートというものを、おまえたちは見てきたろう、一幕からずっと。いまや死んだんだ。貴様ら、ジークフリートをどういうふうに思うか、そういうふうなものがあの音楽ですからね。ワーグナーは*タートということをしきりにいってるでしょう。あすこの音楽はたしかにタートに違いないと納得した。ショパンだって、ベートーヴェンだって、ぜんぜん考えつかなかった葬送行進曲ですよ。だれも書けないし、書いたことがないですよ。

これも、勝手なわたしの推断ですけれども、ワーグナーの「ベートーヴェン論」を読むとよくわかるが、ベートー

と呼ぶ。

タート　Tat（独）行為。ワーグナーは一八七二年に発表した「楽劇という名称について」で、自作が楽劇と呼ばれることに反対し、「形象化された音楽の行為」と呼びたいと述べている。

ヴェンの晩年の作品の特質というものをよく知った最初の男はワーグナーだと思うんですよ。ワーグナーはわかったんですね。最後のベートーヴェンの苦しみがわかったのですね。でなければ、どうしてあんなシンフォニストが生まれますか。音のイデ*と音のイデのあいだに葛藤《かっとう》が起こる。それがドラマだ。

まあ、そういったことを面倒な言葉でいろいろ議論しているが、言葉ではよくわからない。「リング」でそれが感じられたような気がしました。ブリューンヒルデが燃える火の中に飛び込むでしょう、あそこでパッと鳴るでしょう。あれでたくさんです。あれでワーグナーは終ったんです。ブリューンヒルデのあのときの絶叫というものは、あれは女の絶叫でも、人間の絶叫でもない、松の木が女になったような絶叫です。僕は慄然《りつぜん》としました。

イデ idée (仏) ここでは、楽音が表象する特定の観念、の意。

今日出海　交友対談

今日出海（こん・ひでみ）

一九〇三―八四。作家、文芸評論家。北海道函館に生まれる。兄に作家の今東光がいる。一九二五（大正一四）年、劇団心座を起こす。二八（昭和三）年、東京帝大仏文科卒（同期に小林秀雄がいた）。三〇年、劇団蝙蝠《こうもり》座を起こし、演劇活動をする一方、「文芸都市」「作品」「行動」「文學界」などの同人として多数の評論、エッセイを発表する。三二年より明治大学講師、翌三三年より教授。四一年、徴用され陸軍報道班員としてフィリピンに従軍。終戦後、四五年から翌年にかけて文部省芸術課長を勤める。五〇年、「天皇の帽子」で直木賞受賞。六八年、文化庁初代長官（七二年まで）。七二年、国際交流基金初代理事長（八〇年まで）。七四年、勲一等瑞宝章《ずいほうしょう》受章。七八年、文化功労者。主な著作に『山中放浪』『三木清における人間の研究』『迷う人迷えぬ人』『怒れ三平』『海賊』『吉田茂』『隻眼《せきがん》法楽帖《ちょう》』等。

交友対談

◆昭和五〇年（一九七五）九月、『毎日新聞』に発表。

引っ越し

今　今度、引っ越すんだってね。

小林　うん、もう下に降りる。こんな山のてっぺん*に、この齢《とし》では住み切れない。子供*が住んでいる直ぐ傍にプレハブ住まいをするんだよ。もう何もかも面倒臭くなった。

今　そうすると、今の家（鎌倉市雪ノ下）へ住みついてから、どのくらいいたんだろう。

小林　僕は終戦から三年ほどしてあそこへ越したんだから……。

山のてっぺん　小林秀雄が昭和二三年（一九四八）六月から住んだ鎌倉市雪ノ下の家は、鎌倉八幡宮裏手の坂を登りきった高台にあった。

子供　長女明子《はるこ》のこと。

今　そうすると、もう三十年だな。
小林　そうだね。
今　その家を三十年にして越すわけだ。その前にいた家（鎌倉市扇ヶ谷）には、今、漫画家の那須良輔*さんが住んでいる。
小林さんの今の家は、鎌倉でも一流中の一流だろうな、風景が。亡くなった佐藤栄作*さんの別荘も海が見えるけど、そりゃ、あんなもんじゃないわ、小林さんの所は。今は腰かけるようにすっかり改造したが、前はお座敷に坐《すわ》ると、大島*が見えた。
小林　今だって見える。
今　木が多過ぎるよ。
小林　まだ半分見える。
今　君の所は、家まで坂を上がって行くのが大変だよ。あそこに三十年住んで引っ越すのかと思うと、他人事《ひとごと》とは思えないね。俺も心臓が悪いから随分行かなかったが、それ

那須良輔　漫画家。大正二年（一九一三）熊本県生れ。政治風刺にすぐれた。平成元年（一九八九）没。
佐藤栄作　政治家。明治三四年（一九〇一）山口県生れ。昭和三九年（一九六四）一一月から四七年七月にかけて内閣総理大臣。昭和五〇年六月三日没。
大島　伊豆大島。鎌倉の南、伊豆半島の東に位置する。三原山で知られる。

でこの間、ちょっと見に行ったんだ。木が鬱蒼《うっそう》としていますね。元はあんなじゃなく、海が広く見えたな。

小林　よく見えた。三十年経《た》つと、随分茂るもんだよ。昔は、僕の所から由比ガ浜の花火が見えたもんだけど、今は見えない。木で隠れてしまって、向うのほうで上がってやがる。

今　小林さんの所の山は原生林ですよね。だから鬱蒼たる……まあ山荘だな。その山を降りて町中《まちなか》の生活へ入るというのは大変だろうと思うけれども、僕にとっては便利ですね。うち（鎌倉市二階堂）へ少しでも近くなったから、誘いに行ったり、遊びに行ったりするのには便利だもの。

小林　そりゃ君、今の家は非常にいい所だが、住んでいる身になれば大変な所ですよ。

今　奥さんだってあの坂を上り降りするのは大変だ。それ以上に、何か注文したって、誰も届けてくれないだろう。

小林　それもあるが、あそこへ越した頃には、水道がなかったでしょう。あんな高い所に井戸が三本ある。越してきて二、三日したら、井戸のモーターを盗まれた。これには弱ったな。あの頃は泥棒がいっぱいいたからな。モーターが皮切りで、何回やられたかね。住むには苦労な所だった。

今 本格的な泥棒も這入《はい》ったね、お宅には。

小林 本格的泥棒というのも変だがね、まあインテリと違って、泥棒には贋物《にせもの》はないな。

今 泥棒だけならまだいいんだが、小林の体の上に跨《また》がったのもいたな。

小林 ああ、あれは泥棒じゃない。二人組の強盗だ。短刀で頬っぺたを叩《たた》かれて目が醒《さ》めたんだ。

一番先きの泥棒は学生さんでね。こいつは僕のところのレコードを全部持って行っちゃった。三回ぐらいで持って行ったね。書斎は鍵《かぎ》が掛かるでしょう。何にも知らないんだよ。開いていた窓を閉めたら、上の回転窓から今度はやって来た。回転窓は外から押せば開くという事を泥棒から教わった。これでは何でも盗まれるよ。あの頃はレコードは貴重だった。僕はその頃レコードに凝っていたから、随分持っていた。

今 それは出て来ないのか。

小林 みんな直ぐ売り飛ばすからな。それに調書なんて、面倒臭くて書けるものではない。その男が私の山の下で挙動不審で捕まってね。後で捕まえた巡査と話したがね。逃げだしたから咄嗟《とっさ》に上着を脱ぎ捨てて追いかけて捕まえたんだが、戻ってみると上着が誰かに盗まれていたんだ。これには驚いたと彼は言っていたがね。その泥棒は後になってお礼に来た。

今 泥棒のお礼とは? おかしいな。

小林 いや、減刑嘆願書っていうものを出したんでね。向うで書いてくれって言うから。弁護士が雇えなければ官選の弁護士がつく。その弁護士から頼まれたのさ。こういう訳だから減刑嘆願書を出してくれという事でね。そのお礼に来たんですよ。家内が出て、どなた様でございますかと言うと、「こないだお宅に這入った泥棒でございます」。

今　そう言ったのか。

小林　そうなんだ。働きたいと言うので、方々頼んでみたが、泥棒をなかなか雇ってくれる所はない。とうとう菊岡*(久利《くり》)君に頼んだがね。芝浦*の仲仕さ。結局、また金を借りられて逃げられてしまった。次が強盗さ、その時に手紙が来た。「結婚して今は落ち着いています。今度は強盗が這入ったっていう事が新聞に出ているのを見た。お懐《なつ》かしい」っていう訳だな。確か、そう書いてあった。

今　美談には違いないがね。その強盗も捕まったな。

小林　捕まった。あの頃は警察も強かったし、強盗の方も、すれていなかったな。呑気《のんき》で、人がよかったな。短刀で頬っぺたを叩かれた時には驚いたが、その短刀がぶるぶる震えているのだな。こりゃ新米だ、あわてたら大変な事になると直ぐ考えたな。この二人組だって、初めはテーブルの

菊岡久利　詩人、小説家。明治四二〜昭和四五年（一九〇九〜一九七〇）。詩集に「貧時交」など。

芝浦　東京都港区東部の地名。東京港の西部地区で、工場や倉庫が多くある。

上に刀を突き立てて凄《すご》んでいたが、金を出してだんだん話をしているうちに、帰る時分には、こっちが煙草《たばこ》を銜《くわ》えるとライターで火をつけてくれたからな。

怪我っぽい

小林　だがまあ、こんな話は詰らないな。近頃つくづくとそう思う。僕みたいに怪我《けが》っぽい男は特にそう思うのかな。色んな事があったが、詰らん事だったとね。

今　人生の浮沈だからな……。

小林　老人は過去に生きると言われるけれど、そうかな。そんな事はないな。あったとしても、それは詰らねえ事だったという事の裏面を言うに過ぎない。そんな気持だな。こんな事を言い出すのはね、今度引っ越しするとなって考えたんだが、私んとこには、別段余計な持ち物なんかない。ところが運ぶとなってこれは不可能と思ったのは本だよ。三十年経つとよくもこれだけ溜《たま》るものだと呆《あき》れたね。俺は怪我っぽい男だよ、よく言われて来たが。思想精神の怪我っぽさを見せつけられているように思ったな。書庫を造って整理するなんて器用な真似《まね》は私には出来なかった。ただ雑然と溜っているのだ。文士というのは、本に頭をやられた男なんだな。本の山が俺にはっきりそう言ってるんだ。そんな気がした。

今まあ、一種の悟りみたいなものがあればいいが……。ところで、君はまあ、よく怪我したよねえ。僕もね、もう一年前くらいになるかな。うちの前に水を撒《ま》いてあったんだ。水道なおしに来ていたのかな。土が黒くなって、くぼんでいる。目が悪いもんだから、そう思い込んじゃって、そこを降りようとしたらガクンと膝《ひざ》をついちゃった。骨が折れてるらしいよ。それで、ゴルフの坂を上がる時にいけねえんだ、痛くて。それでしょっちゅう君の事を思っているんだ。あいつも長いこと辛抱したんだからとね。肩の骨が折れていた事があったね。一年ぐらい痛がっていたじゃないか。勿論《もちろん》、俺の事だから、医者にも行かずだが、しかし、痛いことは痛い。ここ(東京築地の「吉兆」)で座談会をやった帰りに、君は自動車から落ちたんだよ。

小林 そうだったかな。今日は早く帰るよ。

今 自動車から降り損なったんだよ。僕は別の車で先にバーへ行っていたんだが、なかなか君が来ない。酔っていて道に迷ったらしい。が、捜しようないよ。どうしたんだろうと思ったら、小林さんが自動車から落ちたと言うので、これはえらい事だぞ、という事になったんだ。あれは随分ひどかったたな。

小林 あれはひどかった。はずみだね。僕は五十肩をやっていたので、手を地面に着こうとして躊躇《ためら》ったのだね。そこに非常に複雑な運動が合成されてポッキリいったんだ。ファーストへ球を投げようとして、中途で止めたら腕が折れちまった男も知っている。

今 その時は骨が折れたって事が分んなかった?

小林 分んなかった。家へ帰ってきて、里見*（弴《とん》）先生から膏薬《こうやく》を貰《もら》って貼《は》っていた。なにしろ里見先生の事だから、膏薬といっても恐ろしく古風なヤツで、草津の温泉場で昔から使っていたヤツでね。それを貼っておとなしく寝ていた。一と月経って、人にあんまり言われたからレントゲンをかけて貰ったら、鎖骨がポンと折れていた。あんまり端の方が折れたんで分らなかったんだな。それが一と月の間についちゃっていた。鎖骨が真っ平らになったのはつい近頃だよ。

今 河上*（徹太郎）と三人で話しててさ、河上がどこかへ行っちゃって、それから……。

小林 ああ、あの時は文藝春秋かなんかの座談会でねえ。物のはずみってものはあるんだねえ。

今 まあ、よく怪我するね。

小林 肉体の怪我はすぐ分るさ。心の上でも物のはずみでひょんな運動が合成されるのさ。そいつが分らずにえらそ

里見弴 小説家。明治二一年（一八八八）神奈川県生れ。作品に「善心悪心」「多情仏心」など。昭和五八年（一九八三）没。

河上徹太郎 文芸評論家。明治三五年長崎県生れ。著書に「私の詩と真実」「日本のアウトサイダー」など。昭和五五年没。

うな事を書いているのが、インテリの現代病さ。まあ、あたしなんざ若い頃は半狂いだった。だから、この頃の若い者を何んとかなんて言う資格はあたしにはないがね。

今　あんまり言えねえな。ところで、君が水道橋*から落ちてから、もうどのくらいになるかね。

小林　ああ、ありゃ、終戦直後ですよ。

今　あれも酒の功徳《くどく》で助かったみたいだな。

小林　あのころ一升瓶は大変なものだった。半分飲んで、大事に持って、水道橋のプラットホームで居眠りしたんです。勿論、鉄柵《てつさく》など爆撃で吹っ飛んでいたから、それで一升瓶持ってストーンと落っこっちゃった、下まで。一週間ほど前には、反対側で二人落ちているんです。

今　三人目かね。

小林　ええ。反対側のコンクリートの上に落ちたら即死だね。僕の方は機械と機械の間の、柔らかい泥に石炭殻の積んである所に落っこった。瓶を持って落っこった。瓶は機

水道橋から…　小林秀雄は昭和二一年八月、現ＪＲ水道橋駅のプラットフォームから転落した。

械にぶっつかって粉微塵《こなみじん》さ。もうちょっと、五寸*ぐらい横に落っこったら死んでいた。

今 落っこっても瓶は離さなかった。

小林 うん、離さなかった。

今 その精神たるや、大したもんですよ。しかし、驚いたねえ。その翌日あたりには、ようって出て来るんだから……。

小林 それは違うよ。僕は気を失っちゃったんだから。向う側から僕が落ちたのを見ていた人がいて、報告したんだよ。直ぐに工夫が走ってきてね、僕を押えて、あ、生きてる、生きてると言うからね。僕は勿論落ちた衝撃で目が醒めて、身体を確かめたから、「大丈夫だ、寝かしてくれ」と言ったらね、すぐ傍らの小屋へ運んでくれたんだ。そしたらもう気を失って、ずうっと知らないんだ。朝、起きたら創元社*から迎えが来たんだ。直ぐに社へ連れられて行って、そこで寝ていた、動けないから。

五寸 「寸」は長さの単位。五寸は約一五センチメートル。

創元社 小林秀雄が後に役員を務めた出版社。昭和一一年(一九三六)一二月頃から同社顧問となり、取締役就任は昭和二三年四月。

今　君が崖《がけ》から落ちた事は、俺はすぐ聞いたんだ。それで訪ねて行ってみたら、あれは今の那須の家だ、そしたら君が出て来たのには驚いたね。僕は傷だらけかと思ったんだ。包帯でも巻いてね。ところがそうじゃない。表には傷はなかったの。中は折れていた？

小林　肋骨《ろっこつ》に罅《ひび》が這入った。五十日、湯河原＊へ行っていた。

今　自然に癒着したの。怪我っぽいどころじゃねえじゃないか。あれが終戦の翌年ぐらいかねえ。あれから今の家へ越したんだなあ。

鎌倉今昔

今　俺なんか、戦争から帰って来たら、俺の家が焼けているんだ、爆弾が落ちてね。それで、フランスで遊ぶのを節約して買った本が、読みもしないうちに焼けちゃったんで、ははあ天罰だと思ったね。それでフランス文学なんてものは止《や》めましょうという事にしたんだけど、これは止めざる

湯河原　神奈川県足柄下郡湯河原町。温泉地。

を得ないね、本がみな焼けちゃってみると。丁度一と月ほど、何んにもない空家みたいな所に坐っていると、寂しい気がしたよ。そうしていると、やがてサッパリしちゃうね。

今度の家には日本間はあるのかい？

小林　やっぱり寝転びたくなるから、一と間は畳にしてくれと言ってある。しかし、実はね、僕はどんなふうの家になるかよく知らないんだ。これから家を造るなんて、そんな面倒臭い事は出来ないですよ。

今　あのね、縁起でもない話だけど、よくね、年とって家を建てて、建てたかと思うと死んじゃうでしょう。

小林　沢山いますよ。

今　うちの女房が、小林さんは家のことに全然タッチしないと言うんだ。娘夫婦にまかせちゃって、口を出さんと言ったそうだね、君は。それなら大丈夫だと思った。それに捉《とら》われちゃってはね……年をとって家を建ててると、執念みたいにああしてこうしてとやるんですね。それでぐったりしちゃうんだ――というのがうちのかみさんの解釈でね。そういう見方からすると、小林さんは大丈夫だ、それなら長生きするよ、と言っていたよ。うちの兄貴*(今東光)もそうだった。どんな家を建てたか全然知らないで、ただ越して行っただけ。僕も一度しか行きゃしないけど、あれだからのんびりしていられるんだ。

小林　子供が東京から来て、スウェーデンのプレハブで、頑固な山小屋みたいな家を建てたんだよ。それをもう一つ注文したんだ。建築趣味などには関係ないのだ。

今　趣味どころか、執着してしまう。それだから神経がおかしくなっちゃうんだ。趣味でやっているうちは大丈夫だけど、そのことで眠れないようなことになると、危いんだよ、きっと。

小林　東光さんに賛成だね、俺は。大体、こんな所にいては、かみさんが可《か》哀《わい》そうだというのが、今度の引っ越しの大きな原因だね。

今東光　小説家。明治三一年(一八九八)神奈川県生れ。日出海の兄。比叡山で僧侶として修行を積み、戦後、僧職に従事する傍ら「お吟さま」「悪名」などを発表。昭和五二年(一九七七)没。

今　よく年をとると、日本の座敷で、日本式に暮らしたいという。洋風で腰掛けている生活はいやだとか。あんな馬鹿な事を言っていたらだめだな。そんなやつはコロッと死ぬよ。あんまりああいうふうな趣味や習慣にこだわるのはつまらない。

小林　君も鎌倉は長いが、私も鎌倉はずい分になる（大正十五年、東京から長谷に移る）。鎌倉から*大学に通った事もあるんだから、古いや。学校の方は、時々しか出ませんでしたがね。私は自活していたから、学校へ出る暇なんか、あまりなかったですよ。家で原稿を書いていた。だから、普通の学生みたいな、呑気《のんき》な生活は出来なかったですよ。*関東大震災前から*母親が鎌倉にいたし、鎌倉は好きだったな。大仏様の前にいたこともある。あの頃は、水を買っていましたよ、常盤《ときわ》御前の硯水《すずりみず》ってヤツを。常盤ってところは、大仏様からさらに*半里ほども奥のところですよ。

今　当時は水道がなかったからね。

大学　小林秀雄は大正一四年（一九二五）四月、東京帝国大学文学部仏蘭西文学科に入学、昭和三年三月、二五歳で卒業した。今日出海とは同級生だった。

関東大震災　大正一二年九月一日、関東地方とその近辺に起った。東京府と近県の死者約一〇万人、負傷者約一〇万人、破壊焼失戸数約七〇万戸に及んだ。

母親　著者の母精子。肺疾患を病み、大正一〇年から鎌倉に転地療養していた。

半里　「里」は距離の単位。半里は約二キロメートル。

小林　あの頃は「馬力」*で水を売りに来ていた。昭和二年かな。

今　昭和三年に俺たち、卒業しているんだから、大正の末期だよ。ギリシャ神話には、なんとかの泉、かんとかの泉が出てきて、水がいい事になっている。鎌倉でも、鎌倉十《じっ》井《せい》といって昔から名泉と言われた井戸があった。ところが名泉のある土地は水が不足で、しかも悪い水なんだ。鎌倉は、水が悪いからな。ギリシャもそうだ。

小林　今は名泉もなくなっちゃったな。私の家の下の鉄《くろがね》の井戸の水ももう飲めなくなった。

今　終戦までは飲めたよね。*鏑木清方《かぶらぎきよかた》先生が、朝起きると、あの水でお茶を立てていたが、まだ飲めたんだよ。どうしてあんなにひどくなったんだろうね。自動車がふえ出してからかね。

僕は小林よりちょっと前に鎌倉に住んだ。小林がうちへ泊りに来て、二人で散歩なんかした時に、こっちへ来いよ

馬力　荷馬車。

鏑木清方　日本画家。明治一一～昭和四七年（一八七八～一九七二）。作品に「築地明石町」など。

と言ったら、すぐに決めて、こっちへ引っ越して来たんだな。

小林　あんたが来たのはいつ？

今　四十三年前くらい。昭和六年か七年だ。あんたも大体同じ年くらいだ。

小林　それが二度目の時だ（昭和六年、東京から再び鎌倉へ移る）。

今　大体そんなもんだよ。お互いに暇だったんだな。大佛《おさらぎ》＊（次郎）さんの隣にもちょっといたね。

小林　いた。

今　鎌倉もその頃は人口が二万五千くらいだからな。いまは十六万でしょう。今は君、散歩なんか出来ないよ。終戦であんなに多くなったんだな。東京の連中が、家がなくなって引っ越して来たから。

小林　あの頃は人が少なかったね。

今　戦争中は、あまりものを書かなかったね。

＊**大佛次郎**　小説家。明治三〇～昭和四八年（一八九七～一九七三）。作品に「赤穂浪士」「帰郷」など。

小林　僕は戦争中は中国にいる事が多かった。僕は非常に早い時期の文士従軍記者*だった。今度、今《こん》ちゃんと引っ張り出されて、新聞で何か喋《しゃべ》れという事だが、どうも話が昔話になってしまうな。僕はジャーナリズムから遠ざかっているからな。どうも困っちゃうんだな。

学者の自画像

小林　先日、正宗白鳥*の「内村鑑三*」を読んでいたら、内村は晩年、「どうも日本国を滅ぼすやからには、色々あるけれども、その最たるものは新聞記者と文士だ」と言っているのだね。皆さんの前だがね、白鳥は、これには一理あると書いている。

　僕はジャーナリズムがなければ生活が出来なかった男だから、気軽にジャーナリズムを論ずる事は出来ないのだが、今のようにジャーナリズムが盛大なものになると、文化の中心はジャーナリズムの中にあるという錯覚が、いよいよ

文士従軍記者　「従軍記者」は軍隊とともに戦地に赴き、そこでの戦況を報道する新聞や雑誌の記者。小林秀雄は昭和一三年三月、『文藝春秋』特派の従軍記者として日支事変下の中国に渡った。

正宗白鳥　小説家、劇作家、評論家。明治一二〜昭和三七年。小説に「何処へ」「入江のほとり」、戯曲に「安土の春」、評論に「作家論」など。

内村鑑三　正宗白鳥が昭和二四年四月から七月にかけて『社会』『早稲田文学』に発表した評論。言及の言葉はその〈八〉に出る。内村鑑三（文久一〜昭和五年（一八六一〜一九三〇））は無教会主義を主張したキリスト教の思想家。

広まって行くのだな。これは大きな問題で、いくら反省しても反省し過ぎるような事はない、そういう問題に僕等は面接している。そういう事をしきりに考えるな。

今　新聞記者、文士の次に、学者もそうなっちゃった。学者がジャーナリスティックになっちゃったね。

小林　学者といえば、僕なんか長いこと「本居宣長《*もとおりのりなが》」をやっているんだが、学者という事についていろいろ考える事がある。怠けている訳ではないんだが、何しろこっちは無学だからな。少々勉強しなければと思っているうちに何年も経《た》ってしまうんだ。

宣長は学者に違いないが、今の学者とは初めから育ちが全然違う。分りきった事である筈《はず》なのに、これが本当に考えられていないのだな。そういう事を本当に考えないで、本居さんを今の人は研究している。今日の学者根性の方へいつの間にかあちらを引き寄せてしまうんだな。そういう事を自分でやってみて痛感したな。無論これは自省でもあ

本居宣長　小林秀雄は昭和四〇年六月から、『新潮』に「本居宣長」を連載していた。本居宣長は江戸中期の国学者。

る。

今　それを白鳥に言わせると、やっぱり国を滅ぼすような道を歩いているな。

小林　今の学者さんが……。

今　ああ。その頃はジャーナリストと文士だったが、もう一つ時代が経つと、学者とかインテリとかいうのがね。

小林　これはちょっと唐突な事になるかもしれないが、今西錦司《きんじ》*という人の書いた「生物の世界」*という本がよく読まれていて、面白いから読んでみるよう知人に推《すす》められた。読んだら、なかなか面白い。こっちは生物学者じゃないから、彼の学問上の仮説をとやかく言う事は出来ないが、門外漢にも面白く読めたな。

今西さんは「生物の世界」の中で、「これは私の自画像である」と書いているんだ。近頃、そんな事を書く学者がいるのかなと思ったね。これは、今の科学ではない、私の科学——いや、私の学問だ、と言ってるんだ。私の学問が

*今西錦司　動物学者。明治三五年（一九〇二）京都府生れ。生物社会の「棲み分け理論」を提唱、淘汰によらない「進化論」を示した。著作に「生物社会の論理」など。平成四年（一九九二）没。

*生物の世界　昭和一六年（一九四一）四月、弘文堂刊。昭和四七年一月、講談社文庫で再刊された。言及の言葉はその〈序〉から。

どこから出て来たかという、その源泉を書いた、とそう言うんだ。源泉というのは私でしょう。自分でしょう。だから結局、私の学問がどこから出て来たかという事を書いた本だから、これは私の自画像であるという事を序文で書いている。これは面白い事を言う学者がいるなと思った。そういうものが今読まれている。本も面白かったが、読まれているという事も面白いと思った。そういう人もいるんだなあ。

今　それはいる。

小林　君が言う、国を滅ぼす学者というのは、自己を忘れているという意味だろう。自分の学問はどこから出て来たか、という源を忘れて、ただ学問をしているんですよ。だから、学問が常套語《じょうとうご》を上手に並べる知的遊戯になる。それで、新聞でppm*とかなんとか、そんな事ばっかり言って、人を見下しているでしょう。文化を背負って立っているような顔をしているでしょう。これは世を毒するな。自画像

*ppm　parts per million（英）の略。ある物質の濃度や存在の比率がきわめて小さい時に用いる表記法。百万分率。

という事を言ったが、宣長の学問も自画像を描くという事だったのだ。

今　だが、日本は容易なことでは滅びないんだからね。もし滅ぼすとすれば、そんなやつらだ――と、こう言うんだね。

小林　そう思うよ。

今　日本は決して滅びない。自画像を書くような学者、そういうものを信ずるより仕様がないじゃないか。

小林　そう思うな。

今　そりゃ、半分馬鹿がいれば、半分はちゃんとしたのがいるよ、日本には。誰のなんだか知らないが、面白いなと思って読んでいる人がいるんだよ。それを信じなければ、我々生きちゃいられないよ。面白くねえや。

小林　やっぱり今の文士も、文学の出てくる源泉を知らない。その点で、今の文士は今の学者と同じ傾向にあるんじゃないかという感じを持っているね。

常套語《じょうとう》が好きな奴が集っていなければイデオロギー*など流行する訳がないでしょう。己を出すようなのは私小説*しか書けないという事になったんだ。それですぐ政治でしょう。政治への参加とかなんとか言うでしょう。この道には何の邪魔もない。そういう道を行くのに、持って生まれた自分の気質というものの抵抗をまるで感じていないのだな。そういう所へ来ているんじゃないの、文士も。どうも僕にはそんなふうに思えるんだが……。

今 そりゃそうだよ。文士が流行《はや》らなくなってしまうと、寂しくなっちゃってね、妙な病気になるよ、憂鬱《ゆううつ》病に。

小林 売れなくなるとね。

今 それは君、手前がないからさ。

小林 結局は自己の紛失だ。自己を紛失するから、空虚なお喋りしか出来ないエゴイストが増えるのだ。自分が充実していれば、なにも特に自分の事を考えることはない。自分が充実していれば、無私になるでしょう。それは当り前

イデオロギー Ideologie（独）特定の社会階級や集団の立場に規定・制約された人間の考え方。
私小説 作者が作者自身の実生活と、その生活経験に伴う心境・感慨を記した小説。

な事でしょう。それが逆になっている。手前が全然ないから、他人に見放されると不安になるでしょう。だから画家が売り絵を描くのも、文士が売り原稿を書くのも、みんな、あれは不安なんですよ。ただ金のためじゃないと思うね。寂しいんですよ。僕はそう思っている。

今　僕の方（国際交流基金*）で、時々学者を呼ぶんだよ。あと一週間もしたら来る人がいるんだ。僕より十五か十八くらい若いが、大学の先生で、歴史家なんだ。招くのにその人の著書を全然読んでいないんじゃいけないと思って、何か本はあるかと聞いたら、「上下二巻のうちまだ一巻しか出ていませんが」と言って、見つけてきてくれた。その男に「お前、読んだか」と言うと、「ややこしいからまだ読んでいません」という答え。それで一昨日から読んでいるんだが、勉強家だな、彼は。今西さんとは違うけど、非常に勉強家だよ。僕にはとても面白いんだな。

彼は普通の歴史家並みの文献や資料の勉強をしているが、

国際交流基金　諸外国との文化交流をめざし、日本研究の援助等を行う政府の特殊法人。昭和四七年（一九七二）一二月に設立。今日出海は初代理事長を務めた。

自分を見失っていないし、歴史を過去の事として見ていない。当り前のことだが、そんな史書は容易に見当らないよ。歴史を過去のものとして後ろ向きに見ず、生き物みたいに扱い、前を向いて歩いている。自分流の哲学を持っていて、色々やっているから、読むと面白いな。

小林　僕はやはりその人は自分の好きな事をやっているんだと思うんですよ。結局、その人は自分を出しているんじゃないかな。

今　そこなんだよ。一番惹《ひ》かれるものはそこなんだ。さっき君は趣味という話をしたが、つまり日本ではみんな趣味ぐらいなんだよ。しかし、外国には、好きなものを夜もろくろく寝ないで、自分の追究するものを見失わないで持っている、そういう学者がまだいるんだな。

小林　うん。

今　いま僕が日本の学者の悪口を言ったのは、そういうものがない人が多いからだよ。それが国を滅ぼす。こう大学が沢山できると、学者ばかりになってしまうが、実は何んにもないんだ。勉強すら大して出来ないだろうと思うんだ。だから、出来ない学生を教える程度の事しか知らないんだ。そういう連中のものを読んでみるとそれは単なる手段なんだな。

調べる事と考える事

小林　今、歴史の話になったけれども、いま歴史の研究は随分と盛んですよ。だが、疑わしい事だなあ。本当の歴史研究というものは少ないのではないか。暴露小説的歴史でなければ歴史学の仮面をかぶった考古学、といった風なものが流行しているのではないかと思う。

　誰だって歴史の外には出られまい。歴史家だけが出られるという道理はあるまい。だから出られる振りをするだけだ。出られる振りをして見せるのが歴史研究というものか。それなら、学問は常識*から離れてしまいますよ。

常識　ここでは、人間誰にも生れつき備わり、そのうえさらに実社会で訓練された思慮分別の意。単に外部から習得される知識よりも、万人共通の直観力、判断力、理解力に重きをおいて小林秀雄は用いる。

今　常識から離れなければ学問じゃない、と思うような連中がいる。文学だってそう思っている文士がいるようにね。

小林　そうなんですよ。源は常識だ。誰でも知っている事を、もっと深く考えるのが、学問というものでしょう。

今　僕は毛沢東*という人を知らないからどんな人かと思ったよ。俺は歴史家じゃないから、自分の興味でね、何冊か読んでみたよ。毛沢東伝というものを。そうすると、何年にどこで生まれて、どうした、こうしたと、随分細かく載っている。上下二巻とか、上中下三巻とか、詳しく調べてはあるが、毛沢東とはどんな人であるかというイメージが読んでいる僕には分らないんですよ。何んにもない、履歴書を読んでいるような気がする。人に関係ない。書く人はそういう事が気にならないで研究しているんだよ。

小林　調べただけだよ。

今　そう、調べたんだ。それを学問だと思っている。

小林　考古学なら調べればいい。歴史学となれば考えなく

* 毛沢東　中国の政治家、思想家。一八九三年生れ。一九二一年、中国共産党創立に参加、四九年、中華人民共和国を建設、国家主席となった。著作に「新民主主義論」など。一九七六年没。

てはね。調べると考えるとは全然違う事だ。「考へる」という言葉は、宣長の説では「対《むか》へる」という意味なのだ。歴史を「考へる」とは歴史に親身に交わる事なんだ。「調べる」という言葉は、これとは反対の意味合いの言葉で、対象を遠ざかって見るという言葉だ。今日の歴史家は歴史と交わるという困難を避けて通っているのだよ。歴史という対象は客観化する事は出来ない。宣長は歴史研究の方法を、昔を今になぞらえ、今を昔になぞらえ知る、そのような認識、あるいは知識であると言っている。厳密な理解の道ではない、慎重な模倣の道だと言うのだな。この方法は歴史学というものがある限り変わらない。変わり得ないと私は思っているよ。

今　教育は、実際には生活言語の教育から始まる。ところが教育についてどうのこうのと、いま抽象的な豪壮な議論ばかりしているじゃないですか。それよりも、とにかく「朝起きたらおはようと言え」と、非常に簡単な事をどうして教えないんだ。

他人がみんな官僚の悪口を言うだろう。そりゃあ官僚には弱点や欠点があるよ。面白いことには、教育にたずさわる者が行政をやるでしょう。教育ということと、教えるということでもいい、「ありがとう」ということでもいい、「おはよう」ということでもいい、教えるという本質的な大事がある。非常にエッセンシャル*なものがある。それをしないで行政だけやるんだよ。

行政から言えば、大学の数を沢山作ったほうがいい。そんな事をやっているんだ。俺のほうは「文化交流」と言ってやっている。文化庁でもそうだ、それをやってる者で、文化が好きで好きでしょうがないというのはいねえよ。文化行政ばかりやっている。だから学者もそうじゃないか。「調べる」というのは、学問の行政化だよ。

小林　そう。行政化だ。学者も文士も会議では力は出せない。

＊エッセンシャル　essential（英）本質的な、根本的な、の意。

今　あなたは考古学と言ったけど、俺から言うと行政化だ。交通巡査と同じことをやっている。

小林　今ぐらい未来学とか、計画とか、そんな事が流行っている時代はないじゃないですか。

今　それが君、おかしいんだよ。俺が万国博覧会*の政府館のプロデューサーになったら、すでにテーマが決まっているんだ。「日本の過去・現在・未来」。そこで、過去は文化史だな。現在は工業化なんかの発展についての陳列だ。そして未来は、神戸と仙台の大学に頼む。二つしかそんな事をやっていなかった。しかもそれは呑気な空想的な未来学だった。ところが、この未来が御伽話《おとぎ》みたいな未来で、もうお話にならない。研究室の中の道楽者がそんな事をやっているんだ。未来をどうしたらいいかという時に、それしかないんだ。あんまり恥ずかしいから、「日本の未来」のほうの展示物は余り人の見ない地下室に入れたよ。ところが、この頃はなんですか。未来学のない大学は先《ま》

万国博覧会　世界各国が参加する博覧会。ここは大阪万国博覧会。昭和四五年（一九七〇）三月一四日から九月一三日にかけて開催された。

ずないよ。万国博から三年目くらいに「どういう御研究ですか」と先生に聞くと、「私、未来学でございます」という答えが返ってくる。とてもふえた。その時までは、なにも未来がないんだ。三年も経《た》ったら、未来学が各大学にあって、そして学者がいる。こないだもテレビで、経済の学者が未来学か何んかをやっているんだな。嘘《うそ》ツケ。――三年か四年前には何も分らなかったのに、急に未来学とかなんとか言って。これにはみんなタネ本があるんだよ。この分野はアメリカやドイツで盛んですからね。君は考えなければならないと言ったが、考えることは外国のお手本ばかり。それで未来学をやっちゃうんだものね。

小林　未来とは「いまだ来《きた》らず」という意味でしょう。来るものが何であるか、今分っていたら、そんなものは未来じゃない、それは現在の一側面に過ぎない。そして、それが今の未来学の正体なんですよ。

未来学が何を言おうと、一寸先は闇《やみ》という実人生の真実は動かぬ。未来学なんという大げさな言葉の発明は、その人の現在の空白を証しているようなものだな。未来を考えるより外《ほか》に、何んにも自分の心を充《み》たすものがないというのが真相だ。計画をするのはいいさ。だがこれを学と言うのはおかしいな。

今　未来は「いまだ来らず」だけど、では現在はと言うと、分らないもんだよ。

小林　うん。現在は空虚なもんだから、未来学なんかに駆られると言っているんだよ。

今　だけどさ、我々は現在に生きていて、現在が分らん。これは非常に難しい。

小林　分らん現在を分る未来学なんかと取り替える事は出来ないのだ。

今　うん。

小林　今日、人々が未来学なんかに走るという事と、発作的な享楽《きょうらく》に走るという事とは、離せない関係があるという事を考えるんだ。分らん現在が、そういうものとして、しっかり見えているならよい。頭から現在が信じられないのだよ。現在を信じないものに、尋常な生活が出来る筈《はず》はないだろう。私はインテリの生活なんか言っているのではない。

今　空虚と不可解とは違う。

小林　日蝕《にっしょく》の予言は現在の知識で、未来が見えたという事ではない。そこには時間というものがまるで経っていないからだ。これはベルグソン*から叩《たた》き込まれた教えだが、未来学者が現在を未来に仕立て上げるのもその手だよ。彼らの仕事が常識を離れるのは、常識が体得している時間性が彼らの仕事には欠けているからだろう。君が現在は不可解だという意味は、それは生きて知るより外はないものだという事だろう。誰だって、めいめいの不可解な過去の重みを背負って生きているんだ。そういう現実の生活の味わいの中からしか文化は生まれはしない。

ベルグソン　Henri Bergson　フランスの哲学者。一八五九〜一九四一年。ベルクソン。直観主義の立場から近代の自然科学的世界観を批判した。著書に「物質と記憶」「創造的進化」など。

そういうちゃんと目方のかかったものを、机上の未来などと交換は出来ないと言うのだ。過去という話になったんで、また、唐突な事を言うようだが、今西さんという人の思想にはね、これは多分私の読み違いではないと思うが、人類はその驚くほど永い過去の蓄積によって、今日、種として完成しているという思想がある。こういう生物学的な根拠の上に立った審美《しんび》学的思想は、なかなか面白いな。また大変真実なものと私には思われる。

人類の生物学的構造は、言ってみれば、バイオリンという楽器の如《ごと》く完成されていて、進歩など考えられない。それだからこそ、バイオリニストに、新しい創造という事が可能になるのだ。

芸術家や詩人の文化との係わりは本来そういう沈着なものなのだが、これも未来学など流行し出しては、追っ払われてしまうのさ。日本の近世の古学の優秀なものが説く*尚《しょう》

尚古思想　過去の文物や制度を模範とし、尊重する考え方。

古《こ》思想に、僕らを動かす真実があるのは、それが歌というものと固く結ばれているからだ。

日本人の宗教心

小林　このごろ共産党が、宗教は*阿片《あへん》ではないなどと言い出したな。阿片より、ちっとはましなものとでも言うのかね。だが、*史的唯物《ゆいぶつ》論というような不具な思想に関する反省がない以上、しゃれにもならないな。まあそんな事は私には興味もない事だが、さっき言った人類の生物学的種としての完成という思想だな。それと関連させて宗教というものを考えたらどうか、そういう事を思うのだよ。これは共産党のしゃれなんかとは全く違う真面目《まじめ》な問題だと思うのだよ。人類という完成された種は、その生物学的な構造の上で、言ってみれば、肝臓という器官をどう仕様もなく持っているように、宗教という器官を持っている。

今　やっぱり俺もそう思うんだ。今日は、実は宗教の事を

阿片　ケシの実から作られる麻薬。ここは習慣性のある劇薬、の意。「宗教は民衆の阿片である」は共産主義者たちの宗教批判の標語。マルクスの「ヘーゲル法哲学批判序説」中の言葉に基づく。

史的唯物論　歴史や社会の発展の原動力を、人間の生産労働がもたらす物質的・経済的生活の諸関係に置く思想。

ちょっと話したかったんだ。日本にいったい宗教があるのか、ないのか……。

小林　そういうふうな問題の出し方がいかん。

今　まあ聞けよ。日本人には宗教的なものがあると思うんだな。非常に豊かにあると思う。

小林　ある。

今　形態としてキリスト教とか仏教とか言うけど、そんなはっきりした宗旨は持たないにしろ、日本人は宗教的国民だとすら思うくらい、宗教的なものがあると思うね。

小林　ある。宗教心というものと、宗教のドグマ*とは違うのだ。

今　それは違う。

小林　宗教心というものは、人間性の組織の中にしっかり組み込まれている。だけど、ドグマはそこから抽《ひ》き出されて来た第二次的なものだ。だから、イデオロギーはその使用を誤ればすぐ人間性に敵対して来る。

*ドグマ　dogma（英）　教義、信条。元来はギリシャ語で、個人の信念や見解の意。のちにラテン語化され、キリスト教の教義や信条を意味する言葉としても用いられた。

今　そうだ。宗教心は概念ではないんだ。イデオロギーは概念だから、僕らの論じている事には全然関与できないものだ。

小林　日本人の宗教という問題で一番の困難は、他の部門の文化と同様に、やっぱりその外来性にあるんだなあ。本《*ほん》地垂迹《じすいじゃく》という難しい問題に衝突してしまうところにあるんだな。

素朴な宗教的経験のうちから教理が生まれ育って行くという過程がなく、持って生まれた宗教心と外来宗教のドグマとの露骨な対立、その強引な解決というものがまずあった。そこから宗教の歴史が始まっている。

こういう事は、キリスト教史を書く西洋の学者にはとても分らぬ事だろう。だから、わが国の仏教史の専門書は、露骨な仏教のドグマ史になり、生きた宗教的経験がどこへやら行ってしまう事になる。そういう事を考えると、日本の宗教を言う場合は、特に、原始的な宗教心、人間の組織

本地垂迹　「垂迹」は、仏や菩薩が、衆生済度のために仮の姿をとって現れること。本地垂迹説では、わが国の神は仏や菩薩の垂迹であるとする。

のうちに組み込まれた宗教心というものまで下ってみてからものを言う必要が痛感される訳だ。そこまで下りてみないと、宗教心と宗教的ドグマとの間に、非常な年月をかけて微妙な調和を達成した、日本人の知恵が感得できないだろう、人間に固有な宗教心のおのずからな発展過程というものが。

宗教とは教理ではなく、祭儀という行動であった。そういう期間は非常に長かった。宗教史という専門書などが扱っているようなものとは比較を絶した長さですよ。その間、宗教は文化の中心部にあった筈だろう。その間の宗教的経験というものは、日本人の本質的意味での文化上の知恵を十分に訓練したと見ていい。外来の宗教的ドグマに出会った時、これを受け取る日本人の気質は基本的には完成していた。ドグマに気質の方を変える力はない。ドグマの方を気質が吸収して已れの物と化する。これには長い年月を必要とした。

これは僕の意見ではない。宣長の思想の本筋です。彼の神観は正しいし、今日でも、尋常な人々の心のうちに生きていると思っています。柳田(国男)さんの学問はこれに直結している。

宣長は「やほよろづの神々*」で十分であると考えたのだ。唯一神*による統一などという考えは、後世の「さかしら*」として峻拒《しゅんきょ》した。私は賛成だね。神も亦《また》われわれの如く雑多であり、敢《あ》えて言えばわれわれの如く有限でもある。その事が、神はわれわれを超える力を持つという事を妨げない。いや、まさにその故《ゆえ》に私たちの宗教心は地についた確かなものとなる。この考えを、宣長は、神は人でもあるが、人は神ではないという言葉で言った。

歴史を読むとは

今、僕は安保騒ぎ*(一九六〇年)の時に、丁度パリにいたんだ。パリの新聞を見ると、事実だけが報道されているん

やほよろづの神々　たくさんの神々、あらゆる神々。「やほよろづ」は「八百万」、数が限りなく多い意。
唯一神　ユダヤ教・キリスト教・イスラム教の神のように、唯一認められ崇められる神。
さかしら　利口ぶった振舞。
安保騒ぎ　安保闘争。昭和二六年(一九五一)に調印された日米安全保障条約の継続に対する反対闘争。昭和三四年から翌年にかけて全国的規模で展開され、とりわけ三五年の五月から六月にかけては連日国会に向けて数万人がデモ行進、また請願者も一千万人に達した。

だよ。そうすると、俺はそういう文章に普段余り接していないから、不安でたまらないんだ。三日ぐらい遅れて日本から送ってくる新聞をみると、よく分るんだが、日本の新聞は、記者がリアリズムで書いていないんだよ。

小林　そう……。

今　僕は直木賞*だの何だのの選考委員だけれども、あの選考にも落ちる下《へ》手《た》糞《くそ》な小説家の文章を新聞記者が使うんだよ。例えば「怒りをぶちまけていた」と、必ずインタビューの後につける。こう言わなきゃ新聞記者の文章にならないと思うらしいんだ。また、読者の方にも、大衆小説を読むような具合で、副詞的な文章がないと納得しないような心理的現実——そんなものが日本の新聞にはあるんだよ。だから、非常に下手糞な小説家の文章になってしまう。

小林　それは、やはり結局は物を見る目の問題だと思うな。

今　そうだな。目を使わずに文章で見るんじゃないかな。初めからこう書こうと成心*があるようだ。

直木賞　大衆文学の評価を高めた直木三十五（明治二四～昭和九年）の業績を記念し、昭和一〇年に文藝春秋社長、菊池寛（明治二一～昭和二三年）が設けた文学賞。

成心　もくろみ、したごころ。

小林 文士というものは、やっぱり、ちゃんと物を見ています。実際の行動はしない。言語表現というものが行動となったから。お蔭《かげ》で物は直《じ》かに見えるようになった。文士の気質というものは伝統的にそういうものなんだが、けれども、合理主義と結んだ行動の有効性――君の言う行政だな――そういう政治的なものに、文士が惹《ひ》かれるようになった。そして、リアルな目を知らず知らずに失うという傾向が目に付く。

今 昔の新聞記者は、先輩が後輩に文章を教えたと思うんだよ。今は教えないね。小林の言うような文章を書けと言うんじゃない。ただ清潔な文章を、だね。

小林 そうだなあ。

今 清潔な文章は、教えて出来る事だよ。

小林 僕もそう思う。

今 先輩が怠けていると思うんだが……。

小林 文章は悪い。

今　そうだ。たまらない事があるよ、俺は。

小林　ああ、何とも低俗な言い方だと思う事があるな。

今　そういう大事なことにいまの新聞キャピタリスト*は金を使わな過ぎるよ。昔ね、日本郵船*が会社のお礼状やら何やらを書くのに、内田百閒《ひゃっけん》*を雇ったんだぜ。あれは偉い事だと思うよ。

小林　今日、歴史ブームという事が言われている。その意味は曖昧《あいまい》だが、はっきり言える事はある。これも歴史家が長い間常識を外れた仕事をやっていた、その反動が来たのだ。はっきりした唯物史観*というものが、歴史を考える人たちを支配して来たとは言えないだろうが、自然科学に見合った実証主義*の考えの歴史支配が、常識人なら誰も感じている歴史の命を殺してしまったという事は言えるだろう。諸事実の発見、証明、確認、そんな事を、いつまでやっているんだ、何という退屈、そういう全く簡単な事なのだ。歴史というものはそのような退屈なものではないという常

新聞キャピタリスト　「キャピタリスト」capitalist（英）は資本家。新聞社を所有する資本家。

日本郵船　海運会社。明治一八年（一八八五）郵便汽船三菱会社と共同運輸会社とが合併して設立。

内田百閒　小説家、随筆家。明治二二〜昭和四六年（一八八九〜一九七一）。作品に「冥途」「百鬼園随筆」「阿房列車」など。昭和一四年（一九三九）から二〇年まで、日本郵船に嘱託として勤務した。

唯物史観　「史的唯物論」に同じ。

実証主義　観念や想像ではなく、観察・実験によって得られる客観的事実に基づいて物事を判断

識人の確信が頭をもたげた。こんなはっきりした事はない。歴史上の事実とは、ただ調べられた事実ではない。考えられた事実だ。

昔の人は、面白くない事実など、ただ事実であるという理由で、書き残して来た筈《はず》はない。あんまり面白い事があったから、語らざるを得なかったのだし、そういう話は、聞く方でも親身に聞かざるを得なかったのだ。こんな明瞭《めいりよう》な歴史の基本の性質を失念してしまっては仕方がない。歴史を鏡と言う発想は、鏡の発明と共に古いでしょう。歴史を読むとは、鏡を見る事だ。鏡に映る自分自身の顔を見る事だ。勿論《もちろん》、自分の顔が映るとは誰もはっきり意識してはいない。だが、誰もそれを感じているのだ。感じていないで、どうして歴史に現れた他人事《ひとごと》に、他人事とは思えぬ親しみを、面白さを感ずる事が出来るのだ。歴史の語る他人事を吾《わ》が身の事と思う事が、即《すなわ》ち歴史を読むという事でしょう。本物の歴史家が、それを知らなかったという事はな

しようとする考え方。

い。そういう理想的読者を考えないで書いた筈はないのです。古い昔から私達が歴史家の先祖と考えてきた*司馬遷《しばせん》が、どんな激しい動機から歴史を書いたかは誰も知るところだ。歴史における実証主義などという、近ごろの知識人の頭脳を少しばかり働かした思想などで、人間の歴史の基本的な性格がどうなるものでもないではないか。世の有様が、鏡に照らして見るが如《ごと》く、まざまざと読むものの心眼に映ずる、これが史書を「鏡もの」と呼んだ理由でしょう。まざまざという日本語の味わいを、よく嚙《か》みしめてみるがよい。現代は言語の知的発明や使用が盛大だが、古くからある言語というものは、すべて直《じ》かな生活経験の上に立つものだ。まざまざと見える歴史事実というものが、先《ま》ずあったのである。先ず僕ら文学者に親しい事実があったのだよ。

歴史的事実は、そのどうにもならぬ個性、性格をまざまざと現しているものとして、即ち歌い物語る事が出来るも

司馬遷　中国、前漢の歴史家。前一四五年頃～前八六年頃。前九一年頃、古代の伝説上の帝王黄帝から前漢の武帝に至る歴史書「史記」（全一三〇巻）を完成した。

のとして、先ず我々にその姿を現したものなのだ。このようなものの認識を、宣長は、今を昔に、昔を今に、「なぞらへる」という言葉で言ったのだ。歴史事実に行きつく外の道はないのだ。吾が身になぞらえて知る歴史事実の知識は、直かな知識だが、個性を離れた一列一体の事実、その間の因果関係というようなものは、ただ嘘《うそ》ではないという間接的知識に留まる。ただ嘘ではないという知識も大変な応用は利《き》く。それを現代人は技術の上で極度に利用している事は言うまでもない。あんまり利用が出来過ぎて、みんな不安になっている。

実は、こんな所へ出てくるのは、気が進まないのです。碌《ろく》な話も出来ないしね。君に言われれば出て来るんですよ。長い付き合いの義理でね。私は個人的な義理でしか動かないよ。文士気質というものはそういうものだと思っているよ。

今 そう言われると困るけど、僕には今、色んな公《おおやけ》の義理みたいなものが沢山あるんだよ。でも、俺はいつもそれを公の義理と考えたくないんだよ。そう思うんだ。常に一回、一回……。

小林　ああ、常に自分の義理、だな。

今　常に自分の事と考えてやって行きたいと思うんだ。だから、余り親しくもない、その人の死が僕に何か反応みたいなものを呼び起こさないと、お葬式なんか、随分行かないよ。公の義理はいっぱいあるんだ。それに取り囲まれて、縛られているけれども、俺はそうじゃないんだ。常に一回ごとにハンコを押して、自分の義理にしてね。

小林　いや、分った。

今　分るだろう。分ってくれるのは、君ぐらいだろうけれどもね。だからね、一日置きぐらいにしか勤めはしていないよ。くたびれること夥《おびただ》しいからね。ああ。

小林　そうだろうなあ。

今　翌日休まないではいられないんだよ。僕は人の三倍くらいくたびれているんだ。

小林　いや、あんたは大丈夫だよ。

今　だから、君と毎週ゴルフをして、夜はこうして酒を飲んでいるんだ。

生活の味わい

小林　この間、水上勉*君の「宇野浩二伝*」を読んだが、面白かった。宇野浩二*の作品は、よく読んで来たし、彼の周囲の人々にも知った人が多いし、そういう事で、面白く読めたと言う事もあったのだが、あの長たらしい伝記をとうとう読んでしまった時には、やはり、この人の文章力というものを考えざるを得なかったな。こっちも文章で商売しているのだから、読まそうとたくらんだ文章などには決して引っ掛からないが、水上君のは一見そう見えて実は違うのだな。あの粘っこい、しつこい味わいは、あの人の随分奥の方から出て来るものだな。これに引き摺《ず》られるのだな。

水上勉　小説家。大正八年（一九一九）福井県生れ。作品に「雁の寺」「越前竹人形」など。平成一六年（二〇〇四）没。

宇野浩二伝　昭和四五年（一九七〇）八月から四六年九月にかけて『海』に連載。単行本は昭和四六年一〇、一一月、上下二冊で中央公論社から刊行された。

宇野浩二　小説家。明治二四〜昭和三六年（一八九一〜一九六一）。作品に「蔵の中」「苦の世界」「子の来歴」など。

こういうものは、なかなかない。名文の贋物《にせもの》というやつはいくらもあるが。

今　うん、うん。

小林　評家が宇野浩二自身になってみようとする努力、その魅力なのだな。調べ上げた事実を整理したのではない。そいつを粘っこく、しつこく想像の上で生き抜いてみせている。批評文には違いないが、こういう批評文の書ける批評家はなかなかいない。

今　うん。実をいうと、俺は宇野浩二の小説を、若い時に実によく読んだよ。あれはいいな。しかし、あの男ぐらい厭《いや》な男はないんだ。女々しくて、実に……。

小林　それもよく書けている。

今　だからさ、俺たちはあんな男と付き合う必要はない、と思ったんだ。けれども、水上は生活の関係とか、いろんな関係で宇野浩二と付き合った。いやでも何でも、宇野の所へ通ったんだよ。俺はそういうところを、あの「宇野浩二伝」に認めているんだよ。今日、初めて、君にこんな事を話したけど……。

小林　あれを読んだのか。

今　ああ、読んだよ。

小林　あれをあんた、やっぱり認めたか。

今　俺の嫌いな男にやむを得ずくっついて、ちゃんと見ちゃってね、それを……。

小林　ああ。

今　宇野浩二は日本の「小説の神様」の一人だと思っているんだ。

小林　宇野浩二の作品の面白いところは、描き出そうとする対象が、それは彼の言う「苦の世界」であってもよいのだが、その実在性が、その測り知れぬ実在性の味わいが、実によく信じられている事だ。水上君の宇野伝でも同じなのだ。宇野という人間、決してこういう人と言う事の出来ぬ、作家として生きる人間の謎《なぞ》が、その謎の確かな目方のような物が、実によく信じられている。精《くわ》しく言ってみると、そこが面白かったのだな、批評文としても珍しいと言った意味はね。この文を書いている水上という批評家は、批評の対象と親身な交わりを終始やめていない。最近の批評によく見られる弱点は、交わるべき対象を実は失っているのに、批評文は出来上がるという所にある。

今 変な話だけど、相撲で言うと、大ノ里*という力士が好きだったんだよ、俺は。

小林 随分昔の話だな。

今 若い時の話だよ。大ノ里は大関まで行ったが、実は大関相撲じゃない。しかしね、実に好きな力士なんだよ。彼は相撲というものを実によく知っている人なんだよ。俺は同郷人だから余計好きなんだが、宇野浩二もそういう人だよ。大小説家じゃないよ。だが、小説という物をよく知って、よく書いた人だよ。小説なんて女々しい物かも知れんし、そうでないと書けんのかも知れんね。僕はそう思った

大ノ里 大正中期〜昭和初期の力士。明治二五〜昭和一三年(一八九二〜一九三八)。青森県出身。身長一メートル六四センチ、体重九〇キロ、小兵だが腕力や足腰が強く、正攻法の押しで知られた。最高位は大関。

ね。若い時に学んだね。

小林　水上君の評伝のあのクドクドした表現には宇野さんの文と共通したものがある。言ってみれば、生活の味わいというようなものだが。批評家としての文にも、それがあるところが面白かったのだ。

今　水上勉さんは宇野浩二の一番辛《つら》いところに付き合って、辛い事をした人だよ。苦学生ですよ、彼は。

小林　ああ。

今　苦学生の悲しさと辛さを知っている男ですよ、彼は。僕はそう思います。子供があるのに浦和*かどこかの納屋《なや》だか蔵みたいな所に住み、自分は宇野さんの東京の家に毎日通い、筆耕*《ひっこう》みたいな事をした小説がある、生活があるんだよ。実に辛い事をやって来た人だよ。僕は別にそれをどういう事もないけれど、そういう彼の運命……。

小林　やっぱり、文士というものは、自分が引き受けた運命というものが書けないといけないな。いまの文壇の病根

浦和　埼玉県南東部の地名（現さいたま市）。水上勉が住んでいたのは浦和の郊外、白幡町の農家の離れ。
筆耕　写字や清書などによって報酬を得ること。

はそこを切り捨てちまった所にあるのではないかな。

今　そうです。皆、観念的な基盤に立っている空中楼閣に過ぎないね。

小林　ああ、もうその基盤には亀裂《きれつ》が這入《はい》っている。ところで君はこないだ、*山鹿素行《やまがそこう》の事を言っていたな。

今　山鹿素行は僕の故郷に関係があるんだなあ。

小林　へえ、そうか。

今　青森県だよ。そこに山鹿素行の弟だったかの子孫がまだいるんだよ。

小林　そうか。でも、あれは会津*だろう。

今　なぜ山鹿素行の弟の子孫が俺のくにに連綿といるのか分らないんだよ、津軽に。

小林　はあ、そりゃちょっと調べてみれば面白いな。お前さんのくにまで行ってる訳がないんだがな。

今　一門が俺のくににいて子孫連綿として山鹿という家があるんだよ。その子孫が明治以来、一番やったことは何か。

山鹿素行　江戸前期の儒学者、兵学者。元和八〜貞享二年（一六二二〜一六八五）。会津生れ。著作に「武教要録」「中朝事実」など。

会津　福島県西部、会津盆地を中心とする地方。

明治以後はキリスト教の牧師ですよ、山鹿家は。非常な信仰と剣術だよ。山鹿流の陣太鼓*はどうか知らないが……。剣術は確かにあってね。

小林　俺は山鹿素行の文章は好きではないな。藤樹*《とうじゅ》、蕃山*《ばんざん》はいいが、素行は好かぬ。

今　そうかなあ……。僕のくにに素行の子孫が残っちゃったんだ。

小林　そうか。

今　仲のいい友達がくににいるんだ。頑固でボヤーッとしていて、よそに養子に行ったけれども、本当は山鹿というんだ。彼の家は山鹿素行の子孫でね。それで、君に素行の文章は嫌いだと言われるものが、何かあったかどうか、よく知らないが、あれだけキリスト教を信じているんだからね。朴訥《ぼくとつ》なサムライの国でキリスト教の牧師になったについては、よく分らん。が、明治の新しい思想としてキリスト教があんな日本の果てまで短時日の間に蔓延《まんえん》し、山鹿家

陣太鼓　戦場で、軍隊の進退の合図として打ち鳴らす太鼓。

藤樹　中江藤樹。江戸前期の儒学者。慶長一三～慶安一年（一六〇八～一六四八）。著作に「翁問答《おきなもんどう》」など。

蕃山　熊沢蕃山。江戸前期の儒学者。元和五～元禄四年（一六一九～一六九一）。著作に「集義外書」など。

までが昔の国学者的な反抗精神をキリスト教の中に見出したのじゃなかろうかな。

勾玉好き

小林　新聞が公明党と共産党との握手というような事を言っているな。池田大作*さんとは面識があるが、あの人には政治家肌という所があるな。天理教の中山正善*さんも知っているが、あの人とは違った感じだな。中山みき*という人は宗教家として天才だと思っているが、その血を受けた感じがしたな。

今　中山正善君と友達になったのは学生時代でね。彼はいい人だよ。俺は天理教なんてよく知らないけれども。

小林　僕のおっ母さんは天理教だったんだよ。まだ戦争中の事だった。天理教のお祭りに招待された。盛大なものだったな。サルマタ*一つの生き神様を信者たちが胴上げにするんだ。みんな酔っぱらってるんだ。開けっぱなしの完全

池田大作　宗教家。昭和三年（一九二八）東京生れ。昭和二二年、創価学会に入会、三五年、会長就任。

中山正善　宗教家。明治三八～昭和四二年（一九〇五～一九六七）。天理教第二代真柱。

中山みき　天理教教祖。寛政一〇～明治二〇年（一七九八～一八八七）。

サルマタ　腰から股までを覆う男性用の下着。猿股。

な無礼講だな。実に愉快な宗旨だなと思った。この宗教の基本の力はここにあるとはっきり思ったな。毎日、朝から酒を食らっていたら、もうそろそろ帰ったらどうだと言われて帰った。それが中山さんに会った最初だが、最後に会ったのは逝《な》くなる直前だった。その頃、僕は*勾玉《まがたま》に凝っていてね。*石上《いそのかみ》神宮に、あそこで出土した有名な国宝の勾玉がある。それを見に行った時、会ったんだ。勾玉を見に来たと言ったら一緒に行くと言う。近所にいるが、石上さんにお詣《まい》りするのは初めてだと言ったよ。家にも玉があるから見せると言うので帰りに寄って御馳走《ごちそう》になった。その晩、逝くなった。

今　勾玉はもう止《や》めたのか。

小林　うん、あれはね、面倒なものなんだ。勾玉で一番美しいのは、あの青い翡翠《ひすい》の玉です。勾玉好きには、あれだけが目当てなんだよ。あれだけに狙《ねら》いをつけて来た日本人の伝統は長いのだ。言うまでもなく、これは*八尺瓊勾玉《やさかにのまがたま》の

勾玉　古代の装身具の一。多くは翡翠《ひすい》を用い、大きさは一センチ以下から五センチを超えるものまである。

石上神宮　奈良県天理市布留《ふる》町にある元官幣大社。

八尺瓊勾玉　八咫鏡《やたのかがみ》、草薙剣《くさなぎのつるぎ》とともに、歴代の天皇が皇位の象徴として受け継いできた三種の神器の一つ。「古事記」では、天の岩戸に隠れた天照大神《あまてらすおおみかみ》を引き出すための呪物として作られたとされ、また「日本書紀」では、素戔嗚尊《すさのおのみこと》が、姉天照大神への逆心のないことを示す誓約の徴《しるし》として奉ったとされている。

伝説に関連しているので、勾玉好きは、そういう感情で玉を愛して来たのだよ。

今 それじゃ、他の美術品とは違うのか。

小林 違うんだな。おおっぴらに自慢し合ったりなど、出来ない品物だったからな。好き者は密《ひそ》かな愛着を持って言わば裏街道を歩いているんだよ。これは自分で持ってみないとなかなか分らぬ感じなんだ。

今 そういうものかな。

小林 今日では、いい玉が出てくれば、もう民間人の手に入らない。国宝という札を貼《は》って、博物館が召し上げてしまう。まあ、合理的国家というものは味気ないものだ。博物館では、美の経験など、先《ま》ず出来ないものだよ。

勾玉の調べが進んで来ると、日本人は縄文時代から、翡翠の玉に狙いをつけていた、他の玉なんぞには目もくれなかった、そういう事が分って来たんだな。

邪馬台国《やまたいこく》が魏《ぎ》に献じた勾玉を八尺瓊勾玉の類と考えても

いいという事になって来た。*糸魚川の大断層に顔を出している翡翠を磨いて来たんだな。それが昭和になってから分って来た。行ってみると、随分大きなのが河原に露出しているよ。*高志《こし》の国で、*沼名河姫《ぬなかわひめ》に会った*大国主の神はよく知っていたんだ。

考古学は勾玉伝説を壊す事は出来ない。むしろ伝説の方に吸収されるのだな。これは面白い事だ。

今　僕も古墳時代の硝子《ガラス》の蝉《せみ》が面白いので、色々求めているが、なかなか見つからない。贋物もあるんだろうが、それすら手に入らないほどだ。エヂプトの*甲虫《スカラベ》とほぼ同様の目的らしいので興味を持ったんだ。

おっ母さん

小林　さっき、僕のおっ母さんは天理教だったと言ったろ。それがね、晩年、病気になってから、*お光さまに転向したんだ。それだから、僕もお光さまになった。

糸魚川の大断層　「糸魚川」は新潟県の地名。「断層」は地殻変動などによって地層がずれる現象。大規模な断層帯が太平洋側の静岡に至り、糸魚川―静岡構造線と呼ばれる。

高志の国　北陸道の古称。こしのみち。越路。

沼名河姫　「古事記」〈上つ巻〉に出る高志国の姫。八千矛神《やちほこのかみ》と称する大国主の神に求婚される。

大国主の神　出雲の国の主神。大国主命。

甲虫　振仮名の「スカラベ」scarabée はフランス語で、コガネムシ科の甲虫タマオシコガネのこと。古代エジプトでは神聖な虫とされた。

お光さま　世界救世教の俗称。昭和九年（一九三四）、岡田茂

今　小林といつも話しちゃいるけれども、君のおっ母さんが……天理教だとは知らなかったな。

小林　お袋は、医者も薬も軽んじていたが、晩年は、もうお光さまのおさすりしか信じなくなったんだ。そいで、僕は、お光さまに入門する事にしたんだ。東京に通って免状を取ったんだよ。お光さまを首から掛けて胸に下げてね。お袋が死んじまえば、無用の長物だから捨てちまったがな。だけど、僕の経験からすると、インテリの好きな、迷信だという言葉は内容を欠いた空虚なものだな。

今　小林の親孝行というのは、本質的道徳だな。僕の兄貴もそうだよ。兄貴は小林と違って、これは親不孝でね、お袋の悪口ばっかり書いていた……。

小林　いやあ……。

今　まあ聞け。悪口ばかり書いているけれども、お袋は耄《もう》碌《ろく》して、僕の家の隠居所にいたのだが、結局は兄貴に会いたいんだよ。「兄貴、お袋が会いたがっているんだが、引

吉（明治一五〜昭和三〇年）が開いた大本教系の新宗教。岡田は信者から「お光さま」と呼ばれた。

き取ってくれるか」と言うと、「おお、いつでも引き取るよ」。それから、うちの兄貴は、お袋が耄碌してから、糞《ふん》便《べん》まで世話したんだよ。そしたら、お袋は安心してなかなか死なねえんだな。一年以上生きちゃった。そういうものが日本人にはあるんだな。本当の親孝行というのは、一番親不孝みたいな格好をしている兄貴がやっているんだ。俺が出来ないぐらいの事をやっているんだ。

小林君のおっ母さんは、「もう少しちゃんとした生活をしてくれないかな」なんて思ったかも知れないんだよ。君が酔っ払って帰ってきた時なんか……。小林のおっ母さんは一軒おいて隣にいたから、毎日会っていた。しかし、ひでえもんだよ。小林がベロベロに酔って帰ってきて「おっ母さん、俺はいらねえよ」と言っても、それでもおっ母さんは小林を揉《も》んでいるんだ。ああ、大したもんだ。

東光だって、口ではお袋がどうのこうのと言うけれども、実はお袋は兄貴の腕の中で安心して死んで行った事は事実だ。日本人にはああいうものがあるんだ。僕は兄貴と小林を、そういう意味の日本人だと思ってる。

小林　うん。

今　親孝行は、日本人には自《おのずか》ら伝わっている。孝行の美徳じゃないんだ、小林にしろ、東光にしろ。頭脳だって小林は偉いのだろうけれど、それが何だと言うんだ。俺が小林を敬愛したり好きだという所以《ゆえん》は、「何でもない」ところにあると思っている。何もこの人には美徳はないかも知れないが、本当に小林がおっ母さんの事を思う時に、僕は感動するんだよ。兄貴がお袋のオシッコまで世話するのを見てもね。東光はいまだにお袋の悪口を書いていますよ。けれども兄貴のやったことは、僕がこれからどう努力したって出来ない事です。それは何も小林が偉いのでも東光が偉いのでもないんだ。日本人がみんな持っている事じゃないかなと思う。僕は今の流行なんて信じられないし、馬鹿にしているんだ。こんな事を言うのはおかしいけれど、これで、私も一種の世捨人なんだよ。

小林　そうだね。

今　未来になろうが、いまだ来《き》たらざる先きの事だって、日本人は表面的に変わっても本質的に変わりませんよ。変わらないと思うから信じられるんだ。それが、下手をするとだな、国家というイデオロギーになっちゃうんだ。そんなものは面白くないよ。

僕は職業としての文士は止めた。しかしやっぱり、そういう本質に近付こうとする謙虚な志を言うのならば、そういう点では、官僚になろうが何になろうが、僕は文士かも知れないよ。結局、僕はそういう事を信じているね。君の言う説もそれに繫《つな》がるんだよ。

まあ、この辺にしておこうよ。酔って来たし、くたびれた。

河上徹太郎　歴史について

河上徹太郎（かわかみ・てつたろう）

一九〇二―八〇。長崎市に生まれる。一九（大正八）年、旧制一高に入学、翌年休学しピアノを習う。二三年、東京帝大経済学部入学。二四年「月刊楽譜」誌に「音楽に於《お》ける作品美と演奏美」を発表。二五年同人雑誌「山繭《やままゆ》」に「音楽と自然」を発表。二六年大学卒業。二九（昭和四）年、中原中也、大岡昇平らと同人雑誌「白痴群」を刊行、創刊号に「ヴェルレーヌの愛国詩」を発表。三〇年「作品」に「自然人と純粋人」を発表。三二年、評論集『自然と純粋』を刊行し、評論家の地位を得た。四二年「文學界」同人として「文化綜合《そうごう》会議―近代の超克」を開き、司会をつとめた。五三年、『私の詩と真実』で読売文学賞、五九年『日本のアウトサイダー』で新潮社文学賞、六一年、芸術院賞、六八年『吉田松陰―武と儒による人間像』で野間文芸賞、七一年『有愁日記』で日本文学大賞をそれぞれ受賞。六二年、芸術院会員。七二年、文化功労者。

歴史について

出会いの還暦

河上　君と対談すると聞いて、*安岡章太郎君が「小林さんと河上さんとでは、ちょっとした源氏と平家だな」って言ったそうだ。

小林　源氏と平家？　冗談じゃない。

河上　*君は「東えびす」で、僕は西国の「みやび男」……。

小林　しゃれは止《や》めとけ。君と会って、文学や音楽の話をし出したのは、*十七、八の頃じゃなかったかな。それから六十年、なんの変りもないな。

◆昭和五四年（一九七九）一一月、『文學界』に掲載。

安岡章太郎　小説家。大正九年（一九二〇）高知県生れ。作品に「海辺の光景」など。

君は…　小林秀雄は東京生れ東京育ち、河上徹太郎は長崎で生れ、山口県岩国（本籍地）、兵庫県神戸で育った。

十七、八の頃　小林秀雄は大正四年四月、一三歳で東京府立第一中学校に入学、同九年三月卒業。上級の頃、大正五年に神戸一中から転入学した河上徹太郎と識りあった。

河上　出会いの還暦だ。

小林　そう、還暦と言っていい、「源平」どころじゃない。平穏無事で、あえて言えば、交わってさえ来なかった。……僕はそう思う。

河上　交わっていたら、喧嘩《けんか》しているよ。いや、喧嘩はとにかく、こんなふうに付合ってはいないだろう。

小林　いや、交わりってほうは、よしたんだよ。

河上　うん、そう言えばそうだ。

小林　*君子の交わりは水のごとし。——これは洒落《しゃれ》ではない。お互いに君子じゃないのは、わかりきったことだがね。

河上　いや、如水《じょすい》の交わりをする奴は、君子だってことだ。

小林　だから淡きこと水のごとき交わりをするのに、なにも君子たることを要しないということになるな。如水の交わり——。君はいろいろ本をくれる、僕は「ありがとう」とも、受けとったとも言ったことはない。君だってない。

河上　無駄ははぶくさ。このあいだも君の*五万円の本をも

君子の交わりは水のごとし　君子の交際は水のように淡泊であり、いつも変わることがない、の意。「荘子」〈第二〇　山木篇〉に出る「君子の交りは淡くして水の若《ごと》く、小人の交りは甘くして醴《れい》（甘酒）の若し」に基づく表現。

五万円の本　昭和五四年（一九七九）四月、小林秀雄の喜寿記念頌寿版として、「本居宣長」の特装本が新潮社から刊行された。

らったが……。
小林　まったく無駄さ。お互いにちゃんと読んでくれているし、読んでちゃんとわかってくれていることを知っているし、読んでちゃんとわかってくれているな、ということもわかっているから。君の処女作は「自然と純粋」*という論文だ。あれはまだよく覚えている。要するに、われわれは自然のほうは省いたのだな、交わりは純粋たることを期したんだ。そういうことだろう。
河上　うん、そういうことになる。
小林　きっとこのままずっと行くだろうと思うよ、……葬式にも出ないかも知れない。
河上　お互いに告別式には出まい。どうせ、出てもう相手はいないのだから。
小林　要するに思想上で交わっていれば、充分という、そういうことが、確かに君と僕との間に、いつの間にか出来ていた。もちろんめぐり合いみたいな、運命みたいなものがあって、そのほうが、僕らの意識的な行動より、よっぽ

＊**自然と純粋**　昭和五年六月、『作品』第二号に「自然人と純粋人」を発表、昭和七年九月、同論文を収録した第一評論集「自然と純粋」を芝書店から刊行した。

ど強いものがあると思っている。

河上　いまの「自然と純粋」という対立した観念だが、歴史問題にもそれがあるな。現代の歴史風潮には、歴史を自然のほうに振り向けようとする、よくない傾向が強い。歴史を自然に見たてて、これを合理的に辿《たど》っていれば片づくと思っている。それじゃ折角《せっかく》の歴史が死んでしまう。

小林　うん、ある。原理的には別々の*カテゴリーのうっかりした混同があるんだが、難かしい問題だな。君の「*有愁日記」のなかで、それがいろいろと扱われているな。あれは面白く読んだ。*ヴァレリーのことを書いたでしょう。

河上　うん。ヴァレリーは最近も読みかえしている。いろいろ世の中が動いてくると、その見方を教えてくれる。

小林　君の本で知ったが、ちょうど*日清戦争のときなのかね、彼が「*方法的制覇」を書いたのは。

河上　ちょうど日清戦争が終った年だ。どうもおそろしく見通しの利《き》いた眼だ。ちゃんと日独の擡頭《たいとう》を見ていたよ、

カテゴリー　Kategorie（独）分野、領域。

有愁日記　河上徹太郎の評論集。昭和四五年（一九七〇）四月、新潮社から刊行。

ヴァレリー　Paul Valéry　フランスの詩人、思想家。一八七一〜一九四五年。詩篇「若きパルク」、評論「ヴァリエテ」など。

日清戦争　明治二七年（一八九四）から翌二八年にかけての日本と中国（清朝）の戦争。

方法的制覇　Une Conquête méthodique　ヴァレリーが一八九六年に執筆し、翌九七年にイギリスの『新評論』誌に発表したエッセイ。発表時の題は「ドイツの制覇」。

あの人は。十九世紀がもっていた毒は現代文化の荒廃にいたって曝《さら》けだされる……。

小林　君は彼のパラドックス*を持ちだしていたな。作者が作品を作るんじゃなくて、作品というものが作者を生むのだ、という考え、——君は、あれをそのまま歴史にあてはめていた。人間が歴史を作るんじゃなくて、歴史のほうが、人間を作っているんだ、と。僕はまったく同感なのだが、このパラドックスが生きている所以《ゆえん》を感じる者は感じるが、感じない者にわからせるのは難かしい。

河上　歴史というのは、人間のそばに流れているもので、これは人間に作れるようなものじゃない。

小林　人間のそばに流れている、悠々たる「大河」……。

河上　うん。だけど、僕が差しあたり言いたいのは、もっと卑俗なことなんだ、近頃の歴史小説はつまらないということを、言っているんだよ。つまり人間が、歴史作家が、歴史を作れると思い上がったところがある。つまらない風

パラドックス　paradox（英）　逆説。通常一般に認められている説に反しながら、しかしなおその中にある種の真理を含む説や事象、あるいは「急がば回れ」など、一見矛盾のように見えるがよく考えれば真理である説や事象。

潮だ。――と、いうことを言っているんだ、それが一番言いたいことだよ。

小林　それで、どういうふうにつまらなくなるものかね。

河上　創《つく》り物になっちゃう、勝手に歴史を創作しているんだよ、みんな……。そんなものじゃないんだよ、歴史って怖いものだ。人間のそばに悠々と流れてはいるが、それで必ずしも歴史が人間を作るとも言えないんだ。人間と関係なく生きている。だから、こうも言える。――「歴史は美しくない」――これはまた逆説だけれどもね、作品は完結しなければならないが、歴史には完結がないから。

小林　なるほど。それもパラドックスに違いない。……作品の完結性なり完璧《かんぺき》性なりを仮定しないで、作品鑑賞という行為はないからな。しかし、歴史は違う。ところで、現代の歴史小説に見られる奇妙な大勢的傾向は、歴史について、そういう作品鑑賞の行為を、平気で行なって、それに気が付かないところにある。――と、君は言いたいのだな。

河上 うん、そうだ。――ヴァレリーの逆説だが、つまり歴史というものは、そんなところに淀《よど》んでいるもんじゃないんだ、別に流れているんだよ、人間とは別にね。怖いものだが、決して美しいものではない。それを歴史小説家は、「美」に仕立てあげようとするんだよ、そして、成功したつもりでいるんだよ。資料には出来るだけ忠実たることを心がけた、――などと寝言みたいなことを言ってね。

小林 逆説のかたちをとらないと言えない真理がある。説明しようとなると、非常に面倒な、難かしい事になる。

河上 うん、こういう席で言うことじゃないかも知れない。

小林 けれど、どんな席で、何度でも、どんなに取りあげられてもいい問題でもある。そういう事にもなるな。

ヴァレリーと歴史の海

河上 ヴァレリーは地中海生れ*だろう、生粋《きっすい》の地中海の子だからね、それで、歴史は地中海で、海だって言ってしま

地中海生れ ヴァレリーは、南フランスの海港セット Cette（現 Sète）の生れ。

うんだ。いきなり……。彼は言うのだ。近頃の歴史家は海じゃなく、海の泡沫《ほうまつ》ばかり見ている、と。つまり、歴史的事実を重んじて、歴史の生命を見ない。歴史的事実という泡沫をいかに巧みに操作しても、歴史という大海は作れない。彼は現代を事実の世紀だと言ってるね。しかし、事実で時代は創れない。海ってものは、その上で人が泳ぐものであり、魚を釣るものであり、航海するものである。——そういうふうに言いなおして、海を生き物にして行くんだね、ヴァレリーは……。

小林　その歴史のなかに、僕らはとっぷりと入って、泳いでいるわけだろう。

河上　そう。問題は、その泳ぎかただ。

小林　上手に泳ぐ、上手に泳げる、と自負しているが、実は海に泳がせてもらっていることを忘れている。そういうことではないのかね。まず、海の浮力を進んで信ずるか信じないか、というところに大事がある。そうは決して考えないんだね。海の浮力などという自明な事実は無視してよい。一応、そう、話を簡単にしてしまっていいのじゃないかな。

河上 それでいい。それでその先き、話が生きてくる。

小林 現代インテリを領している自負という問題に帰するのではないかな。「草燃える」*という評判のテレビがある、ときどき見ているが、手っとり早い実例が提供されている。あそこに現れているのは、まさに海の泡沫で海ではない。泡沫で上手に海の姿を作り出そうとする試み、試みというより、むしろ現代インテリの自負が、と言ったほうがいいが——それが、露骨にあらわれているところに、僕は興味をもった。そういう自負は、古い歴史を、インテリ向きの現代心理学に翻訳するところに、あざやかに現れている。ああいう光景に接していると、いやでも「平家物語」*という傑作に思いを致さざるを得ないな。歴史の魂を体得するには、どうしても詩人の魂が要るということになるようだ

草燃える 北条政子を主人公にしたNHKの大河ドラマ。この年、昭和五四年一月七日から放映。原作・永井路子。脚本・中島丈博、出演・岩下志麻ほか。

平家物語 鎌倉前期の軍記物語。作者は不詳。平清盛を中心とする平氏一門の興亡を描く。

な。

河上　同感だ。「平家」には海の重量がある。――だから、自分のことで言えば、僕は昨年、祖父*のことを書いた。祖父というのは、ちょうど時代が徳川から明治へ乗りうつる時、ずっと生きた男で、徳川時代には武士だった。明治には文官なんだ。これは、一人の人間がどうしてこう変るか、を見たかった。僕は成功していないけれど、それは文献的に足りなかったからでもある。しかし、人間をじっと見ていると、文献なんか要らない、文献もクソもないんだ。そのまま乗りうつっているんだ。徳川の人物が明治の人物に……。八・一五の日に、一億総懺悔《そうざんげ》なんて言っていないよ、僕の祖父はね。そこが面白いところだ。そういうものが歴史だと思う。だから、勝海舟*でも、木戸孝允《たかよし》*でも、そこに自分なりの「型」でもって泳いで来ている。そうすると「型」をみんな、歴史家も、小説家も、描きだすんだよ、それじゃ面白くないんだ。僕の祖父は、普通の武士として

祖父　河上逸。天保三～明治三四年（一八三二～一九〇一）。河上徹太郎は昭和五三年（一九七八）四月～七月、『新潮』に連載した「徹太郎行状記」で書いた。

勝海舟　幕末・明治の政治家。文政六～明治三二年（一八二三～一八九九）。幕臣。慶応四年（一八六八）四月、江戸城明渡しに際し、幕府側の代表となった。

木戸孝允　幕末・明治の政治家。天保四～明治一〇年（一八三三～一八七七）。長州藩士。尊攘運動に参加、倒幕運動を指導した。

戦い、明治にはありふれた一市民なんだ。そいつが、どういうふうに浮き身をして、その川を流れてきているか、そこが見たいんだ。そのほうが、いわゆる「時代の児」を観察するより、僕は正しいと思うんだ。

小林　君の言いたいのは、歴史と歴史の海のなかに浸かっている自分というものは、極度にしたしい関係にあるということじゃないかな。歴史という実在との一種の接触感を、僕らは生き甲斐《がい》という言葉で呼んでいるのではないか。たとえば、君がお祖父さんの歴史を書くことは、お祖父さんの生き甲斐のなかに身を投ずるということだろう？

河上　そう。そうなると、僕はもう自分が生きているんじゃなくて、お祖父さんが生きているんだ。

小林　君はもう、お祖父さんになっているわけだよ。

河上　なっているんだよ。こっちの意志で導ける歴史というもの、そんなものはないんだよ。——今、僕は風邪をひいて、一週間皮膚がぞくぞくしている。この皮膚のぞくぞくみたいなものが、歴史なんだよ。外の空気が、こう皮膚に触れるんだよ。歴史は、僕の身体に連結している、自分の頭脳の任意になるものではない。

小林　うん……。

河上　いま、祖父の話をしたが、僕は今度*大楽《だいらく》源太郎という叛逆者《はんぎやく》を書いたんだよ。長州の武士で、明治の長州藩に叛逆するんだ。よく勤王の徒は、しきりに明治になると明治政府に叛逆するだろう。そこのところを書きたくて、参考に読んだのが*ノーマンの「*日本における近代国家の成立」という本なんだ。ハーバート・ノーマンって、*ライシャワーと同じで、軽井沢あたりにいた宣教師の息子なんだ。日本で生れて、青少年時代まで日本で育っている。それでノーマンも、ライシャワーも、二人とも日本学者なんだ。彼らが見ると、藩政の日本というものと、明治の新政府の日本というものとが、われわれが心配するような摩擦がなく、直結しているんだ。その説明が、とても面白かった。

大楽源太郎　幕末の志士。天保三〜明治四年（一八三二〜一八七一）。河上徹太郎は昭和五四年一月〜二月、『新潮』に発表した「勤王党の叛乱」で書いた。

ノーマン　Herbert Norman　カナダの外交官、歴史学者。一九〇九〜一九五七年。長野県で生れた。

日本における…　Japan's Emergence as a Modern State: Political and Economic Problems of the Meiji Period　一九四〇年に刊行された。

ライシャワー　Edwin O. Reischauer　アメリカの歴史学者、外交官。一九一〇年東京生れ。一九六一〜六六年、駐日大使を務める。著書に「日本　過去と現在」など。一九九〇年没。

小林　ああいう人には、はっきりわかるんだよ。

河上　わかるんだよ。われわれと違って、こだわりなく見ている。

小林　外国のほうに眼を向けている僕らが、眼をパッと開かれるところがある。とくに若い年ごろは、眼が外にばかり向いている。僕らは皆そうだ。ノーマンのものは知らないが、ライシャワーの「ザ・ジャパニーズ」[*]は、名著だよ。「日本文化史」[*]を書いたサンソム[*]にも、いろいろ教わったが、「ザ・ジャパニーズ」もいい。

河上　実におもしろい。日本人の心情をよく見ていって、その先きで厳しいくらい公正だ。……ところで、ノーマンによれば、徳川の日本は、革命や変革じゃなく、制度だけ変ったその延長だ、というのだ。しかも、その先きそれがもっと延びて来ているんだよ。戦後の日本の、いわゆる民主主義社会まで、明治と同じだというのだ。そこまで言えるかどうか。とにかくそれをあんなにズバリと書かれると、

ザ・ジャパニーズ　The Japanese　一九七七年刊。邦訳は昭和五四年（一九七九）六月、国弘正雄訳で文藝春秋から刊行された。

日本文化史　Japan, a Short Cultural History　一九三一年に刊行された。

サンソム　George Bailey Sansom　イギリスの日本史研究家。一八八三〜一九六五年。明治三七年（一九〇四）、通訳として来日、約三〇年間勤務した。

気に入らない連中がいるだろうね、歴史学者なんかに……。

小林　歴史に断絶なんかあるわけがない。こっちで、*里程《りてい》標《ひょう》をつけてみるだけだ。それはサンソムも、はっきり見ていたところだ。

河上　うん、そうだ。

徂徠《そらい》と宣長《のりなが》

小林　君の「*吉田松陰」は面白く読んだ。*松陰は非常に*孟《もう》子《し》が好きなのだね。そこのところがよく書けていると思った。

河上　それは松陰のほうがやさしいよ、宣長《のりなが》より……。松陰は行動家だから、孟子の実践性にはすぐついて行く。話が簡単だ。彼は孟子の「革命」性にもたじろがない。

小林　松陰は実行家だが、宣長は学者だから。そういう点では面倒はありません。宣長は、当時の儒者としては*徂徠《そらい》だけを重んじていた。宣長には、徂徠直伝の*孔子観があった。

里程標　道のりを示す道標。
吉田松陰　河上徹太郎が昭和四三年一二月、文藝春秋から刊行した評伝。
松陰　吉田松陰。幕末の思想家。天保一～安政六年（一八三〇～一八五九）。松下村塾を開き、国家経世の学を説いたが、安政の大獄で処刑された。著書に「留魂録」など。
孟子　中国古代の思想家。前三七二～前二八九年。孔子の思想を継承して、「孟子」を残した。
徂徠　荻生徂徠。江戸中期の儒学者。寛文六～享保一三年（一六六六～一七二八）。著作に「論語徴」など。
孔子観　「孔子」は中国古代、春秋時代の思想家。前五五一～

乱暴な言いかたになるが、孔子を貫いていたものは、哲学的な精神だが、孟子の学問は、実行家の精神に貫かれている。そういうところがあるのだな。そこが松陰を捉《とら》えた、と言っていいと思う。徂徠・宣長の孔子観というものは、さっき話題になった現代の歴史観にどうしても関係してくることだから、ここで触れておきたい。

徂徠の学は古言の研究だが、古言はただちに古事を指すというところに、彼の学問の眼目があった。従って、彼にあっては、言辞の学とはすなわち歴史の学だった。そこで、海に出来る泡沫は海ではない、というヴァレリーのいう微妙な歴史問題に、徂徠は彼なりに触れることになったんです。これはもう、充分に書いたことだから、簡単にいうが、徂徠によれば、孔子が説いた道とは、古代の聖人が遺《のこ》した事跡の意味、価値であった。この二度と繰りかえされぬ個性的な、具体的な歴史上の出来事を知るには、事物並みにこれを外部から、分析的に知るわけにはいかない。聖人が

前四七九年。その人柄と思想が「論語」によって伝えられている。

感じていた生き甲斐の内部に入りこんで、これを感得しようと努めねばならぬ。

徂徠は歴史を体得することと、自然を理解することとを峻別《しゅんべつ》した。しかし、これは困難なことで、この二つの認識の仕方は、ともすれば混同される。生きた人間を内容としている歴史事実のかわりに、内容を失った歴史事実という空言が横行しやすいことを、徂徠は実によく知っていたのです。生きられた歴史を知るには、生きている人が、これを体得するより他に道はない。徂徠は、これを「身ニ得ル」*あるいは「心志身体、潜カニコレニ化スル」*という言葉で言っている。当世の学者は、むしろ「心ニ得ル」と言いたいところだろうが、古くは「心ニ得ル」などとは誰も言わなかった。「身ニ得ル」とは古言だというのだな。昔はみんな「身ニ得ル」と言った。ものがわかるのを、「身ニ得ル」と言った。ところが「身」という言葉は、昔は「私」という意味だった、「心身」とわけて言ったことなど

身ニ得ル　その著「弁名」の〈上、徳〉に、儒教の五経の一つ「礼記」の〈郷飲酒義篇〉にある「徳ハ身ニ得ルナリ」を引いて言う。

心志身体…　「弁名」〈上、礼〉に、「習ヒテ以テ之ニ熟スレバ、未ダ喩《サト》ラズト雖《イヘド》モ、其ノ心志身体既ニ潜《ヒソカ》ニ之ト化ス」と言う。

決してなかった。身というものが私ならば、私には心も身体もあるではないか、とそう言うのだ。従って、歴史を体得する道を行くことは、己れを知る難かしさの問題の内部に踏みこむことになるのだな。

河上　うん、そうだろう。

小林　そこで、徂徠は学者の思惟《しい》のはたらきについて、面白いことを言っているんだ。「*コレヲ思イ、コレヲ思ウ。コレヲ思ッテ通ゼズンバ、鬼神マサニコレヲ通ズベシ」、――もうこの先きは、鬼神が通じてくれることを信じなければならぬ。そういうところまで、学問でもしようというものは、理性を酷使しなければならぬ。それが「思ウ」ということ、考えるということなのだ、と言うんだ。「思惟」というものは、天地自然の理に適《かな》うように物事を「計算」することではないのだ、と言うのだな。

河上　ヴァレリーのいう「歴史の海」を司《つかさど》るのは鬼神だというわけか。

コレヲ思イ…　中国漢代の法家の書「管子」に出る言葉。徂徠はその著「弁名」〈下、思・謀・慮〉に引用して論じている。

小林　そうだ。泡沫《ほうまつ》の扱いかたなどやさしいんだ。

河上　すると、鬼神はギリシャ哲学のデモン*みたいなものだね。では、美神とどう違う？

小林　すくなくとも美のように沈黙している。このあいだ、*太安万侶《おおのやすまろ》の墓が発見された。それから暫《しばら》くして奈良の*橿原《かしはら》研究所で、*末永雅雄博士にひさしぶりでお会いして歓談したがね。考古学もあれくらいの大家になると、文献のほうも掘りつくしているのだな。

河上　――そうだろう。考古学も、この頃のように発掘ブームだと、初めのうちはおしゃべりで賑《にぎ》やかだが、やがて奇言を弄《ろう》しだす。――ところで、何が言いたいのだ？

小林　ここで、ふと思い出してこんな話をするのは、とくに面白い説を聞いたからではない。永年、歴史について、さんざん苦労をかさねて来た人が歴史を語る、そのなんとも言えない語りかたなのだ。その表情、と言ってもいいな。それは「歴史の海」を見守っている静かな顔なのだ。上手

デモン　démon（仏）ギリシャ語では「ダイモーン」daimon。古代ギリシャで、人間にとりついて、その人本来の性格にない善い、あるいは悪い行動をさせると信じられていた霊的存在。

太安万侶　奈良時代の官人。

橿原研究所　奈良県橿原市にある橿原考古学研究所。昭和一三年（一九三八）九月、橿原遺跡の発掘調査の際に開設された。

末永雅雄　考古学者。明治三〇年（一八九七）大阪生れ。高松塚古墳ほか多くの遺跡を発掘調査した。著作に「古墳の航空大観」など。平成三年（一九九一）没。

なおしゃべりは無用といった顔から、一つよい印象を受けたのだ。それが言いたくなったからです。
それにしても、一方、近頃の考古学上の発見についての、マスコミの大騒ぎから、僕は非常に不愉快なものを感じているということもあってね。高松塚古墳*にしてもそうだ。僕は、末永さんたちの永年の黙々たる仕事をよく知っているからね。あんまり烈《はげ》しい対照を感じてしまうんだよ。現代のジャーナリズムは、土のなかから何か出てこなくては、歴史なんかに見向きもしないのだ。現代の歴史風景のなかには、言語不信と結んだ唯物史観という俗論しかないように思うよ。
河上　宣長は歴史学者か文献学者か。――やはり文献学者なんだろうな。しかし、文献学*という言葉は、その字面《じづら》の上に現れているような、ただの考証主義じゃないのだろう。つまり、君のいう「古言」を求めることだろう。
小林　文献学に足をとられない歴史家は、きわめて少いだ

高松塚古墳　奈良県明日香村にある円墳。七世紀末から八世紀初頭のものとされる。昭和四七年に壁画が発見された。

文献学　過去の書物・文書の批判的研究、およびそれに拠って民族や時代の文化を研究する学問。

ろう……。

河上　そう。

小林　宣長の学問が文献学であるということは古くから言われてきた。*村岡典嗣《つねつぐ》さんは*ベークの文献学が、宣長の学問を説明すると考えたが、ベークという人は、いわば文献学の優等生だろう。優等生では、宣長を説明することは難かしいのだな。文献学もニーチェまで行かないとね。

河上　あれは正統の文献学者だ。だから、自分のことを「*言語学徒《フィロローゲン》」と名乗っている。つまり、古言学者だ。

小林　文献学の過激派だよ。――文献をたよりに歴史を再建してみせるなどという仕事を、頭から認めないのだからな。彼にとって、歴史とは決して整理など利《き》かぬ人間悲劇だ。彼の関心は、遺された文献ではない。文献の誕生だ。おどろくほど多種多様な人間による文献の発明と、その所有だ。つまり*悲劇の誕生だ。君は*エドモンド・テイラーの*"The Fall of the Dynasties"を、*吉田健一君にすすめられ

村岡典嗣　歴史学者。明治一七〜昭和二一年（一八八四〜一九四六）。著作に「本居宣長」など。

ベーク　August Böckh　ドイツの文献学者。一七八五〜一八六七年。近代文献学の土台を築いた。著作に「文献学の百科全書と方法論」など。

言語学徒　振仮名の「フィロローゲン」はドイツ語、Philologen（Philologe の複数形）。ニーチェはボンとライプツィヒの大学で古典文献学を専攻し、二四歳でスイス、バーゼル大学の古典文献学の教授となった。著書「反時代的考察」（一八七三〜七六）のための草稿の一部の標題に「我ら文献学者たち《フィロローゲン》」がある（未完）。

て読んで、感動したことを書いていたな。彼はニーチェの愛読者ではなかったのかね。

河上　それは全然知らないけれど。仮定的推測としておもしろい着想だ。とにかく、彼の史眼は、思いがけずヴァレリーの史観の線に沿っている。だから、そこからニーチェに結びつくだろう。

彼の断定でおもしろい命題は、第一次大戦は比較にならず第二次大戦より悲惨だ、というのだ。前大戦はせいぜい*ツェッペリン飛行船のロンドン空襲あたりがやまだけれど、今度のは原爆まで持ちだされたろう。戦争の惨禍は比較を絶するというのが、まあ、今日の常識となっているだろう。ところが、戦争の惨禍に関する考えかたが、ひどく違ってきているのだな。それが忘れられてしまっているという思想なんだよ。これは戦争による死者の絶対数の比較などとは、まったく異なったカテゴリーに基づく思想なんだ。第一次大戦では、機関銃や毒ガスなど未知の火器は、これら

悲劇の誕生　ニーチェの著作「悲劇の誕生」(一八七二)に基づく表現。

エドモンド・テイラー　Edmond Taylor　アメリカのジャーナリスト。一九〇八年生れ。

The Fall of…　「王朝の崩壊」。一九六三年に刊行された歴史書。

吉田健一　評論家、小説家。明治四五〜昭和五二年(一九一二〜一九七七)。評論に「ヨオロッパの世紀末」等。

ツエッペリン飛行船　「ツェッペリン」は、ドイツの軍人で大型硬式飛行船の設計者、フェルディナンド・フォン・ツェッペリン(一八三八〜一九一七)から。

を使ってみないと分らない凶器だった。原爆を結びとする今度の大戦のように、いくら残虐《ざんぎゃく》でも予想された戦禍より恐ろしい、というのだ。これは駄洒落《だじゃれ》ではぐらかした言い草のようだが、これが、歴史の真の恐ろしさを言いあてた真理だ。君がいうニーチェの使徒というのは、これかな?

小林 うん。しかし、どうも君は話をむつかしくしたがる……。

河上 話をむつかしくするのではない。歴史自体の持っているむつかしさを言うのだ。君がテイラーの本に触れたから、話がそういうことになっただけのことだよ。ヨーロッパの物質文明の堆積《たいせき》は、第一次大戦の直前で、もう頂点に達していた。文明の自己崩壊がおこったのだ。その怖《おそ》ろしさを痛感させられたんだよ。繰りかえして言えばね。かくかくの外交の失敗、軍事の失敗がなかったなら、戦争は避けられたかもしれない、というような考えかたは、まったく許されない事態に、すべての人が直面していたのだな。

指導者の位置にある人々は、みな良識を傾け、誤りなくその本分をつくしている。それでも、いや、それだから大戦は起こったという言いかたができる。また、したくなるようにテイラーは書いている。自然科学が、はるかに人間の歴史を追いこしてしまった、そういう歴史が描かれている。これは決してある不幸な一時期だけに限られたことではない。歴史とは、そういう恐ろしいものだ。あらためて、これを知らされた読書だったのだ。

も一つ、テイラーで面白く読んだのは、これは卑近な挿話的なことだが、第一次大戦で*ハプスブルグ、*ホーエンツォーレルン、*ロマノフの三大王室の名門が没落するのだが、その三つの最後の皇帝の風格が、実によく描けているのだ。つまり、個人の人物描写として勝《すぐ》れている上に、それが、その由緒《ゆいしょ》ある旧家の運命と絡《から》みあって、忠実に史的な味をだしている。――というのは、テイラーは、挿話的な才筆を揮《ふる》いながら、その大事な史眼を狂わせていないことを、

ハプスブルグ　Habsburger　一〇世紀以降、二〇世紀まで権勢を誇ったヨーロッパの名門王家。神聖ローマ帝国皇帝、スペイン王、オーストリア皇帝などを出した。一九一八年没落。

ホーエンツォーレルン　Hohenzollern　一五世紀以降、隆盛となったドイツの王家。プロイセン国王、ドイツ皇帝などを出した。一九一八年没落。

ロマノフ　Romanov　一六一三年以来、ロシアを支配した王族。一九一七年、ロシア革命で滅亡した。

僕は言いたいのだ。

岡倉天心のこと

小林　こんど、岡倉天心全集の決定版が、はじめて出版されるというので、前々からの約束で推薦文を先日書かされた。僕の天心に関する知識は浅薄なのだが、結構な出版だと思って、書こうとしたら、君の昔書いた「日本のアウトサイダー」*という論文を、すぐ思い出した。あの論は、当時、あまり読まれなかったのではないかな。しかし、君のあのときの着想は、今日にもやっぱり生きていると思う。

河上　あれを書いたのは、もう二十年も前になるが、そのとき、君が時評みたいなもので取りあげてくれたのを覚えている。

小林　「文藝春秋」に連載した「考えるヒント」で取りあげた。

河上　そのとき、君が引用したのは、天心が瀕死《ひんし》の橋本雅*《が》

日本のアウトサイダー　昭和三四年九月、中央公論社刊。

橋本雅邦　日本画家。天保六〜

邦《ほう》を見舞いに行ったときの話だった。天心は病人の顔を見て、「もう起《た》てないな」とつぶやき、満座のなかで自分の弁当箱を開いて、ムシャムシャ食いだしたが、そのうち牛肉を一切れつまんで、病人にさし出したら、彼はそれを手に受けて食べた。すると、天心は起ちあがって縁側へ行き、さめざめと泣いた、というのだ。

小林　うん……。

河上　君が、この逸話を取りあげたのは、如何《いか》にも君らしいことだ、と思った。これは、ただの人情話じゃない。このなかに、天心の放胆と、感情の繊細さとがある。彼の人物論として格好のものなのだ。

天心という人については、僕はあの本で、彼を、明治の気宇壮大なロマンチストだと書いた。彼の美学体系を分析して、美術評論家を仕立てたってつまらない。彼は明治でなければ出ることの出来ないロマンチストで、ロマンチストということが彼の個性なんだ。あるいは、僕は彼を

明治四一年（一八三五〜一九〇八）。ここで語られている天心の逸話は、現行の『考えるヒント』所収「歴史」では割愛されている。

*幻想家《ヴィジョネール》と呼んだ。彼のヴィジョンはとても大きな宇宙大のもので、そのなかに大アジア主義なんて、三つも五つも入っている。それは無限定で包括的なものだ。これに接する人は、まるごと呑《の》みこまれてしまう。*横山大観ら*四人の画家だって、この魔力に酔って、茨城県の*五浦《いづら》までさらわれて行ったんだ。決して絵のテクニックやヒントを教わって、心服して師事したのじゃないよ。

小林　彼の残した足跡だけが、大事なんだ。ヴィジョンをいっぱい頭にした男の美術界をずかずかと歩いたその足跡が、すなわち彼なんだ。

河上　僕は天心のことを、音楽の部門でいえば、作曲家や批評家ではなくて、演奏家だといった。演奏家は、音楽家のなかで唯一《ゆいいつ》の肉体的な芸術家だ。しかも、彼は個々の楽器の演奏者ではなく、指揮者なのだ。彼がバトンを振ると、四人の独奏者が精巧な弦や管の音を鳴らし出すのさ。

小林　そういう比喩《ひゆ》は、そのまま受けとれるな。

幻想家　振仮名の「ヴィジョネール」はフランス語、visionnaire。

横山大観　日本画家。明治元〜昭和三三年（一八六八〜一九五八）。

四人の画家　大観の他、下村観山、菱田春草、木村武山。

五浦　茨城県北部の海岸名。天心は明治三一年（一八九八）一〇月、東京谷中に在野の美術団体、日本美術院を開いたが、数年後に経営不振となって三九年一一月、日本画の研究所をここに移した。

河上　どうも君におだてられて、つまらないことをしゃべり出した。要するに明治という時代は、時代そのものが気宇壮大で、昼間のお化けでも出そうなところがある。天心のような男が生きるのに適しているのだ。彼にもっと堅気になれったって無理だよ。日本の近代には、正統がないのだから、本尊のいないその周りに、大勢アウトサイダーどもがひしめいているのだ。そのうち、天心は朦朧《もうろう》派で、君と僕は象徴派というわけか？

小林　朦朧派ではないよ。アウトサイダーの正統派なのだよ。君の「日本のアウトサイダー」——アウトサイダーという言葉は、君の発明で、普通の意味ではないからな。明治という西洋文化の急激な輸入による混乱期は、文化人として、教養人として健全な生きかたをしようとすると、どうしてもアウトサイダーの役を演じなければならないという意味だからな。天心が夢想家だったということにしたって、同じことが言えるだろう。彼はヴィジョネールのなかの正統派なんだ。「茶の本*」にしたってそうだろう。「茶の本」は名著だよ。だが、名著たる所以《ゆえん》は、「茶道」――西洋文明を笑殺する「茶道」というヴィジョンにあるというより、むしろこのヴィジョンの基底にある彼の眼力、物をはっきりと直知する彼の眼力のリアリズムにある。「茶の本」には、それがはっきりと現れている。「茶道」の宗匠の卓説など、彼にはどうでもいいのだ。茶の黙々たる作法のほうに、彼の眼は向いている。この作法が、長いことかかって、誰知らないうちに、驚くほど広範囲にわたって、わが国のあらゆる階級の実生活を規制したという事実をしっかり見ている。そのリアリズムだと、僕は思うな。君の「日本のアウトサイダー」の着想が、今日もまだ生きているという意味はね、つきつめて行くと、そういうことになるんです。

河上　そんなことに気づいてくれるのは、君一人のような気がする。

茶の本　The Book of Tea　岡倉天心が英文で著した評論。茶道に表現される日本の伝統的精神文化を論じる。一九〇六年（明治三九）ニューヨークで刊行。

ドストエフスキイと歴史の魂

小林　君の「近代史幻想」*では、やっぱり、ドストエフスキイ論だ。僕は「罪と罰」*を再論しようとして、はっきりわかった、ドストエフスキイの作は、これでお終《しま》いなのだ。乱暴な言葉だが、そういう決定的な感じがあったわけだ。

河上　それは正しいのだ。

小林　「白痴」*をやってみるとね、頭ができない、トルソ*になってしまうんだな。「頭」は「罪と罰」にあることが、はっきりしてしまったんだな。「白痴」はシベリア*から還《かえ》ってきたんだよ。

河上　そりゃ、わかっている。

小林　君の「ドストエフスキーの七〇年代」*はおもしろい。とくに、「作家の日記」*にある四つの短篇論がいいと思った。西洋の批評家は、君のような言いかたはしないな。できないな。くどくど言っている。

近代史幻想　河上徹太郎が昭和四九年（一九七四）六月、文藝春秋から刊行した評論集。

罪と罰　Prestuplenie i nakazanie　ドストエフスキーの長篇小説。元大学生のラスコーリニコフが、選ばれた者は人類の幸せのために殺人すらも許されるという想念に捉えられ、金貸しの老婆を殺す。小林秀雄は昭和九年二月〜七月の間に「『罪と罰』についてⅠ」を、二三年一一月に「同Ⅱ」を発表した。

白痴　Idiot　ドストエフスキーの長篇小説。スイスの療養先から戻り、ロシアの現実社会に降り立った白痴のように純粋な青年ムイシュキンと、彼を取り

河上　くどいのは、ドストエフスキイのほうだよ。
小林　いや、君はそれに素直に調子をあわせて、ドストエフスキイ的主題を上手に煮つめているよ。「おとなしい女」の自殺で終りになるところがいい。
河上　そこまで言ってくれれば、ありがたい。
小林　煮つめると歴史問題はどうなります？　*エモーションの問題になるだろう。
河上　なんだい、エモーションって……。
小林　歴史の魂はエモーショナルにしか摑《つか》めない、という大変むつかしい真理さ。君はそれを言ってるんだ。くどくどくどくど。
河上　くどいのは、ドストエフスキイだよ。
小林　どちらでもよろしい。すくなくとも君は、*マサリックの「*ロシア思想史」を、僕よりはるかに綿密に読んでいるよ。
河上　歴史をエモーショナルに摑む、と君は言うが、歴史

巻く男女の愛憎を描く。小林秀雄は昭和九年九月～一〇年七月の間に「『白痴』についてⅠ」を、二七年五月～二八年一月に「同Ⅱ」を発表、後者は三九年五月、単行本刊行に際して最終章を加筆した。
トルソ　torso（伊）頭と手足を持たない胴体だけの彫像、あるいは上半身像。
シベリア　ロシアのウラル山脈から太平洋岸にかけての地域。ロシアには古くからシベリアへの政治的流刑制度があり、ラスコーリニコフもここで懲役刑に服する。小林秀雄は「『罪と罰』についてⅠ」を「ムイシュキンはスイスから還ったのではない、シベリヤから還ったのである」と結んでいる。

の「おそろしさ」を知り抜いた上での発言と解していいのだな。

小林　まさしく、そうだよ。歴史に向ってはこれとエモーショナルに合体できる道はひらけている、と僕は信じている。それは合理的な道ではない。端的に、美的な道だと言っていいのだ。

河上　同感だ。

小林　面倒なら、なにもニーチェなんか引合いに出さなくてもいいのだよ。なにしろ彼は過激派だからな。彼を誤解するほど易しいことはない。彼の思想をどうのこうの言うが、彼は自分の思想と刺しちがえてしまった人だからね。

河上　そりゃあ、それでいいがね。……小林、僕この頃変になったんだ、音楽って嫌いになったよ。

小林　そうか。

河上　どういうことだろう。

小林　わかるよ。

作家の日記　Dnevnik pisatelya　ドストエフスキーが一八七三年から八一年まで断続的に発表した、時事的随想、文芸時評、回想などを含む文集。河上徹太郎はそこに収められた四つの短篇「百姓マレイ」「キリストのヨルカに召された少年」「おかしな人間の夢」「おとなしい女」を取り上げ、論じている。

エモーション　emotion（英）感情、感動。

マサリック　Tomas Garrigue Masaryk　チェコスロバキアの政治家、思想家。一八五〇〜一九三七年。大学で哲学を講じるほかチェコスロバキアの民族独立運動を指導、同共和国の初代大統領となった。

ロシア思想史　原著は「ロシア

河上　堅っ苦しくて厭《いや》なんだよ。僕、現代音楽というのが、好きになってしまった。

小林　わかるよ。わかるけれど……。

河上　いけないか……。

小林　いや……。それは年齢《とし》のせいだよ。

河上　もう、モーツァルトとか、ベートーヴェンとかが、堅っ苦しくて厭なんだ。

小林　それは、当りまえのことが起ってるんだ。君、さしみは好きだろう。ところが、年齢《とし》とってきて、この頃はさしみがちょっと生臭くなってきたっていうところがあるだろう。

河上　そうなってきた。

小林　それなんだよ。それ以外にない。

河上　こいつ、なんでも先きを知ってやがるから厭だ。

小林　先きも後もない、長い付合いがわからせるものがあるんだ。――僕は今日、「有愁日記」を読んでいたんだよ。

と「ヨーロッパ」Russland und Europa。ドイツ語で書かれ一九一三年刊。河上徹太郎は英訳版で読んだと書いている。邦訳は佐々木俊次・行田良雄訳で昭和三七年（一九六二）七月、みすず書房刊。

河上　そりゃ、どうも。……ここへ来るまで、僕は寝ていた。

小林　話のきっかけでも見つかるかと思ってね……。だんだん読んでいたら、君が、僕の「モオツァルト」に触れているんだ。忘れていたな。ところが、まったく偶然なんだが、前の晩、新しいレコードをもらったんでね。五一五番*のクィンテットを聞いていたんだ。どうも、やっぱり大したものだ、と思っていたんだ。

河上　待てよ。おれも、忘れてた。

小林　「神さまは、バッハよりもモーツァルトのほうがお好きだろう」とバルト*が言った、と君は書いていたな。あれはおもしろい。

河上　ゲオン*推賞のクィンテットの話となれば、もうおしまいにしてもいいな。

小林　おしまいにしよう。

五一五番のクィンテット　モーツァルトが一七八七年に作曲した「弦楽五重奏曲第三番ハ長調K五一五」のこと。

バルト　Karl Barth　スイスの神学者。一八八六～一九六八年。一九五六年に「モーツァルト」を発表した。

ゲオン　Henri Ghéon　フランスの劇作家。一八七五～一九四四年。「モーツァルトとの散歩」（一九三二）〈第九章〉で「弦楽五重奏曲K五一五」に言及している。

「わかる」ことと「わからないこと」のはざまで

石原千秋

恥ずかしい思い出話からはじめよう。

私にとって小林秀雄の批評は高校生時代の愛読書だった。当時は文庫でかなり出ていたから、文庫にあるものはすべて読んだ。初期の「様々なる意匠」も当然読んだ。それで、文学青年でもあった担任の国語の先生に、「こんど、「ようようなるいしょう」を読みました」と、自慢げに報告した。一瞬間があって、先生は「そうか」とだけ言った。

大学生になればさすがに、これはこの批評が書かれた当時流行していたイデオロギーを「さまざまなる意匠」にすぎないと喝破した、小林秀雄の原点をなした批評だとわかった。高校生時代の恩師の「そうか」という一言がここで効いた。恩師が賢《さか》しらに「さまざま」だと訂正しなかったことが、私のその後の理解を深めたように思う。教育は、こういうものかもしれない。今度、小林秀雄の「対話集」を読みなおして、彼の放言に近い言葉の数々も、「そうか」であるように感じた。効いてくるのはいつかわからないが、それはきっとその言葉がその人に必要になったときだろう。だから、小林秀雄の批評は入試問題には不向きなのだ。私が高校生の頃は、高校入試の中村光夫、大学入試の小林秀雄と言われていた。実際さかんに大学入試に出題されていた。没後三〇年記念だったのだろうか、今年（二〇一三年）に行われた大学入試センター試験の現代文の第一問に、珍しく小林秀雄の文章が出題された。「鐔《つば》」である。それが、受験生を混乱させたようだ。

国語の平均点が下がったのは、小林秀雄のせいだとされたのだ。事実、予備校関係者によると、問題文を見て受験生が泣きだしてしまった会場が複数確認されているという。大学の入試問題には二つの意義があるはずだ。一つは、高校までの学習が身についているかを確かめること。もう一つは、大学に入学してから研究ができる能力があるかを確かめること。今回の問題は、いずれの観点からしても失格である。高校の国語教科書にはこの手の文章は収録されていないし、大学に入学してからこの手の文章を書いたのではレポートや論文にはならない。

いま、小林秀雄の文章は高校教育現場ではほとんど扱われていない。受験勉強でも、評論は小林秀雄から大岡信、山崎正和、中村雄二郎、そして鷲田《わしだ》清一に取って代わられるようになった。だから小林秀雄はほぼノーマークだったろう。しかも、問題文を見てこれはひどいと思った。注が21。これだけ注をつけなければならない文章を選ぶべきではない。しかも、はじめの一字「鐔」にいきなり注がついているのだ。出題者はテーマとなっている「鐔」を受験生が知らない可能性があると認識しながら、問題文を選んだことになる。非常識である。小林秀雄がというよりも、問題文の選定がまちがっていた。それに、小林秀雄は試験会場で読むものでもない。あとでゆっくり効いてくるのだから。

小林秀雄の文章にはある種の型がある。「学問」や「現代」を否定しながら、その時代の実用性が美を鍛えたという結論に至るのである。出題された文章も、刀の鐔が美しさを持ったのは美についての思想があったからではなく、実用性の中から自然に生み出されたものだと説いている。ただし、根拠が示されるわけではない。だから、効いてくるには時間がかかるのだ。

幸い新潮文庫に収められているが、小林秀雄に『人間の建設』という、昭和四〇(一九六五)年に数学者の岡潔と行った感動的な対談がある。感動的なのは、小林秀雄が「それでわかりました」と言ったところだ。それは、もちろん「わかりません」から出発している。岡潔が、最近の数学は「観念的」あるいは「抽象的」になったと言ったら、小林秀雄は数学とはもともとそういうものではないかと食い下がるのだ。

岡潔は言葉を尽くして、たとえば「矛盾がない」というのは究極的には「感情」の問題なのに、いまの数学はその「感情」を納得させることができていないと説明する。それで小林秀雄はようやく「それでわかりました」と口にするのだ。その間、文庫本で約二〇ページ。大学生の時にこの「それでわかりました」を読んだときには、「わかるということは、こういうことか」と心から感動したことを、いまでも鮮明に覚えている。

この「対話集」、『直観を磨くもの』の白眉《はくび》が、量子力学で日本人初のノーベル賞（物理学）を受賞した湯川秀樹との対話「人間の進歩について」であることは、まちがいない。そこには小林秀雄の「わかりません」があふれている。

小林秀雄の根本的な疑問は、「確率」というものについてである。小林秀雄が「確率」に強い関心を持つのは、これが時間論や宇宙観と深い関わりがあると考えているからだ。

話を単純にすれば、あることが五〇パーセントの「確率」で起こると仮定されれば、二回のうち一回は起こり得ることになる。しかし、その二回目がいつやってくるのかは誰にもわからないのだ。自然にもそのプログラムは組み込まれていないと言う。つまり、それが起こるか起こらないかさえ決められないことになる。それでは、「確率」は意味をなさなくなる。たんなる「偶然」でしかない。

そもそも、「確率」が言えるためには時間が一定方向に直進していなければならない。もし仮に完全に円環する時間があるなら、出来事は繰り返しとさえ認識されないだろう。そうなると、宇宙には「はじめ」と「おわり」がなければならなくなる。湯川秀樹はそう言っている。だとすれば、その「はじめ」と「おわり」の間に、「偶然」に左右されない「確率」は成立するのではないか。小林秀雄の疑問の根本はここにありそうだ。

そこで、小林秀雄はこの点を何度も言葉を換えて湯川秀樹に質問する。その結果、湯川秀樹から、「偶然」についてこういう言葉を引き出すのである。

そこに、やはり人間的な尺度の問題があると思う。つまり人間的な立場で言った偶然という問題は、科学の立場で言っている偶然とはよほど違うけれども、何かそのところへ非常に遠廻りしてでもどこかで繫《つな》がっているのだろうと私は思うのです。（64頁）

湯川秀樹は「量子論というのは自然現象に不連続性があるということなのです」(85頁)とも言っている。しかし、あまりにも低い「確率」について、それを「偶然」と見るかどうかは人間の問題だということだ。だから、「自由」というものも科学が考える「必然と偶然」の問題からは解決できず、これも「人間的なもの」だと言う。小林秀雄は昭和二三(一九四八)年の時点で、湯川秀樹を後年に岡潔と対話した地点まで連れて行っていたのである。この小林秀雄の「わかりません」が感動的でないはずはない。

さらに付け加えれば、小林秀雄はこの湯川秀樹との対話で「二元論」問題でも食い下がっている。そして、湯川秀樹から自分は「二元論」の立場にあると言わしめている。これを乱暴に言ってしまえば、湯川秀樹に宇宙は二つあると発言させたのである。これは量子力学から導き出された多元宇宙として、文学のモチーフにもなっている。最近では、東浩紀『クォンタム・ファミリーズ』(新潮社、河出文庫)がそれを試みている。

こう考えれば、小林秀雄の問いは、すぐれて文学的な感性によってなされたものだったことがわかる。それが、当時すでに世界的な物理学者・湯川秀樹(ノーベル賞受賞はこの対話の翌年）から、これだけの言葉を引き出すのである。繰り返すが、それは小林秀雄の徹底した「わかりません」がもたらしたドラマだと言ってもいい。

小林秀雄は湯川秀樹との対話で「具体的」ということをしきりに強調しているが、これは小林秀雄の真骨頂だろう。たとえば、「伝統は物なのです」（折口信夫との対話232頁）といった言葉にそれが端的に現れている。あるいは、芝居について「根本は俳優ですよ」（福田恆存との対話280頁）という言葉や、すばらしい芸術家について「職人なんだ」（永井龍男との対話370頁）といった言葉も、同じ確信から出たものだった。

大学入試センター試験に出題された「鐔」は、まさにその確信から書かれた随筆だった。小林秀雄流に言えば、「美は物である」となるだろう。長い間判じ物のように議論されてきた、「美しい花がある、「花」の美しさという様なものはない。」という名文で多くの読者を悩ませた、能の「当麻《たえま》」について書いた随筆も同じだ。「美しい花」という「物」はあるが、「美しさ」は人間が勝手に作り出した観念にすぎないから信ずるに値せず、と言っているのだろう。

そこで、こういうことも言い出す。今日出海との対話で、歴史研究について触れたところである。

小林　誰だって歴史の外には出られまい。歴史家だけが出られるという道理はあるまい。だから出られる振りをするだけだ。出られる振りをして見せるのが歴史研究というものか。それなら、学問は常識から離れてしまいますよ。

今　常識から離れなければ学問じゃない、と思うような連中がいる。文学だってそう思っている文士がいるようにね。

小林　そうなんですよ。源は常識だ。誰でも知っている事を、もっと深く考えるのが、学問というものでしょう。（453〜454頁）

よけいなお世話だという気もするし、なるほどそうだという気もする。少なくとも、いまでも「学問」はこの言葉のまわりをぐるぐる回らざるを得ないと思う。

（平成二十五年十二月、早稲田大学教授）

底本一覧

三木清「実験的精神」（小林秀雄全作品十四巻『無常という事』所収）
横光利一「近代の毒」（小林秀雄全作品十五巻『モオツァルト』所収）
湯川秀樹「人間の進歩について」（小林秀雄全作品十六巻『人間の進歩について』所収）
三好達治「文学と人生」（小林秀雄全作品十七巻『私の人生観』所収）
折口信夫「古典をめぐりて」（小林秀雄全作品十七巻『私の人生観』所収）
福田恆存「芝居問答」（小林秀雄全作品十九巻『真贋』所収）
梅原龍三郎「美術を語る」（小林秀雄全作品二十一巻『美を求める心』所収）
大岡昇平「文学の四十年」（小林秀雄全作品二十五巻『人間の建設』所収）
永井龍男「芸について」（小林秀雄全作品二十六巻『信ずることと知ること』所収）
五味康祐「音楽談義」（小林秀雄全作品二十六巻『信ずることと知ること』所収）
今日出海「交友対談」（小林秀雄全作品二十六巻『信ずることと知ること』所収）
河上徹太郎「歴史について」（小林秀雄全作品二十八巻『本居宣長（下）』所収）

表記について

新潮文庫の文字表記については、原文を尊重するという見地に立ち、次のように方針を定めました。

一、旧仮名づかいで書かれた口語文の作品は、新仮名づかいに改める。
二、文語文の作品は旧仮名づかいのままとする。
三、旧字体で書かれているものは、原則として新字体に改める。
四、難読と思われる語には振仮名をつける。

なお本作品中には、今日の観点からみると差別的表現ととられかねない箇所が散見しますが、著者自身に差別的意図はなく、作品自体のもつ文学性ならびに芸術性、また著者がすでに故人であるという事情に鑑み、原文どおりとしました。また、脚注は『小林秀雄全作品』（新潮社）の注を元に編集部で作成しました。

（新潮文庫編集部）

小林秀雄著

Xへの手紙・私小説論

批評家としての最初の揺るぎない立場を確立した「様々なる意匠」、人生観、現代芸術論などを鋭く捉えた「Xへの手紙」など多彩な一巻。

小林秀雄著

作家の顔

書かれたものの内側に必ず作者の人間があるという信念のもとに、鋭い直感を働かせて到達した作家の秘密、文学者の相貌を伝える。

小林秀雄著

ドストエフスキイの生活

文学界賞受賞

ペトラシェフスキイ事件連座、シベリヤ流謫、恋愛、結婚、賭博――不世出の文豪の魂に迫り、漂泊の人生を的確に捉えた不滅の労作。

小林秀雄著

モオツァルト・無常という事

批評という形式に潜むあらゆる可能性を提示する「モオツァルト」、自らの宿命のかなしい主調音を奏でる連作「無常という事」等14編。

小林秀雄著

本居宣長

日本文学大賞受賞（上・下）

古典作者との対話を通して宣長が究めた人生の意味、人間の道。「本居宣長補記」を併録する著者畢生の大業、待望の文庫版！

小林秀雄
岡　潔著

人間の建設

酒の味から、本居宣長、アインシュタイン、ドストエフスキーまで。文系・理系を代表する天才二人が縦横無尽に語った奇跡の対話。

三木清著
人生論ノート
死について、幸福について、懐疑について、個性について等、23題収録。率直な表現の中に、著者の多彩な文筆活動の源泉を窺わせる一巻。

横光利一著
機械・春は馬車に乗って
ネームプレート工場の四人の男の心理が歯車のように絡み合いつつ、一つの詩的宇宙を形成する「機械」等、新感覚派の旗手の傑作集。

河盛好蔵編
三好達治詩集
青春の日の悲しい憧憬と、深い孤独感をたたえた処女詩集「測量船」をはじめ、澄みきった知性で漂泊の風景を捉えた達治の詩の集大成。

福田恆存著
人間・この劇的なるもの
「恋愛」を夢見て「自由」に戸惑い、「自意識」に悩む……「自分」を生きることに迷っているあなたに。若い世代必読の不朽の人間論。

大岡昇平著
俘虜記
横光利一賞受賞

著者の太平洋戦争従軍体験に基づく連作小説。孤独に陥った人間のエゴイズムを凝視して、いわゆる戦争小説とは根本的に異なる作品。

大岡昇平著
武蔵野夫人
貞淑で古風な人妻道子と復員してきた従弟勉との間に芽生えた愛の悲劇——武蔵野を舞台にフランス心理小説の手法を試みた初期作品。

大岡昇平著

野火

読売文学賞受賞

野火の燃えひろがるフィリピンの原野をさまよう田村一等兵。極度の飢えと病魔と闘いながら生きのびた男の、異常な戦争体験を描く。

永井龍男著

青梅雨

野間文芸賞受賞

一家心中を決意した家族の間に通い合うやさしさを描いた表題作など、人生の断面を彫琢を極めた文章で鮮やかに捉えた珠玉の13編。

五味康祐著

薄桜記

隻腕の剣士・丹下典膳と赤穂浪士・堀部安兵衛の深い友情とその悲しき対決。〈忠臣蔵〉を背景に真の侍の姿を描き切った時代巨編。

プラトーン
田中美知太郎
池田美恵訳

ソークラテースの弁明・クリトーン・パイドーン

不敬の罪を負って法廷に立つ師の弁明「ソークラテースの弁明」。脱獄の勧めを退けて国法に従う師を描く「クリトーン」など三名著。

プラトーン
森進一訳

饗宴

酒席の仲間たちが愛の神エロースを讃美する即興演説を行い、肉体的愛から、美のイデアの愛を謳う……。プラトーン対話の最高傑作。

ニーチェ
竹山道雄訳

ツァラトストラかく語りき（上・下）

ついに神は死んだ――ツァラトストラが超人へと高まりゆく内的過程を追いながら、永劫回帰の思想を語った律動感にあふれる名著。

ニーチェ
竹山道雄訳
善悪の彼岸
「世界は不条理であり、生命は自立した倫理をもつべきだ」と説く著者が既成の道徳観念と十九世紀後半の西欧精神を批判した代表作。

ニーチェ
西尾幹二訳
この人を見よ
ニーチェ発狂の前年に著わされた破天荒な自伝で、〝この人〟とは彼自身を示す。迫りくる暗い運命を予感しつつ率直に語ったその生涯。

トルストイ
木村浩訳
アンナ・カレーニナ（上・中・下）
文豪トルストイが全力を注いで完成させた不朽の名作。美貌のアンナが真実の愛を求めるがゆえに破局への道をたどる壮大なロマン。

トルストイ
原卓也訳
クロイツェル・ソナタ
悪魔
性的欲望こそ人間生活のさまざまな悪や不幸の源であるとして、性に関する極めてストイックな考えと絶対的な純潔の理想を示す2編。

トルストイ
原久一郎訳
光あるうち光の中を歩め
古代キリスト教世界に生きるパンフィリウスと俗世間にどっぷり漬った豪商ユリウス。二人の人物に著者晩年の思想を吐露した名作。

トルストイ
工藤精一郎訳
戦争と平和（一〜四）
ナポレオンのロシア侵攻を歴史背景に、十九世紀初頭の貴族社会と民衆のありさまを生き生きと写して世界文学の最高峰をなす名作。

堀口大學訳
ランボー詩集
未知へのあこがれに誘われて、反逆と放浪に終始した生涯――早熟の詩人ランボーの作品から、傑作「酔いどれ船」等の代表作を収める。

モーパッサン
新庄嘉章訳
女の一生
修道院で教育を受けた清純な娘ジャンヌを主人公に、結婚の夢破れ、最愛の息子に裏切られていく生涯を描いた自然主義小説の代表作。

T・マン
高橋義孝訳
魔の山（上・下）
死と病苦、無為と頽廃の支配する高原療養所で療養する青年カストルプの体験を通して、生と死の谷間を彷徨する人々の苦闘を描く。

ボードレール
堀口大學訳
悪の華
頽廃の美と反逆の情熱を謳って、象徴派詩人のバイブルとなったこの詩集は、息づまるばかりに妖しい美の人工楽園を展開している。

スタンダール
大岡昇平訳
パルムの僧院（上・下）
〝幸福の追求〟に生命を賭ける情熱的な青年貴族ファブリスが、愛する人の死によって僧院に入るまでの波瀾万丈の半生を描いた傑作。

阿部　保訳
ポー詩集
十九世紀の暗い広漠としたアメリカ文化の中で、特異な光を放つポーの詩作から、悲哀と憂愁と幻想にいろどられた代表作を収録する。

木田元著　反哲学入門

なぜ日本人は哲学に理解しづらいという印象を持つのだろうか。いわゆる西洋哲学を根本から見直す反哲学。その真髄を説いた名著。

木田元著　ハイデガー拾い読み

「講義録」を繙きながら、思想家としての構想の雄大さや優れた西洋哲学史家としての側面を浮かび上がらせる、画期的な哲学授業。

江藤淳著　決定版夏目漱石

処女作「夏目漱石」以来二十余年。著者の漱石論考のすべてを収めた本書は、その豊かな洞察力によって最良の漱石文学案内となろう。

吉本隆明著　日本近代文学の名作

名作はなぜ不朽なのか？　近代文学の名篇24作から「名作」の要件を抽出し、その独自の価値を鮮やかに提示する吉本文学論の精髄！

白洲正子著　西行

ねがはくは花の下にて春死なん……平安末期の動乱の世を生きた歌聖・西行。ゆかりの地を訪ねつつ、その謎に満ちた生涯の真実に迫る。

白洲正子著　いまなぜ青山二郎なのか

余りに純粋な眼で本物を見抜き、あいつだけは天才だ、と小林秀雄が嘆じた男……。末弟子が見届けた、美を呑み尽した男の生と死。

2014.1.8.(木1.3.

直観《ちょっかん》を磨《みが》くもの

—小林秀雄対話集—

新潮文庫　こ-6-9

平成二十六年一月一日発行

著者　小《こ》林《ばやし》秀《ひで》雄《お》

発行者　佐藤隆信

発行所　株式会社新潮社

郵便番号　一六二—八七一一
東京都新宿区矢来町七一
電話　編集部(〇三)三二六六—五四四〇
　　　読者係(〇三)三二六六—五一一一
http://www.shinchosha.co.jp

価格はカバーに表示してあります。

乱丁・落丁本は、ご面倒ですが小社読者係宛ご送付ください。送料小社負担にてお取替えいたします。

印刷・株式会社精興社　製本・株式会社大進堂

ISBN978-4-10-100709-0 C0195